WENN DAS GRAUEN KOMMT

Weltbild Taschenbuch

Die Autorin

Kay Hooper lebt in North Carolina. Sie ist die preisgekrönte Autorin zahlloser erfolgreicher Romane. Ihre Bücher, von denen einige bereits auf Deutsch vorliegen, wurden weltweit über sechs Millionen Mal verkauft. Das erfolgreiche und etwas andere Profiler-Team um Noah Bishop taucht gleich in mehreren verschiedenen Thrillerserien Kay Hoopers auf.

KAY
HOOPER

WENN DAS GRAUEN KOMMT

Roman

Aus dem Amerikanischen
von Susanne Aeckerle

Weltbild

Die amerikanische Originalausgabe erschien unter dem Titel
Sleeping with Fear bei Bantam Books, New York.

Besuchen Sie uns im Internet:
www.weltbild.de

Übersetzung: Susanne Aeckerle
Redaktion: Dr. Christine Schlitt
Umschlaggestaltung: ZERO Werbeagentur München
Umschlagmotiv: FinePic, München
Satz: DTP Verlagsservice Apel, Hannover
Druck und Bindung: CPI Moravia Books s.r.o., Pohorelice
Printed in the EU
ISBN 978-3-86800-889-0

2014 2013 2012
Die letzte Jahreszahl gibt die aktuelle Ausgabe an.

1

Noch bevor Riley Crane die Augen öffnete, bemerkte sie zwei Dinge. Ihr Kopf dröhnte, und sie roch Blut. Beides war nicht allzu ungewöhnlich.

Instinkt und Ausbildung veranlassten sie, ruhig liegen zu bleiben, mit geschlossenen Augen, bis sie sich einigermaßen sicher sein konnte, völlig wach zu sein. Sie lag auf dem Bauch und vermutlich auf einem Bett, dachte sie. Vermutlich ihrem eigenen Bett. Auf der Decke, oder zumindest nicht zugedeckt.

Allein.

Sie öffnete die Augen einen Spaltbreit, gerade genug, um etwas erkennen zu können. Zerknüllte Betttücher, Kopfkissen. Ihre zerknüllten Betttücher und Kissen, entschied sie. Ihr Bett. Der Nachttisch mit dem üblichen Zubehör: eine Lampe, ein unordentlicher Bücherstapel, ein Wecker.

Die roten Zahlen verkündeten, dass es 14 Uhr war.

Na gut, das war ungewöhnlich. Sie schlief nie so lange, hielt nie Mittagsschlaf. Und wenn auch Kopfschmerzen oder Blutgeruch in ihrem Leben nichts Außergewöhnliches waren, so ließ beides zusammen doch Alarmglocken in ihrem Kopf schrillen.

Riley konzentrierte sich aufs Lauschen, wobei ihr Unbehagen wuchs, als sie merkte, dass sie nur auf »normaler« Ebene hören konnte. Das schwache Summen der Klimaanlage. Das gedämpfte Anrollen und Aufklatschen der Brandung am Strand. Der Schrei einer Möwe, die am Haus vorbeiflog. Die Geräusche, die der alltägliche Hörsinn automatisch aufnahm, ohne zusätzliche Konzentration oder Fokussierung.

Aber sonst nichts. Wie sehr sie sich auch bemühte, sie konnte den tieferen Puls des Hauses nicht hören, der aus dem Geräusch des Wassers in den Abflussrohren entstand, dem in den Leitungen summenden Strom und dem fast nicht wahrnehmbaren Verschieben und Knarren von scheinbar festem Holz und Stein, wenn der Wind vom Meer blies und gegen das Haus drückte.

Nichts davon konnte sie hören. Und das war schlecht.

Vorsichtig drückte sich Riley auf den Ellbogen hoch und fuhr mit der rechten Hand unter die Kissen. Ahhh ... wenigstens war die da, genau, wo sie sein sollte. Ihre Hand schloss sich um den beruhigenden Griff ihrer Waffe, und sie zog sie heraus, überprüfte sie mit raschem Blick.

Ladestreifen drin, gesichert, keine Patrone im Patronenlager. Automatisch warf sie den Ladestreifen aus, überprüfte, ob er voll war, und schob ihn wieder hinein, lud dann durch, die Bewegungen schnell und geschmeidig nach den vielen Jahren Übung. Die Waffe fühlte sich angenehm in ihrer Hand an. So war es richtig.

Aber etwas anderes war vollkommen falsch.

Jetzt konnte sie das Blut sowohl sehen wie auch riechen. An sich selbst.

Riley rollte sich herum und setzte sich auf, blickte sich misstrauisch im Zimmer um. In ihrem eigenen, vertrauten Schlafzimmer, wo sie hingehörte, wie sie erleichtert feststellte. Und außer ihr war niemand da.

Durch die rasche Bewegung dröhnte ihr Kopf noch mehr, aber sie achtete nicht darauf und schaute an sich hinab. Die Hand, in der sie die Waffe hielt, war mit getrocknetem Blut verschmiert, und als Riley die Waffe in die andere Hand nahm, sah sie, dass auch die voller Blut war. Auf den Handflächen, auf den Handrücken, den Unterarmen, sogar unter den Fingernägeln.

Soweit sie erkennen konnte, befand sich kein Blut auf den Betttüchern und den Kissen. Was bedeutete, dass alles Blut an ihr hatte trocknen können, bevor sie offenbar vollständig bekleidet aufs Bett gefallen und eingeschlafen war. Oder ohnmächtig geworden war. Wie auch immer …

Großer Gott.

Blut an ihren Händen. Blut auf ihrem hellen T-Shirt. Blut an ihren ausgeblichenen Jeans.

Viel Blut.

War sie verletzt? Sie spürte keinen Schmerz, abgesehen von dem dröhnenden Kopf. Aber eine kalte, zunehmende Angst erfüllte sie, denn blutverschmiert aufzuwachen konnte, aus welchem Blickwinkel man es auch betrachtete, nichts Gutes bedeuten.

Sie stand auf, ein wenig steif und recht zittrig, und verließ barfuß das Zimmer. Rasch, aber vorsichtig überprüfte sie ihre Umgebung, um sich zu vergewissern, dass sie allein war, dass es keine unmittelbare Bedrohung gab. Das zweite Schlafzimmer war ordentlich aufgeräumt und sah aus, als sei es in letzter Zeit nicht benutzt worden, was vermutlich der Fall war. Riley hatte selten die Art von Gästen, die ein gesondertes Schlafzimmer benötigten.

Die Überprüfung des restlichen Hauses war schnell erledigt, da es größtenteils aus einem großen, offenen Raum bestand, der Küche, Esszimmer und Wohnzimmer in einem war. Sauber, aber etwas unordentlich, mit hier und dort gestapelten Büchern, Zeitschriften, Zeitungen, CDs und DVDs. Das übliche, alltägliche Durcheinander.

Es sah aus, als hätte sie den kleinen Esstisch als Arbeitsfläche benutzt, da die Sets beiseitegeschoben waren und ihre Laptoptasche auf einem der Stühle lag. Der Computer war nicht ausgepackt, was ihr nur verriet, dass sie wohl kürzlich nicht daran gearbeitet hatte.

Die Türen waren verschlossen. Auch die Fenster waren geschlossen – es war heiß im Sommer an der Küste von South Carolina – und verriegelt.

Sie war allein.

Trotzdem nahm Riley ihre Waffe mit, als sie ins Badezimmer ging und hinter dem Duschvorhang nachsah, ehe sie sich in dem relativ kleinen Raum einschloss. Beim Blick in den Spiegel über dem Waschbecken bekam sie einen weiteren Schock.

Auf ihrem Gesicht befand sich noch mehr getrocknetes Blut, über ihre Wangen verschmiert, und einiges davon hatte ihr Haar verfilzt. Dick verfilzt.

»Mist.«

Ihr Magen hob sich, und sie stand einen Augenblick mit geschlossenen Augen da, bis die Übelkeit nachgelassen hatte. Dann legte sie die Waffe auf die Frisierkommode und zog sich aus.

Sie überprüfte sich Zentimeter für Zentimeter und fand nichts. Keine Wunde, nicht mal einen Kratzer. Es war nicht ihr Blut.

Das hätte sie beruhigen sollen, tat es jedoch nicht. Sie war mit Blut bedeckt, und es war nicht ihr eigenes. Was eine gewaltige Menge verstörender, möglicherweise beängstigender Fragen aufwarf.

Was – oder wer – hatte sie mit Blut besudelt? Was war passiert? Und warum konnte sie sich nicht erinnern?

Riley betrachtete ihre zerknitterte Kleidung auf dem Boden, dann sich selbst, ihre leichte Sommerbräune, ihre saubere Haut, bis auf das getrocknete Blut an ihren Händen und Unterarmen.

Unterarmen. Irgendwie hatte sie buchstäblich bis zu den Ellbogen im Blut gesteckt. Himmel.

Obwohl ihre gesamte Ausbildung sie drängte, sich an die örtliche Polizei zu wenden, bevor sie etwas anderes unternahm, stellte sich Riley unter die Dusche. Sie drehte das Wasser so heiß, wie sie es ertragen konnte, und seifte sich ausgiebig ein, schrubbte das getrocknete Blut ab. Sie benutzte ihre Nagelbürste, um ihre Fingernägel vom Blut zu säubern, und schamponierte sich mindestens zweimal die kurzen Haare. Selbst als das Haar sauber war, nachdem ihr Körper sauber war, blieb sie unter dem heißen Wasser stehen, ließ es sich auf die Schultern trommeln, auf den Nacken, den immer noch dröhnenden Kopf.

Was war passiert?

Sie hatte nicht die geringste Ahnung, das war das Schlimmste. Sie hatte überhaupt keine Erinnerung daran, wo all das Blut hergekommen war.

An vieles andere erinnerte sie sich. An fast alles Wichtige.

»Dein Name ist Riley Crane«, murmelte sie, versuchte sich einzureden, dass nichts Furchtbares passiert war. »Du bist zweiunddreißig Jahre alt, alleinstehend, eine Bundesagentin, die seit drei Jahren der Special Crimes Unit angehört.«

Name, Dienstgrad, Einheit – mehr oder weniger. Wissen, dessen sie sich sicher war.

So weit kein Gedächtnisschwund. Sie wusste, wer sie war. Als Militärsprössling mit vier älteren Brüdern war sie an vielen Orten der Welt aufgewachsen, verfügte über eine weitgefächerte Bildung, eine breite Palette an Berufsausbildungen, wie sie nur wenige Frauen aufweisen konnten, und war schon von Jugend an gewöhnt, auf sich selbst aufzupassen. Und sie wusste, wohin sie gehörte, nämlich zum

FBI, zur Special Crimes Unit, kurz SCU. An all das erinnerte sie sich.

Was ihr Leben in letzter Zeit anging …

Große Güte, was war das Letzte, an das sie sich erinnerte? Sie erinnerte sich vage, das Strandhaus gemietet, sich hier eingerichtet zu haben. Kartons und Taschen aus dem Auto hereingetragen zu haben. Sachen weggeräumt zu haben. Am Strand spazieren gegangen zu sein. Nachts draußen auf der Terrasse gesessen zu haben, den warmen Meerwind auf dem Gesicht und – nicht allein. Jemand war da draußen bei ihr gewesen. Die undeutliche, verschwommene Erinnerung an leise Stimmen. Unterdrücktes Gelächter. Eine Berührung, die sie spürte, eine flüchtige Sekunde lang, so stark, dass sie verwirrt auf ihre Hand schaute.

Und dann war es weg.

Sosehr Riley sich auch bemühte, sie konnte sich an nichts sonst deutlich erinnern. Alles wurde zu einem Wirrwarr in ihrem Kopf. Nur Blitze, die kaum einen Sinn ergaben. Gesichter, die unvertraut waren, Bilder von Orten, an die sie keine Erinnerung hatte, zufällige Satzfetzen, die sie nicht verstand.

Blitze, die von schmerzhaften Stichen im Kopf durchsetzt waren.

Riley schob die Schuld an ihren Gedächtnislücken in der unmittelbaren Vergangenheit auf die Kopfschmerzen, stieg aus der Dusche und trocknete sich ab. Natürlich lag es nur an den Kopfschmerzen. Sie würde ein paar Aspirin schlucken, etwas essen, sich mit Kaffee vollpumpen, und dann würde sie sich erinnern. Ganz bestimmt. Sie wickelte sich in ein Handtuch, nahm ihre Waffe mit und kehrte ins Schlafzimmer zurück, um frische Klamotten herauszusuchen.

Als sie Schubladen öffnete und in ihrem Schrank nachsah, wurde ihr klar, dass sie schon seit einer Weile hier sein musste. Sie hatte sich richtig eingerichtet, sehr viel mehr, als es ihrer Gewohnheit entsprach. Das war nicht ihr übliches »Leben-aus-dem-Koffer-Durcheinander«. Ihre Sachen waren sorgsam in den Schubladen verstaut, hingen auf Bügeln im Schrank. Und es war mehr, als man für einen Strandurlaub mitnahm.

Freizeitkleidung, ja, aber auch mehrere modische Sachen, von guten Hosen und Seidenblusen bis zu Kleidern. Sogar Stöckelschuhe und Strumpfhosen.

Na gut. Sie war zum Arbeiten hier, das musste es sein. Das Problem war nur, dass sie sich nicht daran erinnern konnte, um welche Arbeit es sich handelte.

Riley öffnete eine Schublade und zog eine schicke, mit Spitzen besetzte, sehr sexy wirkende Dessousgarnitur heraus, wobei sich ihre Augenbrauen hoben. Absolut nicht ihr üblicher Stil, offensichtlich neu, und in der Schublade lag noch mehr. Was für eine Arbeit sollte sie hier denn eigentlich leisten, zum Teufel?

Die Frage hallte noch stärker in ihrem Kopf nach, als sie sogar Strapse fand.

Strapse, du lieber Himmel.

»Großer Gott, Bishop, worin hast du mich denn diesmal verwickelt?«

Vor 3 Jahren

»Ich brauche jemanden wie Sie in meinem Team.« Noah Bishop, Chef der Special Crimes Unit des FBI, konnte sehr überzeugend sein, wenn er wollte. Und das wollte er zweifellos.

Riley Crane musterte ihn, wobei ihr Zweifel und Vorsicht anzumerken waren. Da er über ihre Herkunft Bescheid wusste, verstand er das und hatte auch nichts anderes erwartet.

Interessante Person, dachte er. Körperlich ganz anders, als er sich vorgestellt hatte: ein bisschen unter mittelgroß und zierlich, fast zerbrechlich auf den ersten Blick, weswegen man ihr kaum zutraute, jemanden von doppelter Größe ohne sichtbare Anstrengung über die Schulter werfen zu können. Täuschend kindlich wirkende, große graue Augen schauten unschuldig aus einem elfenhaften Gesicht, das eigentümlich und rätselhaft und unvergesslich war, ohne wirklich schön zu sein.

Faszinierend, dass ein solches Gesicht einem Chamäleon gehörte.

»Warum ich?«, wollte sie wissen, kam direkt zur Sache.

Bishop schätzte Direktheit und antwortete sachlich. »Abgesehen von den notwendigen Kenntnissen einer Ermittlerin, besitzen Sie zwei einzigartige Fähigkeiten, die sich meiner Ansicht nach für unsere Arbeit als höchst wertvoll erweisen werden. Sie passen sich jeder Situation an und können sich im gegebenen Augenblick in jeden verwandeln, und Sie sind Hellseherin.«

Riley stritt es gar nicht erst ab, sagte nur: »Ich verkleide mich gern. Mache gerne Rollenspiele. Wenn man als Kind in einer Fantasiewelt lebt, wird man gut darin. Was das andere betrifft, da ich das nicht gerade publik gemacht habe – ganz im Gegenteil –, wie haben Sie es erfahren?«

»Ich halte meine Ohren offen«, erwiderte Bishop mit einem Schulterzucken.

»Das reicht mir nicht.«

»Ich stelle eine Einheit von Agenten mit paranormalen Fähigkeiten zusammen und habe in den letzten paar Jahren viel Zeit damit verbracht … Angelschnüre auszuwerfen.

Habe unauffällig Menschen meines Vertrauens, innerhalb und außerhalb des Polizeiapparats, gebeten, auf die Art potenzielle Agenten zu achten, die ich suche.«

»Paragnosten.«

»Nicht irgendwelche. Ich brauche außergewöhnlich starke Menschen, die sowohl mit ihren Fähigkeiten als auch mit der emotionalen und psychischen Belastung unserer Arbeit umgehen können.« Mit einem Nicken deutete er auf das, was sich hinter Riley abspielte. »Sie scheinen mit dem extremen Stress, von dem ich spreche, ja durchaus fertig zu werden.«

Riley blickte über ihre Schulter, wo ihr Team in den Trümmern einer Explosion arbeitete, die absichtlich oder unabsichtlich ausgelöst worden sein konnte. Die Opfer waren vor Stunden geborgen und abtransportiert worden – auf Tragen oder in Leichensäcken; jetzt suchten die Militärermittler nach Beweisen.

»Ich mache das hier noch nicht lange«, sagte Riley. »Ermittlungsarbeit interessiert mich, klar, aber bei meinem letzten Einsatz ging es um reine Sicherungsaufgaben. Ich gehe, wohin man mich schickt.«

»Das sagte mir Ihr Vorgesetzter auch.«

»Sie haben mit ihm gesprochen?«

Bishop zögerte gerade lange genug, dass es auffiel, und erwiderte dann: »Er hat sich mit mir in Verbindung gesetzt.«

»Demnach ist er einer dieser Menschen Ihres Vertrauens, die Sie erwähnten?«

»Ja. Ein Freund eines Freundes, mehr oder weniger. Und offen für die Möglichkeiten des Paranormalen, was beim Militär nicht gerade üblich ist. War nicht böse gemeint.«

»Schon gut. Was hat er Ihnen erzählt?«

»Er scheint der Meinung zu sein, dass Ihre Fähigkeiten verschwendet werden und er Ihnen nicht die Herausforderungen bieten kann, die Sie seiner Ansicht nach brauchen.«

»Das hat er gesagt?«

»So in etwa. Sie haben sich nur kurzzeitig verpflichtet, wenn ich das richtig verstehe, und es sind nur noch ein paar Wochen, bis Sie sich weiterverpflichten. Oder nicht.«

»Ich bin Berufssoldatin«, sagte sie.

»Oder nicht.«

Riley schüttelte leicht den Kopf. »Auf Anhieb, Agent Bishop, fällt mir kein einziger Grund ein, warum ich das Armeeleben gegen eins beim FBI eintauschen sollte – egal, wie speziell Ihre Einheit auch ist. Abgesehen davon, selbst wenn mich gelegentlich eine Ahnung überkommt, ändert das nie etwas am Resultat der jeweiligen Situation.«

»Wirklich?«

»Nein.«

»Wir können Ihnen dabei helfen, zu lernen, Ihre Fähigkeiten zu kanalisieren und zu konzentrieren, sie konstruktiv einzusetzen. Es könnte Sie überraschen, wie viel sich dadurch ändert – in der jeweiligen Situation.«

Ohne auf eine Antwort zu warten, öffnete Bishop seinen Aktenkoffer und nahm einen großen, dicken Umschlag heraus. »Schauen Sie sich die Sachen mal an, wenn Sie Zeit dazu haben«, sagte er und reichte ihr den Umschlag. »Heute Abend, morgen. Sollten Sie dann interessiert sein, rufen Sie mich an. Meine Telefonnummer liegt dabei.«

»Und wenn ich nicht interessiert bin?«

»In dem Umschlag befinden sich nur Kopien. Wenn Sie nicht interessiert sind, vernichten Sie sie und vergessen Sie das Ganze. Aber ich wette, Sie werden interessiert sein. Daher bleibe ich noch ein paar Tage hier in der Gegend, Major. Nur für alle Fälle.«

Riley sah ihm nach, als er ging, klopfte nachdenklich mit

dem Umschlag gegen ihre Hand. Dann verschloss sie ihn in ihrem Fahrzeug und kehrte an die Arbeit zurück.

Erst spät am Abend, allein in ihrem kleinen, außerhalb des Stützpunkts gelegenen Apartment, stellte sie fest, dass Bishop nicht ganz ehrlich gewesen war. Eine Sache in dem Umschlag war keine Kopie.

Sie hatte sich unterbewusst gewappnet, bevor sie den Umschlag öffnete, zum Teil, weil ihr der gesunde Menschenverstand sagte, welche Dinge sie vermutlich darin finden würde, und zum Teil, weil ihr zusätzlicher Sinn ihr eine kribbelnde Warnung schickte – schon von dem Moment an, als sie den Umschlag zum ersten Mal berührt hatte. Aber Jahre disziplinierten Lebens, vor allem beim Militär, hatten sie eine ganze Menge über Konzentration und Fokussierung gelehrt, was es ihr im Allgemeinen ermöglichte, diese störenden Gefühle zu dämpfen, bis sie sie brauchte.

Bis sie bereit war, sich auf das zu konzentrieren, was sie sah, als sie den Umschlag auf ihrem Schreibtisch ausleerte.

Kopien, ja. Kopien aus der Hölle. Autopsieberichte – und Autopsiefotos. Tatortfotos. Nicht nur von einem Verbrechen, sondern einem halben Dutzend. Morde an anscheinend gesunden jungen Männern. Brutale Morde, gewalttätig und blutig und grausam.

Ohne die Autopsieberichte durchzusehen, wusste Riley trotzdem, dass die Morde in verschiedenen Städten und Orten passiert waren. Sie wusste, dass alle Opfer ihren Mörder gekannt hatten. Sie wusste, dass nur ein Mörder dafür verantwortlich war.

Sie wusste ebenfalls, was Bishop unternehmen wollte, um diesen Mörder zu fangen.

»Deshalb ist er auf mich gekommen«, sagte sie zu sich. Eine Herausforderung? O ja, absolut. Eine einmalige Herausforderung. Eine tödliche Prüfung ihrer Fähigkeiten. All ihrer Fähigkeiten.

Langsam griff sie nach dem einzigen Objekt aus dem Umschlag, das keine Kopie war. Es war eine Münze, ein halber Dollar. Scheinbar nichts Außergewöhnliches. Nur dass Riley, als sie ihn berührte, noch etwas wusste.

Sie wusste, was geschehen würde, wenn sie Bishops Einladung ablehnte.

Am Ende brauchte sie nicht groß nachzudenken. Sie fand die Karte mit seiner Handynummer und rief ihn an. Als er abnahm, hielt sie sich nicht mit Nettigkeiten auf.

»Sie spielen nicht fair«, sagte sie.

»Ich spiele nicht«, antwortete er.

»Sollte ich mir das für später merken?«

»Sagen Sie es mir.«

Riley schloss die Finger um die Münze in ihrer Hand und seufzte. »Wo muss ich mich melden?«

Gegenwart

Riley brauchte nicht lange zum Anziehen. Die Spitzendessous ließ sie außer Acht und entschied sich für die schlichteren und praktischeren – und bequemeren – Sachen, die sie normalerweise trug, dazu Jeans und ein ärmelloses Baumwolltop. Sie machte sich nicht die Mühe, ihre kurzen Haare zu föhnen, fuhr bloß mit den Fingern hindurch und ließ sie an der Luft trocknen.

Barfuß ging sie in die Küche, stellte die Kaffeemaschine an und wühlte herum, bis sie das Aspirin fand. Mit einer Grimasse schluckte sie die Tabletten trocken und entdeckte erst dann im Kühlschrank den Orangensaft, mit dem sie den bitteren Nachgeschmack hinunterspülte.

Der Kühlschrank war gut gefüllt, was Riley veranlasste, erneut die Augenbrauen zu heben. Im Allgemeinen ernährte sie sich von Take-away-Essen und hatte nicht viel fürs Kochen übrig, bis auf Eier und Toast und gelegentlich ein Steak.

Ihr Magen knurrte, ein deutliches Zeichen dafür, dass sie seit einer Weile nichts gegessen hatte. Das erleichterte sie sogar, weil es ihr einen möglichen Grund bot, warum ihre Sinne so gedämpft waren: In ihrem physischen Heizkessel befand sich kein Brennstoff, eine absolute Notwendigkeit für sie, um Spitzenleistungen zu erbringen.

Das war ihre persönliche Eigenart. Die meisten SCU-Agenten verfügten über mindestens eine solche Absonderlichkeit.

Riley machte sich eine große Schüssel Müsli und aß es stehend an der Arbeitsplatte der Küche.

Ihr Waffe blieb dabei immer in Reichweite.

Als sie aufgegessen hatte, war der Kaffee fertig. Sie nahm die erste Tasse mit zum Fenster und der Glastür, die aufs Meer und die Terrasse hinausführten. Sie trat nicht hinaus, öffnete nur die Jalousien, trank ihren Kaffee und schaute über den grauen Atlantik, die Dünen und den Strand.

Nicht viel Betrieb, und der auch nur weit verstreut. Ein paar Leute ließen sich auf Handtüchern oder Strandliegen von der Sonne braten. Zwei Kinder bauten neben einem sonnenbadenden Paar ein merkwürdig aussehendes Gebilde aus Sand. Ein anderes Paar schlenderte am Wasser entlang, kleine Wellen brachen sich an ihren Knöcheln.

Der Strand zwischen Rileys kleinem Haus und dem Wasser war leer. Die Menschen hier respektierten die Grenzen zwischen öffentlichem und privatem Zugang zum Strand, vor allem an dem dünner besiedelten Ende dieser kleinen

Insel, und da man für Ufernähe mehr bezahlte, hatte man gewöhnlich sein Stück Strand ganz für sich.

Riley kehrte für eine zweite Tasse Kaffee in die Küche zurück, mit gerunzelter Stirn, weil ihr Kopf trotz Aspirin, Essen und Kaffee immer noch dröhnte. Und weil sie sich nach wie vor nicht daran erinnern konnte, warum sie blutverschmiert aufgewacht war.

»Verdammt«, murmelte sie, sträubte sich innerlich gegen das, was sie tun musste, wie sie wusste. Wie bei den meisten Agenten der SCU war Kontrolle ein wichtiges Thema für Riley, und sie gab gegenüber anderen nur äußerst ungern zu, dass ihr eine Situation außer Kontrolle geraten war. Was aber auf diese fraglos zutraf.

Zumindest im Moment.

Sie ließ die Tasse in der Küche stehen, nahm jedoch die Waffe mit, während sie nach ihrem Handy suchte und es schließlich in einer Schultertasche fand. Ein Blick darauf verriet ihr, dass das Handy vollkommen leer war, was sie mit einem resignierten Seufzer hinnahm. Sie fand das Ladegerät eingesteckt auf der Küchenarbeitsplatte und schloss das Handy an.

Auf der Arbeitsplatte stand auch ein Festnetztelefon, und Riley starrte es an, während sie sich mit kurzer Unschlüssigkeit auf die Lippen biss.

Mist. Ihr blieb letztlich nichts anderes übrig.

Sie leerte die zweite Tasse Kaffee, sich durchaus bewusst, dass sie den Anruf hinauszögerte, und rang sich dann endlich dazu durch.

Als ihr Chef sich mit einem knappen »Bishop« meldete, bemühte sie sich sehr, ihre Stimme ruhig und sachlich klingen zu lassen.

»Hi, ich bin's, Riley. Ich scheine hier irgendwelche Probleme zu haben.«

Ein langes Schweigen entstand, dann antwortete Bishop mit seltsam rauer Stimme: »Das haben wir uns schon gedacht. Was zum Teufel geht da vor, Riley? Du hast deine letzten beiden Kontrollanrufe verpasst.«

Ein kalter Schauder rann ihr über den Rücken. »Was soll das heißen?« Sie verpasste ihre Kontrollanrufe nie. Niemals.

»Das soll heißen, dass wir seit über zwei Wochen nichts von dir gehört haben.«

2

Riley sagte das Einzige, was ihr einfiel. »Ich bin … überrascht, dass ihr inzwischen nicht die Kavallerie hergeschickt habt.«

Grimmig erwiderte Bishop: »Das wollte ich, glaub mir. Aber abgesehen davon, dass alle anderen Teams unterwegs waren und knietief in Ermittlungen steckten, die sie nicht einfach links liegen lassen konnten, hast du darauf bestanden, dass du allein mit der Situation fertigwirst und ich mir keine Sorgen machen soll, wenn du dich eine Weile lang nicht meldest. Jemanden von uns dort unvorbereitet auftauchen zu lassen, schien keine gute Idee zu sein. Du bist einer der fähigsten und selbstständigsten Menschen, die ich kenne, Riley; ich musste darauf vertrauen, dass du wusstest, was du tatest.«

Fast abwesend meinte sie: »Das war keine Kritik dafür, dass du nicht mit fliegenden Fahnen zu meiner Rettung gekommen bist, es hat mich nur ein wenig erstaunt.« Es verriet ihr, dass auch er vermutlich »knietief« in einem Fall steckte, von dem er sich nicht lösen konnte. Was auch immer sie ihm gesagt hatte, Bishop neigte dazu, seine Leute genau im Auge zu behalten und die Verbindung während einer laufenden Ermittlung nie länger als einen oder zwei Tage abbrechen zu lassen.

Andererseits hätte er es vermutlich gespürt, wenn sie tatsächlich in Lebensgefahr gewesen wäre. Beziehungsweise hatte er das zumindest mehr als einmal in der Vergangenheit getan. Das traf auf einige seiner Agenten zu, wenn auch längst nicht auf alle.

»Na ja, jedenfalls geht's mir so weit gut«, sagte sie ruhig. »Wenigstens ...«

»Was? Riley, was zum Teufel geht da unten vor?« Seine Frage veranlasste sie halb unbewusst, das Gesicht zu verziehen, denn wenn Bishop es nicht wusste, befand sie sich wahrscheinlich in sehr großen Schwierigkeiten.

Wie um alles in der Welt hatte sie es geschafft, in eine Situation zu geraten, die tödlich genug war, um sie mit Blut zu besudeln und anscheinend ihr Kurzzeitgedächtnis auszulöschen, und trotzdem das Geschehen vor der einschüchternden telepathischen Wahrnehmung des SCU-Chefs zu verbergen?

Vielleicht hatte der Gedächtnisverlust etwas damit zu tun? Oder vielleicht hatte das gleiche Vorkommnis, das den Gedächtnisverlust ausgelöst hatte, eine Art Blockade oder Abwehrschild errichtet? Sie wusste es nicht.

Verdammt, sie *wusste* es einfach nicht.

»Riley? Du glaubtest nicht, dass ein Gewaltrisiko bestand, zumindest nicht, als du dich gemeldet hast. Keine verdächtigen Todesfälle, keine gemeldeten Vermissten. Ich hatte den Eindruck, du wärst halbwegs überzeugt davon, dass es sich nur um eine Reihe dummer Streiche handelte. Ist irgendwas passiert, wodurch sich deine Ansicht geändert hat?«

Um der direkten Frage auszuweichen, antwortete sie mit einer eigenen. »Hör zu, was hab ich sonst noch gesagt?«

Einen Moment lang glaubte sie, er würde nicht antworten, aber schließlich tat er es doch.

»Seit deiner Ankunft auf Opal Island hast du nur einen formellen Bericht abgeliefert, und in dem mangelte es ziemlich an Einzelheiten. Bloß dass du dich eingerichtet und einen verlässlichen Kontakt zum County Department des Sheriffs aufgebaut hättest und zuversichtlich wärst, die Situation erfolgreich aufklären zu können.«

Riley atmete tief ein und fragte beiläufig: »Und die Situation wäre?«

Diesmal war das Schweigen, gelinde gesagt, angespannt.

»Riley?«

»Ja?«

»Warum bist du nach Opal Island gefahren?«

»Ich ... kann mich nicht genau erinnern.«

»Bist du verletzt?«

»Nein.« Mit leichten Gewissensbissen beschloss sie, das Blut nicht zu erwähnen. Nicht im Moment. Sie glaubte, das später eventuell noch zu brauchen. »Kein einziger Kratzer, keine Beule am Kopf.«

»Dann handelt es sich wahrscheinlich um ein emotionales oder psychisches Trauma. Oder ein paranormales Trauma.«

»Tja, darauf bin ich auch schon gekommen.«

Typisch für Bishop, hielt er sich nicht erst mit irgendwelchen Ausrufen auf. »Woran kannst du dich erinnern?«

»Hierhergekommen zu sein – vage. Dieses Haus gemietet zu haben, eingezogen zu sein. Danach sind es nur noch Blitze, die ich nicht zuordnen kann.«

»Und was ist mit der Zeit, bevor du Quantico verlassen hast?«

»Da erinnere ich mich an alles. Oder zumindest an alles bis zum Ende der Ermittlungen in San Diego. Ich kam zurück ins Büro, machte mich über all den Papierkram her ... und das ist es so ziemlich, bis ich vor zwei Stunden aufgewacht bin.«

»Was ist mit deinen Fähigkeiten?«

»Der Spinnensinn scheint ausgeschaltet zu sein, aber ich bin total ausgehungert aufgewacht, also bedeutet es vermutlich nichts. Bisher weiß ich nicht, wie es mit dem Hellsehen ist, doch wenn ich raten sollte ...« Sie wusste, dass sie ehrlich sein musste. »Momentan zünde ich nicht auf all meinen Zylindern.«

Bishop zögerte nicht. »Fahr zurück nach Quantico, Riley.«

»Ohne zu wissen, was hier passiert ist? Das kann ich nicht.«

»Ich möchte keinen Befehl daraus machen.«

»Und ich möchte mich keinem widersetzen. Aber ich kann nicht einfach zusammenpacken und mit dieser … riesigen, leeren Lücke in meinem Leben abhauen. Verlang das nicht von mir, Bishop.«

»Riley, hör mir zu. Du bist allein da unten, ohne Verstärkung. Du kannst dich an die letzten drei Wochen nicht erinnern. Du kannst dich nicht mal erinnern, weswegen du dort ermittelt hast. Und die Fähigkeiten, die dir normalerweise helfen könnten, dich zu konzentrieren und der Unterströmungen Herr zu werden, stehen dir nicht zur Verfügung – entweder vorübergehend oder permanent. Also, kannst du mir einen einzigen Grund nennen, warum ich das alles außer Acht lassen und dir erlauben sollte, dort zu bleiben?«

Wieder atmete sie tief durch und ging das Wagnis ein. »Ja. Einen sehr guten Grund. Denn als ich heute aufwachte, war ich vollkommen bekleidet und mit getrocknetem Blut bedeckt. Was auch immer hier passiert ist, ich war bis zu den Ellbogen drin. Ein Anruf beim örtlichen Sheriff, und ich säße vermutlich in seinem Gefängnis. Daher muss ich hierbleiben, Bishop. Ich muss bleiben, bis ich mich erinnere oder herausbekommen, was zum Teufel hier los ist.«

Sue McEntyre war absolut nicht glücklich über die örtliche Vorschrift, nach der Hunde von acht Uhr morgens bis acht Uhr abends keinen Zugang zum Strand hatten. Es machte ihr nichts aus, früh aufzustehen, damit sich ihre beiden Labradore am Strand ordentlich austoben konnten, nur wären große Hunde – und nicht nur ihre – bestimmt glücklicher gewesen, wenn sie auch ein paarmal am Tag ins Wasser gekonnt hätten. Vor allem während eines heißen Sommers.

Zum Glück gab es einen großen Park am Rand der Innenstadt von Castle mit einem Gelände samt flachem Teich, wo Hunde jederzeit tagsüber von der Leine gelassen werden durften, daher lud sie mindestens einmal am Tag Pip und Brandy in ihren Jeep und fuhr mit ihnen über die Brücke zum Festland.

An diesem Montagnachmittag erwartete sie nicht, dass es voll sein würde. Die Sommergäste hielten sich lieber am Strand auf oder kauften in der Innenstadt ein, daher wurde der Park überwiegend von Einheimischen genutzt, und die meisten taten es aus demselben Grund wie Sue.

Sie fand einen Parkplatz näher zum Hundegelände als gewöhnlich und warf nach kurzer Zeit ein Frisbee für Brandy und einen Tennisball für Pip, wodurch sie alle drei genügend Bewegung bekamen, sie durch das Werfen und die Hunde durch fröhliches Apportieren.

Erst als Pip plötzlich seinen Ball fallen ließ und in den Wald schoss, bemerkte Sue, dass ein Teil des Zauns niedergetreten war und der mutigere und neugierigere ihrer beiden Hunde diese Gelegenheit ergriffen hatte.

»Verdammt.«

Sie war nicht allzu besorgt, da sich Pip vermutlich nicht der Straße und dem Verkehr nähern würde. Aber er würde auch kaum reagieren, wenn sie ihn rief, denn im Wald herumzuschnüffeln liebte er noch mehr, als am Strand entlangzurennen, und er hatte die Kunst perfektioniert, plötzlich und vorübergehend taub zu werden, wenn sein Interesse geweckt war.

Sue rief Brandy, machte die Leine am Halsband fest und ging dann auf die Suche nach ihrem anderen Hund.

Man hätte meinen können, es sei leicht, einen hellbraunen Hund im schattigen Wald zu entdecken, aber Pip hatte die Gabe, sich praktisch unsichtbar zu machen, daher musste sich Sue auf Brandys Nase verlassen, um den Bruder der Hündin zu finden. Glücklicherweise kam das so oft vor, dass man Brandy nicht sagen musste, was sie zu tun hatte, und sie führte ihre Besitzerin in stetigem Tempo durch den Wald.

Das Waldstück war für diese Gegend ziemlich ungewöhnlich, bestand aus hoch aufragenden Hartholzbäumen mit dichtem Unterholz, statt der üblicheren dürren Kiefern in sandigem Boden. Aber da es gleichzeitig weniger als eine Meile von der Innenstadt Castles entfernt lag, würde man es kaum eine Wildnis genannt haben.

Sue und ihre Hunde hatten vermutlich in den fünf Jahren, seit sie auf Opal Island wohnte, jedes Fleckchen davon erforscht.

Trotzdem hätte sie sich von der großen Lichtung in der Mitte des Waldes ferngehalten, wenn Brandy sie nicht direkt dorthin geführt hätte. Sie hatte davon gehört, was man dort vor etwa einer Woche gefunden hatte, und es gefiel ihr nicht, dass das, was ihr wie eine interessante Felsansammlung mit einem Sitz zum Ausruhen und friedlichem Betrachten des Waldes vorgekommen war, möglicherweise einem unheilvolleren Zweck diente.

Satanismus, behaupteten die Leute.

Sue hatte nie an so etwas geglaubt, aber trotzdem, kein Rauch ohne Feuer, Jäger waren in diesem Wald nicht zugelassen, und wer sonst würde ein Tier töten? Pip begann zu bellen.

Sich eines plötzlichen Fröstelns bewusst, beschleunigte

Sue ihre Schritte und rannte fast neben Brandy den gewundenen Pfad zur Lichtung entlang.

Jeder, der grundlos ein Tier im Wald abschlachtete, dachte sie, würde wahrscheinlich auch nicht zögern, den Hund eines anderen zu töten, vor allem, wenn das Tier zur falschen Zeit am falschen Ort war.

»Pip!« Es nützte zwar nichts, ihn zu rufen, doch sie hatte plötzlich schreckliche Angst, in einer Weise, wie sie es nie zuvor erlebt hatte, auf einer Ebene, die fast archaisch war, und ihrem Entsetzen musste sie mit einer Art Schrei Ausdruck verleihen.

Erst sehr viel später begriff sie, dass sie wahrscheinlich das Blut gerochen hatte, lange bevor sie die Lichtung erreichte.

Brandy und sie stürzten auf die Lichtung und fanden Pip nur ein paar Meter vom Rand entfernt, wo er stocksteif stand und sich die Lunge aus dem Leib bellte. Nicht sein fröhliches »Ich-hab-Spaß«-Bellen, sondern ein ungewohntes, fast hysterisches Geräusch, das von derselben elementaren Angst zeugte, wie Sue sie empfand.

Mit der jaulenden Brandy dicht an ihrer Seite ging Sue zu Pip und befestigte blind die Leine an seinem Halsband, den Blick auf das gerichtet, was sich in der Mitte der Lichtung befand.

Da war die scheinbar unschuldige Felsansammlung, nicht mehr unschuldig, sondern mit Blut bespritzt, sehr viel Blut.

Sue achtete jedoch wenig auf die Felsen, bemerkte nicht mal, dass in der Nähe ein Feuer gebrannt hatte. Ihr Blick war nur auf das gerichtet, was über den Felsen hing.

Mit Seilen an einem kräftigen Eichenast aufgehängt, war der nackte Körper eines Mannes kaum mehr als solcher zu erkennen. Dutzende flache Schnitte an seinem Körper hatten stark geblutet, seine Haut rot verfärbt, und das Blut war, wie man deutlich sehen konnte, auf die Felsen getropft.

Über sehr lange Zeit.

Die Seile waren um seine Handgelenke geknotet, beide zusammengebunden und ausgestreckt über ... über dem ... Nur dass die Handgelenke nicht über dem Kopf ausgestreckt waren.

Es gab keinen Kopf.

Mit einem erstickten Schrei drehte Sue sich um und rannte davon.

Es kostete Riley eine Menge Überredungskraft, aber schließlich setzte sie sich durch.

Gewissermaßen.

Bishop erklärte sich einverstanden, sie nicht abzuziehen, war aber nicht bereit, das auf unbestimmte Zeit auszudehnen. Er gab ihr von heute – Montagnachmittag – an Zeit bis zum Freitag, die Situation zu »stabilisieren«, womit gemeint war, die Erinnerungen an die letzten drei Wochen wiederherzustellen und/oder herauszubekommen, was hier vorging. Sollte sie das nicht zu seiner Zufriedenheit bewerkstelligen, werde sie nach Quantico zurückbeordert.

Und sie hätte sich jeden Tag zu melden. Ein versäumter Bericht, und er würde ein weiteres Mitglied oder Mitglieder des Teams schicken, mit dem Befehl, sie rauszuholen. Entweder das, oder er käme selber.

Außerdem müsste die blutgetränkte Kleidung, in der sie aufgewacht war, augenblicklich zur Prüfung nach Quantico. Bishop würde innerhalb der nächsten zwei Stunden einen Kurier schicken, der das Päckchen abholen sollte. Und wenn es sich um menschliches Blut handelte, galten alle vorher genannten Bedingungen nicht mehr.

»Du glaubst, es könnte Tierblut sein?«, fragte sie.

»Da du dort hingeschickt wurdest, um Berichte über mögliche okkulte Rituale zu überprüfen, könnte das durchaus sein.« Bishop hielt inne. »Innerhalb des letzten Jahres haben wir eine ganze Reihe solcher Berichte aus dem Südosten bekommen. Kannst du dich daran erinnern?«

Sie konnte. »Aber in neun von zehn Fällen gab es keine echten Beweise für okkulte Praktiken. Oder zumindest nichts Gefährliches.«

»Nichts Satanisches«, stimmte er zu. »Das steckt ja immer hinter der örtlichen Hysterie, die Vorstellung, dass Teufelsanbeter in Roben Rituale im Wald abhalten und dabei Orgien feiern und Babys opfern.«

»Ja, wobei es in Wirklichkeit meist nur um Streiche geht oder voreilige Schlussfolgerungen, weil jemand auf seinem täglichen Spaziergang was Eigentümliches gefunden hat.«

»Genau. Aber sobald sich Gerüchte verbreiten, werden solche Vorfälle extrem aufgebauscht, und die dadurch entstandene Furcht kann echte Probleme hervorrufen. Manchmal tödliche Probleme.«

»Demnach kam ich her, um mögliche okkulte Aktivitäten zu untersuchen?« Riley war nach wie vor bemüht, sich zu erinnern und die Kleidung und Unterwäsche, die sie mitgebracht hatte, in Einklang zu bringen mit dem, was sich nach einer völlig normalen Ermittlung anhörte – zumindest für sie.

Sie war bei der SCU in der Tat diejenige, an die man sich wandte, wenn es um das Okkulte ging.

»Die möglichen Anfänge okkulter Aktivitäten«, erwiderte Bishop. »Ein Freund und ehemaliger Armeekumpel von dir hat sich mit uns in Verbindung gesetzt. Er wollte nicht, dass wir dort offiziell auftauchen, und besaß auch nicht die Autorität, uns anzufordern, aber er hatte ein sehr schlechtes Gefühl bei dem, was in Castle und auf Opal Island vorging, und hielt die Sache sowohl für ernst als auch für mehr, als der örtliche Sheriff bewältigen kann.«

»Also bin ich inoffiziell hier.«

»Sehr inoffiziell. Und nur auf Bitten von Gordon Skinner und deiner Überzeugung, dass man seinen Instinkten vertrauen kann.«

»Ja, Gordon hat den Ruf, dass sich seine Vorahnungen als wahr herausstellen. Ich habe ihn immer für einen latenten Präkognier gehalten. Und er ist niemand, der sich vor Schatten erschreckt.« Riley runzelte die Stirn. »Schätze, er hat seine zwanzig Jahre abgedient und sich zur Ruhe gesetzt, wie er es vorhatte. Auf Opal Island?«

»Das hast du gesagt.«

»Na gut. Gordon ist auf jeden Fall jemand, dem ich vertrauen kann. Wenn ich seinetwegen hier bin, kann ich davon ausgehen, dass ich in den letzten drei Wochen Zeit mit ihm verbracht habe. Er kann mich ins Bild setzen.«

»Das hoffe ich. Denn du ermittelst nicht verdeckt dort, Riley. Du hast nicht verheimlicht, dass du FBI-Agentin bist. Was die Leute vor Ort angeht – einschließlich des Sheriffs, da du dich bei ihm gemeldet hast, als du ankamst –, bist du auf Opal Island, um Urlaub zu machen. Angesammelte Urlaubstage zur Erholung nach einem besonders schweren Fall.«

»Oh«, sagte Riley. »Ich frag mich, ob das so eine gute Idee war. Hier offen aufzutreten, meine ich.«

»Leider habe ich keine Ahnung. Aber es ist eindeutig zu spät, diese Entscheidung zu hinterfragen.«

»Stimmt. Also habe ich mir die Insel als Urlaubsort ausgesucht, weil mein alter Armeekumpel Gordon sich hier zur Ruhe gesetzt hat.«

»Das gab dir einen legitimen Grund, um dort zu sein.«

Riley seufzte. »Und mehr weißt du nicht?« Sein Schweigen sprach Bände, daher fügte sie hastig hinzu: »Ja, schon gut, mein Fehler. Hätte mich melden sollen. Und ich bin sicher, wenn ich mich daran erinnere, warum ich mich nicht gemeldet habe, wird es einen guten Grund dafür geben.«

»Das hoffe ich.«

»Tut mir leid, Bishop.«

»Sieh dich einfach vor, bitte, ja? Ich weiß, dass du auf dich aufpassen kannst, aber wir kennen beide Ermittlungen, die häufig Praktiken in schwarzer Magie oder andere Entartungen des Bösen zutage fördern. Für gewöhnlich sehr schnell.«

»Ja. Bei der letzten ging es um einen Serienmörder, nicht wahr?«

»Erinnere mich nicht daran.«

Es machte sie selbst nicht glücklich, sich das ins Gedächtnis zu rufen, denn diese Erinnerung wurde rasch allzu deutlich. Um Haaresbreite wäre sie das letzte Opfer dieses Mörders geworden.

»Mir gefällt das alles nicht, Riley, ganz offiziell gesprochen«, sagte Bishop.

»Ich weiß.«

»Vergiss nicht – du hast mir bis Freitag gewisse Fortschritte zu melden, oder ich ziehe dich ab.«

»Hab verstanden. Mach dir keine Sorgen. Gordon kann mir den Rücken decken, falls nötig, während ich herausfinde, was hier vorgeht.«

»Sieh dich vor«, wiederholte er.

»Mach ich.« Sie legte auf und blieb stirnrunzelnd noch ein wenig stehen. Ihre Kopfschmerzen beruhigten sich allmählich, doch obwohl ihr Kopf nur noch gedämpft dröhnte, waren auch ihre Sinne gedämpft.

Sie goss sich Kaffee nach und wühlte im Küchenschrank

nach den kalorienreichen Energieriegeln, die sie kartonweise zu kaufen pflegte. Zwei davon hatte sie eigentlich ständig in ihrer Handtasche oder Hosentasche. Wenn sie nicht alle ein, zwei Stunden etwas aß, brachte sie keine Höchstleistung.

Paragnostische Höchstleistung.

Andere Mitglieder der SCU beneideten sie um ihren hohen Stoffwechsel, der ihr erlaubte, alles zu essen, was sie wollte – und das in erstaunlichen Mengen –, ohne ein Gramm zuzunehmen. Aber sie sahen auch die Kehrseite. Riley war es nicht immer möglich, während einer hektischen Ermittlung genug oder oft genug zu essen, um Energie für ihre Fähigkeiten zu haben, und mindestens einmal hatte das fast ein Leben gekostet.

Ihr Leben.

Sie aß einen Energieriegel zu ihrem Kaffee und steckte zwei weitere in die Schultertasche, die sie gefunden hatte. Sie überprüfte den Inhalt der Tasche, nur für den Fall, dass irgendwas Ungewöhnliches ihre Erinnerung auslösen würde, aber alles wirkte ganz normal.

Sie neigte dazu, sich mit wenig zu belasten, daher war nicht viel da. Schlüssel für ihren Mietwagen und für dieses Haus. Ein kleines Adressbuch. Ein Fettstift für die Lippen; farbige Lippenstifte waren nicht ihr Ding. Eine verspiegelte Dose mit Kompaktpuder, kaum benutzt, denn Make-up war ebenfalls nicht ihr Ding, es sei denn, die Situation erforderte es. Geldbeutel mit Scheinen, Kreditkarten in ihren Schutzhüllen und ihr Führerschein. Die Mappe mit ihrem FBI-Ausweis und der Dienstmarke würde im Nachttisch liegen, oder sollte es, da sie genau genommen außer Dienst war.

Sie ging ins Schlafzimmer und sah nach, und da war die Mappe.

Nachdem Riley ins Wohnzimmer zurückgekehrt war, stellte sie den Fernseher an, um auf CNN das Datum zu überprüfen und herauszufinden, ob ihr etwas Wichtiges in den Weltnachrichten entgangen war.

14. Juli. Und ihre letzte klare, deutliche Erinnerung lag irgendwo um den 20. Juni herum, in Quantico. Berichte verfassen am Schreibtisch, nichts Ungewöhnliches. Etwas erschöpft, was nach dem Abschluss einer schwierigen Ermittlung normal war.

Und dann ... nichts als diese Blitze. Flüstern in ihrem Kopf, Gesprächsfetzen, die keinen Sinn ergaben. Gesichter und Orte, die sie zu kennen meinte, aber nicht benennen konnte. Gefühle, die seltsam schwankend und sogar chaotisch waren für eine normalerweise so klar denkende, rationale Frau ...

Riley schüttelte das ab und wandte sich dem Fernsehschirm zu.

Na gut, ihr ging's nicht so toll. Und was war in der Welt los?

Ein Erdbeben, zwei politische Skandale, eine Prominentenscheidung und ein halbes Dutzend Gewaltverbrechen später stellte sie den Ton aus und kehrte in die Küche zurück, um sich noch mehr Kaffee einzugießen.

Immer dasselbe, immer dasselbe.

»Ich kann mich nicht in diesem Haus verstecken, bis mir alles wieder einfällt«, murmelte sie vor sich hin. Zum einen gab es keine Garantie, dass das passieren würde; der mit einem Trauma verbundene Verlust des Kurzzeitgedächtnisses war nicht so ungewöhnlich, konnte aber bei einem Paragnosten auch ein Symptom für größere Probleme sein. Daran hätte Bishop sie nicht zu erinnern brauchen.

Zum anderen setzte nichts hier ihre Erinnerung in Gang. Und sie brauchte dringend Informationen. Musste eine Vorstellung davon bekommen, was da vorging. Daher war es eindeutig am vordringlichsten, sich mit Gordon in Verbindung zu setzen.

Erst mal musste sie aber die Kleidung einpacken, die sie getragen hatte, und fand auch das entsprechende Verpackungsmaterial für die Sendung nach Quantico. Und sie durchsuchte das Haus erneut, sah sich dabei aufmerksam nach irgendwas Ungewöhnlichem um.

Abgesehen von der aufreizenden Unterwäsche, gab es nichts, das sie für ungewöhnlich hielt. Was bedeutete, dass sie nichts fand, was ihre Fragen beantwortete oder weitere aufwarf.

Als sie mit der gründlicheren Durchsuchung fertig war, hatte sie noch einen weiteren Energieriegel gegessen, und ihre Kopfschmerzen waren so gut wie weg. Aber als sie versuchte, ihre zusätzlichen Sinne anzuzapfen, kam nichts. Keine tiefere, intensivere Verbindung mit ihrer Umgebung durch den Spinnensinn.

Und was ihre hellseherischen Fähigkeiten anging …

Die funktionierten besser bei Menschen als bei Dingen, daher konnte sie nur schwer beurteilen, ob dieser Zusatzsinn Pause machte, wenn sie allein im Haus war.

Es klingelte an der Tür, und Rileys erste Reaktion war starkes Misstrauen, was sowohl an ihrer Ausbildung als auch an einer lebenslangen Sucht nach Krimis und Horrorfilmen lag.

Ein Besucher in dem Moment, wo sie einen brauchte, war kein gutes Zeichen.

Sie nahm ihre Waffe mit, hielt sie gesenkt, bis sie die Haustür erreichte. Ein kleines Fenster in der festen Holztür erlaubte ihr, zu sehen, wer auf der Veranda stand.

Eine Frau in der Uniform eines Sheriff Deputys, ohne Mütze. Hochgewachsen, rothaarig, ziemlich hübsch, und …

»Ich weiß nicht, Riley. So was haben wir hier sonst nicht. Seltsame, in Holz gebrannte oder in den Sand gemalte Symbole. Ein leer stehendes Gebäude und ein im Bau befindliches Haus, beide niedergebrannt. Das Zeug, das wir im Wald gefunden haben, von dem du sagst, es könnte darauf hindeuten, dass jemand hier eine Art okkultes Ritual abgehalten hat oder abhalten wollte …«

»Bisher sind das alles nur Einzelfunde, Leah. Und auch noch sehr merkwürdige.«

»Was meinst du damit?«

»Ich meine, da passt irgendwas nicht zusammen.«

Der Erinnerungsblitz verschwand genauso schnell wieder, wie er aufgetaucht war, aber er hatte ihr zumindest eine Gewissheit geliefert.

Deputy Leah Wells war ihr »verlässlicher Kontakt« innerhalb des Sheriffdepartments.

Riley steckte ihre Automatik hinten in den Bund ihrer Jeans und öffnete die Tür.

»Hallo«, sagte sie. »Was ist los?«

»Nichts Gutes«, erwiderte Leah grimmig. »Der Sheriff hat mich geschickt, um dich zu holen. Es hat einen Mord gegeben, Riley.«

3

Hältst du es für eine gute Idee, deine Tür nicht abzuschließen?«, fragte Leah ein paar Minuten später, während sie mit dem Jeep des Sheriffdepartments auf die Mitte der Insel und die Brücke zum Festland zufuhren.

»Wie gesagt, innerhalb der nächsten Stunde wird ein Kurier das Päckchen abholen, das ich hinter der Tür deponiert habe.« Sie hatte Bishop kurz mitgeteilt, wo das Päckchen zu finden sei.

»Du hättest es in deinen Mietwagen legen können.«

»Ja, schon. Doch das wäre mir etwas ... zu sichtbar gewesen.«

Leah warf ihr einen Blick zu. »Ich sollte wahrscheinlich nicht fragen, aber ... Hat es was mit dem zu tun, was hier vorgeht?«

Riley zuckte die Schultern. »Vielleicht. Ich werde mehr wissen, wenn ich von Quantico höre. Wenigstens hoffe ich das.«

Riley hatte es sich überlegt, aber dann doch beschlossen, Leah von ihrem Gedächtnisverlust nichts zu erzählen. Wenigstens jetzt noch nicht. Sie war so unabhängig, dass es nicht mal Bishop gelungen war, ihr einen ständigen Partner zuzuweisen, und diese Unabhängigkeit verlangte, dass sie ihre momentane Verletzlichkeit so lange wie möglich für sich behielt.

Zudem war es ganz einfach eine vernünftige Vorsichtsmaßnahme, bis sie sich Klarheit darüber verschafft hatte, was hier vorging.

Leah warf ihr einen weiteren Blick zu. »Weißt du, in der letzten Woche warst du mächtig geheimniskrämerisch.«

»Wirklich?« Das war mehr eine ehrliche Frage als eine bloße Antwort, was Leah hoffentlich nicht merken würde.

»Finde ich schon. Gordon auch. Er glaubt, du hättest entweder was gefunden oder was rausgekriegt, das dich sehr beunruhigt.«

»Das hat er dir gesagt?«

»Gestern Abend in der Dusche und noch mal heute Morgen am Frühstückstisch. Er macht sich Sorgen um dich, Riley.«

Natürlich.

Gordon hatte schon immer ein Faible für Rotschöpfe. Deswegen kann ich Leah trauen. Die beiden haben was miteinander, und er hat für sie gebürgt.

Laut und etwas beiläufig sagte sie: »Gordon hat sich seit Jahren Sorgen um mich gemacht.«

Leah grinste schwach. »Ja, das hat er ein paarmal erwähnt. Sagte, du gräbst immer weiter, wenn jeder vernünftige Mensch die Schaufel wegwerfen würde. Deswegen wollte er dich hierhaben – selbst wenn er sich die ganze Zeit um dich Sorgen machen muss. Und jetzt ist dieser Mord passiert. Ich würde sagen, der Einsatz hat sich erhöht, und vielleicht haben wir *alle* Grund, uns Sorgen zu machen.«

»Ist der Sheriff sich sicher, dass es Mord war?«

»*Ich* bin mir sicher – und ich hatte noch nie einen Ermordeten gesehen, nur in den Lehrbüchern. Glaub mir, Riley, es war Mord. Der Kerl hängt an einem Baum über diesem angeblichen Altar im Wald. Und er hat sich nicht selbst erhängt.«

»Wer ist das Opfer?«

»Tja, das wissen wir noch nicht. Und es könnte eine Weile dauern, bis wir es herausfinden. Da ist … er hat … sein Kopf ist nicht da.«

Riley schaute die Polizistin an, merkte, wie ihr ein kalter Finger über den Rücken fuhr. Etwas daran kam ihr unheimlich vertraut vor. »Und der Kopf wurde nicht irgendwo in der Nähe gefunden?«

Leah verzog das Gesicht. »Bis ich gegangen bin, noch nicht. Wir haben gesucht, aber es ist nur ein kleines Waldstück, wie du weißt, und ich schätze, wenn der Kopf bisher nicht aufgetaucht ist, werden wir ihn nicht finden. Nicht in diesem Wald.«

Riley nickte und sah wieder geradeaus. Irgendwas ging ihr im Hinterkopf herum, aber sie hatte keine Ahnung, ob es eine Erinnerung war oder etwas Sachdienliches.

Oder aber etwas total Unwichtiges und Nutzloses, was auf viele dieser verschwommenen Eingebungen zutraf.

»Leah, der Sheriff denkt immer noch, dass ich hier Urlaub mache, oder?«

»Soweit ich weiß.«

»Warum ruft er mich dann an einen Tatort?«

»Offensichtlich weiß er, dass du bei der Special Crimes Unit bist. Und er betrachtet das hier als ein spezielles Verbrechen, angesichts dessen, dass wir in dieser Gegend seit, ach, einem Jahrzehnt oder so keinen Mord mehr hatten. Todesfälle, klar. Auch den einen oder anderen Totschlag, aber nichts wie das, nicht im Entferntesten.«

Riley war nicht besonders glücklich, dass der Sheriff über sie Bescheid wusste, obwohl es sie nicht überraschte. Natürlich würde er sie überprüft haben, und jeder Polizeibeamte seiner Rangstufe konnte ohne weiteres herausfinden, dass sie zur SCU gehörte.

Mehr jedoch hoffentlich nicht.

Bevor sie fragen konnte, sagte Leah: »So, wie er redet,

glaube ich nicht, dass er etwas über deine Spezialität weiß. Dieses okkulte Zeug, meine ich. Denn diese Sache muss was mit dem Okkulten zu tun haben, und er hat nichts davon gesagt, dass er dich deswegen am Tatort haben will. Nur wegen deiner allgemeinen Erfahrung bei der Verbrechensermittlung. Er weiß bloß, dass du eine FBI-Agentin bist und Angehörige einer Einheit, die unorthodoxe Methoden benutzt, um ungewöhnliche Verbrechen aufzuklären – und das hier ist definitiv ungewöhnlich.«

»Weiß er, dass ich Paragnostin bin?«

»An so was glaubt er nicht. Aber im Herbst stehen Wahlen an, und Jake Ballard will wiedergewählt werden. Und er will sich sicherlich nicht von den Wählern vorwerfen lassen, nicht jede mögliche Hilfe bei der Ermittlung zu einem brutalen Mord genutzt zu haben. Eine hier in der Gegend weilende FBI-Agentin muss da als exzellente Hilfe gewertet werden, ganz egal, zu welcher Einheit sie gehört oder welche zusätzlichen Sinne sie angeblich hat.« Leah schüttelte den Kopf. »Ich hatte angenommen, ihr beide hättet über solche Sachen geredet.«

»Wieso?«

»Na ja, das ist doch das Übliche, wenn zwei Cops ein Rendezvous haben.«

Oh, Mist.

»Andererseits«, fuhr Leah fort, eindeutig ohne zu merken, dass sie einen Schock ausgelöst hatte, »redet ihr Exsoldaten anscheinend weniger als wir anderen, zumindest über eure Arbeit. Ich schlafe inzwischen seit fast einem Jahr mit Gordon, lebe mehr oder weniger mit ihm, und er will mir immer noch nicht erzählen, warum er manchmal nachts schweißgebadet aufwacht.«

»Er will dich nicht mit den hässlichen Dingen belasten«, murmelte Riley. »Was er gesehen hat. Getan hat.«

»Ja, das kapier ich schon. Trotzdem kommt es mir so vor, als schlösse er mich aus einem sehr großen Teil seines Lebens aus.«

»Vergangenes Leben. Aus und vorbei. Lass es ruhen.« Riley zwang sich zu einem Lächeln, als die andere Frau sie anschaute. »Mein Rat. Ich weiß, du hast mich nicht darum gebeten, aber ich biete ihn dir trotzdem an. Die Ungeheuer unter dem Bett und im Schrank? Lass sie sein. Wenn er sie dir zeigen will, wird er es tun. Aber das könnte noch lange dauern. Falls es je geschieht.«

»Und es geht nicht um Vertrauen?«

Riley schüttelte den Kopf. »Es geht um Narben. Und darum, ihnen Zeit zu geben, zu verblassen. Narben aus zwanzig Jahren verblassen nicht über Nacht.«

»Wenn überhaupt.«

»Tja, gute Männer neigen dazu, an ihren schlechten Erinnerungen festzuhalten. Ich würde mir viel mehr Sorgen um ihn machen, wenn er nicht ab und zu schweißgebadet aufwachte.«

»Du weißt, was er durchgemacht hat«, sagte Leah.

»Manches davon. Nicht alles.«

»Aber es sind seine Geschichten. Er muss sie mir selbst erzählen.«

»So läuft das nun mal. Tut mir leid.«

»Nein, ist schon in Ordnung. Ich hab's kapiert.«

Riley hielt das durchaus für möglich. Leah war Polizistin und würde vermutlich sogar in diesem kleinen Badeort im Laufe ihres Berufslebens einige Horrorgeschichten erleben.

Vielleicht angefangen mit der, die sie heute gesehen hatte.

Schweigen breitete sich aus. Riley wollte es brechen, fand aber keine gute, einigermaßen beiläufige Möglichkeit, das Gespräch auf ihre Verabredung oder Verabredungen mit dem Sheriff zurückzulenken.

Verabredungen? Guter Gott, was um alles in der Welt hatte sie dazu veranlasst?

Da sie über einen verlässlichen Kontakt im Sheriffdepartment verfügte, kam es ihr unwahrscheinlich vor, dass sie sich mit ihm getroffen hatte, um ihn auszuhorchen, vor allem, nachdem er wusste, wer und was sie war. Was er ihr beruflich nicht anvertraute, würde er ihr kaum privat anvertrauen, nicht, wenn er wie die meisten Cops war, die sie kannte.

War es privat? Hatte sie Ausbildung und lebenslange Prioritäten beiseitegeschoben, um mit einem Polizeibeamten auszugehen, während sie Ermittlungen über Vorfälle in seiner Stadt anstellte?

Um möglicherweise gegen ihn zu ermitteln?

Was hatte sie dazu gebracht, etwas für sie so Untypisches zu tun? Wegen ihres hektischen Lebens ging sie so gut wie nie mit jemandem aus, aber sich während einer Ermittlung privat zu verabreden …

Ein plötzlicher, beunruhigender Verdacht stieg in ihr auf, als ihr die flüchtige Erinnerung an leise Stimmen und eine liebevolle Berührung auf der Terrasse ihres Hauses in den Sinn kam.

Sie hatte doch wohl nicht … sie war doch bei Gott sicherlich nicht weiter gegangen als …? Sie hatte sich keinen Liebhaber zugelegt. Nein. Nein, das wäre so untypisch, dass es für sie unvorstellbar war.

Aber. Wenn doch? Wie konnte sie in einer derart von Unsicherheit zerrissenen Situation diese Möglichkeit ausschließen?

Und, wichtiger noch, was war, falls weder ihre Erinnerungen noch ihre hellseherische Fähigkeit ansprangen, wenn sie diesen Mann wiedersah? Wie sollte sie sich da durchmogeln?

Der Wald war so dicht, dass es praktisch unmöglich war, die Lichtung mit einem Fahrzeug zu erreichen. Daher parkte Leah ihren Jeep bei den anderen Polizeiwagen, und sie stiegen aus.

Riley hatte einen weiteren Erinnerungsblitz. »Die Leiche wurde von einem Hund gefunden, stimmt's?«

»Genau wie das andere Zeug auf der Lichtung letzte Woche«, bestätigte Leah. »Allerdings von einem anderen Hund.«

Riley blieb stehen, um das Loch im Zaun zu betrachten, wobei sie den gelangweilten Deputy ignorierte, der Neugierige davon abhalten sollte, an dieser Stelle in den Wald vorzudringen. Der Zaun war nicht sonderlich stabil, mehr als Abgrenzung des Parks zum Wald gedacht, statt ein Hindernis für ein entschlossenes Tier darzustellen.

Stirnrunzelnd drehte sie sich halb um und betrachtete das von den örtlichen Hundebesitzern benutzte Gelände. »Merkwürdig«, murmelte sie.

»Was ist merkwürdig?«, fragte Leah.

Riley antwortete mit gesenkter Stimme. »Rituale sind nicht dazu gedacht, die Öffentlichkeit anzuziehen. Vor allem okkulte Rituale, und noch mehr, wenn dabei etwas geopfert oder jemand getötet werden soll. Man will nicht, dass Außenseiter zuschauen oder auch nur davon erfahren.«

»Erscheint mir sinnvoll.«

»Ja. Also, warum wurde dann dieser Ort gewählt? Es gibt Waldstücke, die weiter von der Stadt entfernt und viel abgelegener sind. Wälder von weit größerer Ausdehnung, die wesentlich mehr Verschwiegenheit bieten würden. Orte, an denen ein Feuer nicht zu sehen wäre. Und wo die örtlichen Hundebesitzer nicht täglich ihre Hunde ausführen.«

»Ist an diesem Waldstück vielleicht etwas Besonderes?«, meinte Leah. »Du hast gesagt, dass die Felsgruppe wie ein natürlicher Altar wirkt. Oder wie etwas sehr Altes, das vor langer Zeit benutzt wurde. Mag es daran liegen?«

»Kann sein.« Aber Riley war nicht überzeugt. Trotzdem folgte sie Leah durch die Lücke im Zaun und in den Wald.

Sie bemühte sich sehr, sich zu konzentrieren, ruhig zu werden und Halt zu finden, um das durchzustehen, was vor ihr lag, ohne sich zum Narren zu machen. Oder sich zu verraten.

Professionell, das war das Richtige. Kühl, distanziert und professionell. Aus welchem Grund sie sich auch mit Jake Ballard verabredet hatte, er würde von ihr erwarten, sich an einem Tatort wie ein Profi zu verhalten, ganz egal, wie inoffiziell ihre Anwesenheit war.

Riley fielen die aufreizenden Dessous ein, und sie zuckte zusammen.

Himmel, sie hoffte, dass er eine FBI-Agentin erwartete und keine Geliebte.

Sie würde sich doch bestimmt erinnern, wenn sie sich in den letzten beiden Wochen einen Liebhaber zugelegt hätte.

Bestimmt.

»Grand Central Station«, murmelte Leah, als sie die Lichtung erreichten.

In der Tat war hier eine Menge los, und Riley verspürte den flüchtigen, wenn auch resignierten Wunsch, den Ort gesehen zu haben, bevor er von zu vielen Füßen zertrampelt wurde. Ausgebildeten Füßen, größtenteils, aber ohne Spezialausbildung. Was deutlich zu erkennen war.

Statt sich den anderen anzuschließen, blieb Riley am Rand der Lichtung stehen, die Hände in den Taschen ihrer Jeans, und ließ erst mal ihren Blick wandern. Sie beachtete weder die uniformierten Deputys noch die Beamten der Spurensicherung, ignorierte die Gesprächsfetzen, die sie aufschnappte, schloss alles bis auf den Ort des Verbrechens aus.

Leah hatte recht gehabt: Niemand konnte bei diesem Anblick daran zweifeln, dass sie es mit Mord zu tun hatten.

Riley betrachtete das, was der Mörder hinterlassen hatte.

Die kopflose Leiche, die immer noch an ihren Handgelenken hing, die blutbefleckten Felsen darunter. Die Überreste eines Feuers daneben, die momentan fotografiert wurden.

Das kam ihr alles ... bekannt vor.

»Riley, danke, dass du gekommen bist.«

Beim Klang seiner Stimme drehte sie den Kopf, klammerte sich mühsam an ihre professionelle Distanz.

Die Stimme klang nett.

Das Ganze war ein schönes Exemplar der hochgewachsenen, dunkelhaarigen und gut aussehenden Art. Mit stechend blauen Augen als Zugabe.

Na gut, er sah blendend aus. Vielleicht war sie deshalb mit ihm ausgegangen.

Sheriff Jake Ballard trug seine Uniform mit einer Haltung, die verriet, dass er wusste, wie gut er darin aussah. Er bewegte sich mit einer Autorität, die beinahe großspurig war. Und er hatte diese Art Lächeln – selbst hier und jetzt –, die von der Natur zum Bezirzen des weiblichen Teils der Spezies vorgesehen war.

Riley konnte nicht behaupten, dagegen immun zu sein.

»Hallo«, sagte sie. »Nett, was hier in so einer hübschen kleinen Stadt passiert.«

»Da sagst du was.« Er schüttelte den Kopf, fügte hinzu: »Tut mir leid, dich in deinem Urlaub zu stören, aber, ehrlich gesagt, wollte ich die Meinung von jemandem hören, der vermutlich sehr viel mehr über solche Dinge weiß als wir.«

»Und du dachtest, das könnte bei mir der Fall sein?«

Er schaute ein bisschen verlegen, und Riley bemühte sich, nicht daran zu glauben, dass er genau wusste, wie gut ihm dieser Ausdruck stand.

»Na gut, ich habe dich überprüft, als du ankamst. Ich hab es später nicht erwähnt, weil … weil ich dachte, du würdest schon irgendwann selbst damit rausrücken.«

»Womit?«

»Der Special Crimes Unit. Das ist innerhalb von Polizeikreisen nicht unbedingt ein Geheimnis, weißt du. Ich hab ein bisschen rumtelefoniert. Und ein wenig mehr in Erfahrung gebracht als diese übliche Augenwischerei des FBI.«

Auf gut Glück sagte Riley: »Du glaubst nicht an das Paranormale.«

Seine Augenbrauen hoben sich. »Ist das ein Problem?«

»Für mich nicht. Das begegnet uns immer wieder.«

»Kann ich mir vorstellen.«

»Aber wenn du nicht daran glaubst, wie viel Wert kann meine Meinung dann haben?«

»Du bist eine erfahrene Ermittlerin, und deine Einheit hat regelmäßig mit Mord zu tun. Stimmt's?«

»Ja.«

»Daran glaube ich. An deine Erfahrung. Das reicht mir.«

Riley blickte ihn an und suchte nach einer Erinnerung, einer einzigen Erinnerung.

Nichts.

Was ihre hellseherische Fähigkeit anging, die war genauso abwesend wie ihre Erinnerung. Sie wusste nur, was ihre gewöhnlichen, aber leicht gedämpften Sinne ihr verrieten. Er sah blendend aus, er hatte eine nette Stimme, und er benutzte das Eau de Toilette von Polo. »Ich brauche deine Hilfe, Riley«, sagte Jake Ballard. »Oder zumindest deine Fachkenntnis. Ich kann dein Büro anrufen, die Sache offiziell machen, damit es dir angerechnet wird und du deine Urlaubszeit nicht verschwenden musst.«

Sie zögerte, meinte dann: »Wenn du es offiziell machst, wird mein Chef wahrscheinlich einen oder zwei weitere Agenten herschicken. Wir arbeiten selten allein.«

Der Sheriff verzog das Gesicht. »Darauf bin ich nicht sonderlich heiß. Eine größere FBI-Präsenz würde dem Stadtrat bestimmt nicht gefallen. Wenn wir die Sommergäste vergraulen ...«

Er brauchte den Satz nicht zu beenden. Orte wie Castle oder Opal Island waren nicht so abhängig von den Sommerdollars wie die nördlichen Küstenregionen. So weit südlich war der Winter mild und kurz, und Gäste kamen während des ganzen Jahres. Aber die Sommersaison erbrachte trotzdem die meisten Einnahmen durch höhere Mieten und andere Geschäftszweige der Gegend.

Mit milder Stimme sagte Riley: »Ich glaube, mein Chef wird damit einverstanden sein, wenn wir die Sache halb offiziell lassen.« *Ja, klar wird er das. Bishop wird nicht glücklich sein, dass wir es jetzt mit einem Mord zu tun haben.* Und warum zum Teufel hatte sie diese Tatsache nicht erwähnt, als sie ihn angerufen hatte, um zu erklären, wo der Kurier das Päckchen finden würde?

Mann, was ist bloß los mit mir?

»Ich kann ihm die Situation erklären«, fuhr sie fort, kämpfte sich durch ihre Unsicherheit, »und sie können mir anrechnen, dass ich als Beraterin für dein Büro tätig bin, nicht als Ermittlerin.«

»Passt mir gut«, erwiderte er prompt. »Hör mal, der Doc will, dass wir die Leiche abschneiden ...«

»Nein.« Sie schwächte das mit einem Lächeln ab. »Es

würde mir wirklich helfen, wenn du hier für kurze Zeit die meisten deiner Leute abziehst. Nicht lange, nur ein paar Minuten. Ich möchte ein bisschen herumgehen, mir den Tatort näher anschauen, bevor noch mehr verändert wird.«

»Wegen der übersinnlichen Schwingungen?« Seine Stimme klang – nur leicht – spöttisch.

»Wegen allem, was ich vielleicht aufschnappen kann«, gab sie freundlich zurück.

Er beäugte sie kurz, zuckte dann die Schultern. »Na gut, in Ordnung. Mein Spurensicherungsteam hat getan, was es konnte, und wir haben weiß Gott genügend Fotos gemacht. Aber die Leute, die den Wald absuchen, sind noch nicht fertig.«

»Die brauchst du nicht abzurufen. Ich möchte nur, dass der Bereich direkt um die Leiche geräumt wird.«

Er nickte, trat beiseite und ordnete seine Leute an, vorübergehend zu ihren Fahrzeugen zurückzugehen.

Leah, die schweigend danebengestanden hatte, murmelte: »Ich bin mir nicht klar, ob er wirklich deine Hilfe will oder nur einen Grund sucht, gegen den Ash nichts einwenden kann, um dich in seiner Nähe zu haben.«

»Hmmm«, machte Riley.

Und wer zum Teufel ist Ash?, fragte sie sich.

4

Dieser Tatort gehörte zu den blutigeren unter denen, die Riley bisher gesehen hatte.

Nachdem die Deputys und die Spurensicherungsleute gegangen waren und nur noch der Sheriff und Leah vom Pfad aus zuschauten, bewegte sich Riley langsam um die Lichtung, konzentrierte sich auf das Öffnen all ihrer Sinne.

Das fiel ihr nicht leicht bei den vielen Fragen, die ihr durch den Kopf schwirrten, aber sie bemühte sich, so gut sie konnte.

Der Blutgeruch war am auffälligsten, und es bedurfte keiner Verstärkung dieses Sinnes, um ihr das zu verraten. Das Blut war schließlich überall hingespritzt.

Direkt unter der hängenden Leiche befanden sich die Felsen, die man, wenn man an so einem grausigen Ort überhaupt scherzhafte Gedanken haben konnte, am besten als Stuhl für einen Riesen beschrieben hätte. Na ja, jedenfalls für einen ziemlich kleinen Riesen. Denn der »Sitz« des Stuhls, zwar über einen Meter breit und einen knappen Meter tief, ging Riley nur bis zur Taille. Aber die »Rückenlehne« des Stuhls war an die zwei Meter hoch, so breit wie der »Sitz« und nur dreißig Zentimeter dick.

Es sah wirklich nicht aus wie ein natürlicher Teil der Umgebung, hatte Riley gedacht, als sie ihn zum ersten Mal sah.

Ah – eine Erinnerung.

Sie war hier gewesen mit … Gordon. Das war es. Er hatte sie kurz nach ihrer Ankunft auf der Insel hergebracht, weil …

»… und die Jungs dachten, sie sollten es mir zeigen, wahrscheinlich wegen der Geschichten, die ich ihnen über meine Urgroßmutter, die Voodoopriesterin, erzählt hatte.«

»Die Geschichten sind doch Blödsinn, Gordon.«

»Ja, aber das wussten sie nicht. Ein großer schwarzer Mann aus Louisiana, der von Voodoo erzählt, wer wird den schon als Lügner bezeichnen?«

»Ich.«

Er lachte, ein tiefes, dröhnendes Geräusch. »Ja, aber du würdest auch Petrus als Lügner bezeichnen, wenn er sich dir am Himmelstor vorstellt, Babe.«

»Sprechen wir nicht über meinen Glauben, Gordon. Die Jungs haben dir erzählt, dass sie die Knochen hier gefunden haben? Auf diesem Felsen?«

»Ja, genau hier. Ein Kreis aus Knochen, zusammengehalten von einer Angelschnur, über einem umgekehrten Kreuz aus …«

»Riley?«

Sie blinzelte und schaute zum Sheriff. »Hm?«

»Alles in Ordnung mit dir?«

Am liebsten hätte sie ihn dafür verflucht, den Erinnerungsfaden durchschnitten zu haben, aber sie antwortete nur ruhig: »Mir geht's gut.« Weg war es, verdammt, die Szene eingefroren in ihrem Kopf, als hätte sie bei einer DVD auf Pause gedrückt. Und sie verblasste immer rascher.

»Du sahst plötzlich so abwesend aus.« Er klang besorgt.

Leah, die etwas hinter ihm stand, verdrehte die Augen.

»Mir geht's gut«, wiederholte Riley. Sie wandte ihren Blick wieder dem Felsstuhl zu. Der Sitz hatte in etwa die richtige Größe und Höhe für einen Altar, dachte sie, als sie ihn anschaute. Die Lehne war jedoch ungewöhnlich für einen Altar – außer, man konnte sie auf irgendeine Weise nutzen.

Sie machte einen weiteren Schritt auf die Felsen zu, verschloss ihren Geist vor den nackten und blutigen Füßen, die darüberhingen.

Sie war keine Geologin, erkannte Granit aber, wenn sie ihn vor sich sah. Allerdings war sie sich nicht sicher und konnte auch nur schwer erkennen, ob die Blutspritzer auf den Felsen, vor allem auf der relativ flachen Oberfläche des hohen, aufrecht stehenden Steins, bestimmte Muster ergaben. War es ein reines Abschlachten gewesen, oder gab es eine Botschaft?

»Kann ich mir die Fotos vom Tatort anschauen?«, fragte sie den Sheriff.

»Selbstverständlich. Hast du was entdeckt?«

»Schwer zu sagen bei so viel Blut. Digitale Fotos und Mustererkennungssoftware zu benutzen könnte helfen.«

»Die haben wir«, erwiderte er leicht unsicher.

Riley blickte ihn an. »Wenn nicht, habe ich einen Freund in Quantico, der sich ohne großes Aufsehen die Fotos rasch anschauen könnte. Kein Problem, ihm die relevanten Aufnahmen per E-Mail zu schicken.«

Jake runzelte die Stirn, sagte aber: »Soll mir recht sein.«

Sie nickte und konzentrierte sich erneut für kurze Zeit auf die Felsen. Wie bei diesen merkwürdigen 3-D-Bildern, dachte sie. Wenn man lange genug daraufstarrt, sieht man etwas – oder glaubt, etwas zu sehen –, das in diesem Wirrwarr versteckt ist.

Die Frage war, worauf schaute sie hier wirklich?

Sie wandte sich von den Felsen ab, mochte sich immer noch nicht mit der Leiche befassen, und trat einige Schritte zurück. Auf dem Boden war eine schwache weiße Linie. Langsam folgte sie ihr um die Felsen herum. Um die gesamten Felsen.

Ein geschlossener Kreis, zumindest bevor die vielen Polizeifüße darüber getrampelt waren.

Riley bückte sich, berührte die Linie mit zwei Fingern und sah, dass feine weiße Körner an ihrer Haut kleben blieben.

»Wir lassen das analysieren«, rief ihr Jake zu.

Sie blickte ihn an, führte dann den Finger an die Zunge.

»Großer Gott, Riley ...«

»Salz«, sagte sie ruhig. »Gewöhnliches, alltägliches Salz. Oder vielleicht Meersalz. Das soll angeblich reiner sein.«

Leah sagte: »Du wusstest, was es ist.«

»Ich hatte es vermutet.« Riley stand auf. »Es wird manchmal bei okkulten Ritualen verwendet. Um den Bereich innerhalb des Kreises zu weihen.« Ein Bereich, der die Felsen, die hängende Leiche und das Feuer einschloss.

Jakes Stirn war immer noch gerunzelt. »Weihen? Du meinst, es heilig zu machen? Denn an dieser Sache hier ist überhaupt nichts heilig.«

»Das kommt letztlich auf deinen Standpunkt an.« Ohne ihm Zeit zum Antworten zu geben, fügte Riley hinzu: »Ein Salzkreis wird auch als Schutz benutzt.«

»Wovor?«, wollte er wissen.

»Vor einer Bedrohung oder angenommenen Bedrohung. Und bevor du fragst, welcher Art von Bedrohung, lautet die Antwort, ich weiß es nicht. Noch nicht.« Sie lächelte schwach. »All das ist nur vorläufig, das musst du verstehen. Erste Gedanken, Ahnungen, Instinkte.«

»Und kein Insiderwissen, häh?«

Riley merkte, wie alles in ihr stumm und eisig wurde, aber sie behielt ihr schwaches Lächeln bei und wartete.

»Ich meine, wenn das Übersinnliche dein Ding ist, dann musst du doch mehr über diesen Scheiß wissen als der Rest von uns.«

Sie ließ sich ihre Erleichterung nicht anmerken und gab nur vor sich selbst zu, wie enorm auslaugend es war, ihren Schutzschild zu bewahren und sich normal zu verhalten, während sie ständig nach Erinnerungen, nach Wissen, nach Antworten grub.

Und damit meist nichts erreichte. Nach wie vor der kühle Profi, zumindest nach außen, sagte sie: »Das Paranormale, wie es die SCU definiert, hat absolut nichts mit okkulten oder satanischen Riten und Praktiken zu tun. So was ist etwas völlig anderes, das nicht auf Wissenschaft, sondern auf Glauben basiert. Genau wie jede Religion.«

»Religion?«

»Für die meisten Gläubigen ist es das. Wenn du das Okkulte verstehen willst, dann ist das die erste Regel: Es ist ein Glaubenssystem und nicht dem Wesen nach böse. Die zweite Regel lautet, es ist kein einzelnes Glaubenssystem. Beim Okkulten gibt es genauso viele Sekten wie bei den meisten Religionen. Der Satanismus allein verfügt über mindestens ein Dutzend unterschiedliche Kirchen, von denen ich weiß.«

»Kirchen? Riley ...«

Sie unterbrach seine Gereiztheit und fügte nachdrücklich hinzu: »Anhänger des Okkulten mögen aus Sicht der etablierten Religionen traditionslos und ihre Riten und Gewohnheiten blasphemisch wirken, aber das macht ihren Glauben aus der eigenen Sichtweise nicht weniger gültig. Und ob du es glaubst oder nicht, Satan hat selten etwas damit zu tun – selbst beim Satanismus. Auch keine Opferhandlungen, bis auf symbolische. Bei den meisten okkulten Gruppen geht es um die Huldigung und Verehrung – in Ermangelung eines besseren Ausdrucks – der Natur. Der Erde, der Elemente. Daran ist nichts Paranormales.«

Zumindest für gewöhnlich.

»Und die SCU?«

»Die SCU ist um Personen mit echten menschlichen Fähigkeiten aufgebaut, Fähigkeiten, die – wie selten und außerhalb der Norm auch immer – wissenschaftlich definierbar sind.« Wenn auch nur als Möglichkeiten.

Er tat die Unterscheidung schulterzuckend ab, sagte nur: »Tja, nenn es, wie immer du willst, du weißt offensichtlich mehr über den Scheiß als wir anderen. Du glaubst also, das hier ist jemandes Vorstellung von Religion?« Mit einem Wedeln der Hand deutete er auf das Gemetzel hinter ihm. »Das da?«

»Ich halte es für zu früh, Vermutungen anzustellen.«

Wieder deutete Jake auf die hängende Leiche. »Das ist keine Vermutung, das ist ein Mordopfer. Und wenn er bei irgendeinem Ritual ermordet wurde, dann, verdammt noch mal, muss ich das wissen, Riley.«

Immer noch widerstrebend, wandte sie ihre Aufmerksamkeit endlich dem Opfer zu.

Riley hatte schon früher Leichen gesehen. Im Krieg und im Frieden. In Lehrbüchern, im Feld, auf der Leichenfarm. Sie hatte Leichen gesehen, die derart verstümmelt waren, dass sie kaum menschlich wirkten, von Explosionen zerrissen oder bestialisch von Menschenhand zerstückelt. Und sie hatte sie auf dem Tisch des Pathologen gesehen, aufgeschnitten, die Organe glänzend in dem hellen, harten Licht.

Sie hatte sich nie daran gewöhnt.

Daher musste sie sogar noch mehr Konzentration, noch mehr Energie aufwenden, um diese baumelnde Leiche genau zu betrachten.

Doch gleichzeitig merkte sie, wie sie näher heranging, das Opfer vorsichtig umkreiste. Die Einzelheiten in sich aufnahm.

Er war nackt und praktisch vollkommen mit Blut bedeckt. Sein Torso wies vorne und hinten zahllose flache Schnitte auf, die alle zweifellos eine Zeit lang geblutet hatten, bevor der endgültige Schnitt angebracht wurde, der zum Tode geführt hatte.

Enthauptung.

Langsam sagte sie: »Ich bin kein Gerichtsmediziner, aber ich glaube, die Schnitte am Körper kamen als Erstes. Meiner Meinung nach wurde er gefoltert, vielleicht über Stunden. Und dann wurde ihm der Kopf abgehackt, während er dort hing.«

»Wie kommst du darauf?«, fragte Jake.

»Wegen der Blutmenge auf den Felsen direkt unter ihm. Es stammt vermutlich größtenteils aus den oberflächlichen Schnitten, und es ist sehr viel Blut. Das Muster der Blutspritzer vor seinem Körper, auf den Steinen und auf dem Boden, sieht für mich nach arteriellem Blut aus. Sein Herz schlug noch, als ihm die Kehle durchgeschnitten wurde. Ich glaube, jemand stand hinter ihm, wahrscheinlich auf dem höchsten Felsen, und packte ihn an den Haaren. Dann ...«

Leah gab ein ersticktes Geräusch von sich und entfernte sich rasch von der Lichtung.

Riley sah ihr nach, schaute dann zu Jake und verzog das Gesicht. »Ich vergesse immer wieder, dass manche Polizisten an so was nicht gewöhnt sind.«

Er war selbst ein bisschen grün im Gesicht, rührte sich aber nicht. »Ja. Na gut, was kannst du mir sonst noch erzählen?« Er überlegte, fügte dann hinzu: »Wenn jemand auf dem höchsten Felsen da stand und das Gleichgewicht halten musste, während er ... den Kopf absägte, muss er sich irgendwo festgehalten haben. Oder jemand hat ihn von hinten gestützt.«

»Man braucht ziemlich Kraft, um jemanden durch Sägen oder Hacken zu enthaupten, selbst mit einem scharfen Messer oder einem anderen Werkzeug«, stimmte sie zu. »Vor allem, wenn ihm die Arme des Opfers im Weg waren und er zumindest für den ersten Teil um sie herumgreifen musste. Das Gleichgewicht zu halten war bestimmt nicht leicht.« Sie ging um den höchsten Felsen herum und betrachtete aufmerksam den Boden. »Keine Spuren oder Eindrücke von einer Leiter.«

»Erzähl mir bloß nicht, dass der Kerl da oben geschwebt hat oder so.«

Sie ging nicht darauf ein. »Dein Spurensicherungsteam hat das alles abgesucht, ja?«

»Wie ich schon sagte. Fotos aus allen Blickwinkeln und Proben von allem.«

Seitlich der großen Felsen gab es drei kleinere, über die man leicht auf den Sitz hinaufklettern konnte, und es war anzunehmen, dass viele Spaziergänger das über die Jahre auch getan hatten.

Riley zögerte nur kurz, aber da ihre hellseherischen Fähigkeiten absolut nichts aufgeschnappt hatten, musste sie davon ausgehen, dass ihre paragnostischen Sinne sich erst einmal verabschiedet hatten. Die blutbefleckten Felsen zu berühren würde daran wohl nichts ändern.

Vermutlich.

Sie atmete tief durch und kletterte auf den Sitz, von wo aus sie auf die leicht gebogene Kante der Lehne schauen konnte. Nur ungern gestand sie sich ein, froh zu sein, dass sogar ihre gewöhnlichen fünf Sinne nicht im sonst üblichen Maße funktionierten.

Der Geruch von Blut und Tod wäre überwältigend gewesen.

Erst als sie auf dem blutbefleckten Felsen stand, ging ihr auf, dass sie durchaus dieselben Schuhe anhaben könnte – bequeme Laufschuhe – wie am Tag zuvor. Oder in der Nacht zuvor. Sie war barfuß aufgewacht, aber an ihren Füßen war kein Blut gewesen, daran erinnerte sie sich.

War Blut an den Schuhen gewesen? Sie hatte nicht daran gedacht, nachzuschauen.

Mann, ich verlier den Verstand, genau wie mein Gedächtnis. Warum zum Teufel hab ich meine Schuhe nicht überprüft?

»Riley?«

Sie tat, als hätten ihre Reglosigkeit und ihr Schweigen nicht zu lange gedauert, stellte sich auf die Zehenspitzen und untersuchte den höchsten Felsen. »Wenn er hier gestanden hat, sieht es nicht so aus, als hätte er hilfreiche Spuren hinterlassen.«

»Ja, das haben meine Leute auch gesagt. Keine Schuhabdrücke oder forensischen Spuren. Einschließlich Blut. Das ganze Blut ist auf den flachen Fels geflossen, auf dem du stehst, oder an den senkrechten Teil des höheren Felsen gespritzt, aber nicht ein Tropfen hat den Rand getroffen.«

»Merkwürdig.«

»Wirklich? Dieser Felsen ist nicht so richtig nah bei der Leiche, und das meiste Blut stammt, wie du ja gesagt hast, von Tropfen, die direkt runtergefallen sind.«

»Ja, aber genau darum geht es. Er hätte sich wehren müssen. Wenn sich der Körper überhaupt bewegt hat, dann hätte ich erwartet, zumindest ein paar Tropfen Blut auf dem oberen Rand zu finden.«

»Vielleicht war er betäubt.«

»Das ist natürlich möglich.« *Aber warum jemanden foltern, der davon nichts mitbekommt? Außer, es ging nur um das Blutvergießen ...* »Ich nehme an, du hast eine toxikologische Untersuchung angefordert?«

»Selbstverständlich. Blut und Gewebe werden in alle Richtungen untersucht.«

»Sehr gut.«

Riley drehte sich auf dem Sitz um, musterte die Leiche aus dieser näheren Position und versuchte, nicht darüber nachzudenken, ob sie schon Blut an den Schuhen gehabt hatte, bevor sie hier heraufgeklettert war. Denn jetzt war da sicherlich welches.

Da die Leiche direkt über dem vorderen Rand des Sitzes hing, befand sich Riley etwa in Augenhöhe mit deren Kreuz. Sie überprüfte den Abstand zwischen der Leiche und dem höchsten Felsen und sagte langsam: »Das Gleichgewicht muss ein echtes Problem gewesen sein, falls der Mörder dort oben stand. Er musste sich ziemlich weit vorbeugen, um das Opfer zu erreichen.«

»Er hätte es näher heranziehen können«, meinte Jake. »Zumindest lange genug, um die Tat auszuführen.«

»Aber dann wäre der Kopf des Opfers hinter die Arme gezogen worden, und es gibt keine arteriellen Blutspritzer, die darauf hindeuten. Alle Anzeichen sprechen dafür, dass sein Kopf nach vorne gebeugt war, als ihm die Kehle durchgeschnitten wurde, oder sich zumindest zwischen den Armen befand, nicht dahintergezogen wurde.«

Jake betrachtete die Leiche und den Felsen genauer und räusperte sich dann. »Ich verstehe, was du meinst. Der Doc hat übrigens dasselbe gesagt wie du – dass der Kopf von vorne nach hinten abgeschnitten wurde. Als der Mörder jedoch daran arbeitete, das Rückgrat zu durchtrennen …«

»Hat er wahrscheinlich den Kopf zu sich zurückgezogen«, vollendete Riley den Satz. »Aber da hatte das Herz schon zu schlagen aufgehört, und das Blut spritzte nicht mehr hinaus.«

Sie hielt den Blick auf die Leiche gerichtet, versuchte, sich zu konzentrieren.

Aber es war kein bewusster Gedanke, der sie veranlasste, vorzutreten und die Arme zu heben, wobei sie die Leiche nicht berührte, nur abmaß, wie hoch sie hätte reichen können.

Als sie das tat, ging ihr mit kalter Gewissheit auf, dass ihr, wenn sie hier gestanden hätte, die Arme hochgereckt, um den Körper des Mannes in einer besseren Stellung zu halten, damit der Mörder ihm die Kehle durchschneiden konnte, Blut über die Kleidung und ihr Haar gelaufen wäre und ihre Hände und Unterarme bedeckt hätte.

Bis hinauf zu den Ellbogen.

Das Spurensicherungsteam war wieder da, schnitt vorsichtig die Leiche ab, nachdem die Suchmannschaften schließlich aufgegeben hatten. Wenn sich der abgehackte Kopf in diesem Wald befand, berichteten sie, müsste er entweder vergraben oder anderweitig versteckt sein, und es gab keine Anzeichen für frische Grabungen. Sie hatten nur zwei Rinderknochen und ein Kauspielzeug aus Rohleder gefunden.

»O Gott«, murmelte Jake, als ihm das mitgeteilt wurde. »Du glaubst doch nicht, dass ein Hund den Kopf weggeschleppt hat?«

Riley, die gerade einen weiteren Energieriegel aus ihrer Schultertasche geholt hatte, hielt beim Auswickeln inne.

»Das bezweifle ich. Ein wild lebender Hund oder ein sehr hungriger, vielleicht, aber ein Haustier würde davor zurückschrecken, Menschenfleisch zu fressen. In der Regel, jedenfalls.«

Jake starrte sie an.

»Katzen eher«, erläuterte Riley, nachdem sie abgebissen hatte. »Sobald wir tot sind, betrachten sie uns offensichtlich nur noch als Fleisch. Hunde sind anders. Vielleicht, weil sie gezähmt sind. Katzen wollen uns das nur glauben lassen.«

Leah lachte leise. »Du magst Katzen lieber, oder?«

»Eigentlich mag ich beide.« Sie blickte zu Jake, der sie immer noch anstarrte. »Was ist?«

»Musst ja ganz schön abgebrüht sein. Wie kannst du denn jetzt was essen?«

»Sie braucht Energie.« Die neue Stimme sprach sachlich. »Sie hat einen hohen Stoffwechsel, Jake. Keine Kalorien, keine Energie.«

»Das wusste ich«, sagte Jake. »Was machst du hier, Ash?«

»Was glaubst du wohl? Ich wollte den Tatort sehen, solange er noch relativ ... frisch ist.«

Ash. Riley drehte den Kopf, um ihn näher kommen zu sehen, erforschte erneut ihr Gedächtnis und fand wieder nichts. Absolut nichts.

Er war fast ebenso groß wie der Sheriff, etwa einen Meter achtzig. Dunkelhaarig wie der Sheriff. Aber damit hörten die Ähnlichkeiten auf. Im Vergleich zu Jake Ballards gutem Aussehen war dieser Mann fast hässlich.

Er hatte breite, kräftige Schultern, die den Stoff des feinen Anzugs, den er trug, zu überdehnen schienen, als fühle er sich in dieser Kleidung nicht so ganz zu Hause. Sein sehr dunkles Haar war ziemlich kurz und überhaupt nicht ordentlich, sein scharf geschnittenes Gesicht tief gebräunt, und seine Nase, dachte Riley, war mindestens zweimal gebrochen worden.

Er hatte hohe Wangenknochen, schräge Augenbrauen, die ihm einen sardonischen Ausdruck verliehen, und sehr, sehr hellgrüne Augen mit schweren Lidern, was ihm sowohl etwas Gefährliches wie auch Rätselhaftes gab.

Und wo Jake Ballard in fast spürbaren Wellen Charme versprühte, strahlte dieser Mann etwas völlig anderes aus. Etwas fast Urtümliches.

Als er Riley erreicht hatte und zu ihr trat, berührte er sie leicht, ließ seine große Hand an ihrem Rücken entlang bis zur Taille gleiten, in einer seltsam besitzergreifenden Geste.

»Hallo«, sagte er.

Riley, die keine Frau war, von der man Besitz ergriff, hätte normalerweise protestiert. Nur stieg in dem Moment, als er sie berührte, ein heißer Schauder von den Zehen in ihr auf und breitete sich in pulsierenden Wellen über ihren Körper aus, bis sie das Gefühl hatte, selbst etwas Urtümliches auszustrahlen.

Hitze. Pure Hitze. Und sie erkannte das Gefühl, selbst wenn es in diesem Grade höchst erstaunlich war.

Oh. Oh, Mist.

Sie hatte sich tatsächlich einen Liebhaber zugelegt. Nur war es nicht der Sheriff.

»Hallo, Ash«, sagte sie ruhig und biss in ihren Energieriegel.

Sie brauchte Energie. Sie brauchte alle Energie, die sie kriegen konnte.

»Ich hätte dich angerufen«, sagte Jake zu Ash. »Aber ich wusste, dass du bei Gericht warst, daher …«

»Vertagt.« Ash schaute den Sheriff an. »Außerdem steht Mord auf meiner Prioritätenliste weit höher als Einbruch. Der Fall kann warten.«

Er hat eine wunderschöne Stimme, dachte Riley. Tief und voll und seltsam fließend. Wahrscheinlich praktisch für einen Anwalt. Was er, wie sie aus dem Gespräch schloss, wohl war.

Jake knurrte: »Normalerweise arbeitest du nach Berichten und Tatortfotos.«

Also ein Staatsanwalt, schätze ich.

»Das hier ist etwas Besonderes. Offensichtlich.« Er wandte seinen Blick der Mitte der Lichtung zu, beobachtete, wie die kopflose Leiche in einen schwarzen Leichensack verpackt wurde. »Ihr wisst nicht, wer er ist?«

»Bisher nicht. Wir haben ihm als Erstes die Fingerabdrücke abgenommen, aber sie sind nicht registriert.«

»Und keine Spur von seinem Kopf«, fügte Riley hinzu, da sie das Gefühl hatte, man würde von ihr erwarten, an dem Gespräch teilzunehmen.

»Um die Identifizierung zu verzögern, vielleicht?«, meinte Ash.

Stirnrunzelnd sagte Jake: »Schau dich doch um. Wenn jemand einen anderen ermordet und die Identifizierung verhindern will, ergibt es einen Sinn, die kopflose Leiche in einen Graben oder ins Meer zu werfen. Aber sie in einem öffentlich zugänglichen Gelände zu lassen, aufgehängt und gefoltert über einem Altar, innerhalb eines Salzkreises?«

»Salz?«

»Das wird bei manchen okkulten Ritualen benutzt«, warf Riley ein.

Ash schaute sie an. »Gestern schienst du dir noch ziemlich sicher, dass die Vorgänge hier nichts mit dem Okkulten zu tun haben.«

Oje. War das eine professionelle Meinung oder nur Bettgeflüster? Und hätte ich dir die Wahrheit gesagt, welche das auch sein mochte?

Natürlich konnte sie diese Fragen nicht laut stellen.

Stattdessen erwiderte sie ruhig: »Na ja, das war, bevor das hier passiert ist. Und Jake hat recht – das ist eine sehr öffentliche Art, ein Mordopfer zu hinterlassen, wenn der Mörder nur die Identifizierung hinauszögern will. Ob es sich tatsächlich um ein okkultes Ritual handelt oder nicht, kann ich nicht sagen. Wenigstens noch nicht.«

Eine seiner schrägen Augenbrauen hob sich. »Jake hat dich also um Hilfe gebeten? Offiziell?«

»Nicht ganz. Nicht offiziell.«

»Sie verfügt über Ressourcen, die ich nicht habe, Ash«, sagte Jake.

»Sie macht Urlaub.«

»Ich werde dafür sorgen, dass sie wegen ihrer Hilfe keine Urlaubstage verliert.«

»Genau das wird aber passieren, wenn sie inoffiziell ermittelt, in ihrer Freizeit.«

»Womit du wohl eingestehst, dass es was zu ermitteln gibt.«

»Einen Mord, Jake. Worum es da auch immer geht, es ist nur ein Mord.«

»Das weißt du nicht. Ich weiß es nicht. Riley kann helfen herauszufinden, was es ist oder nicht ist.«

»Wenn du Hilfe brauchst, fordere sie offiziell an – durch das FBI. Lass die einen Agenten herschicken.«

»Sie haben bereits einen Agenten hier.«

Riley merkte plötzlich, dass die Hand, die immer noch auf ihrem Rücken lag, Spannung verströmte und … noch etwas anderes, das sie spüren, aber nicht recht deuten konnte. Gefahr? Eine Warnung?

Abrupt löste sie sich von der Hand, drehte sich so, dass sie beide Männer ansehen konnte, und zauberte ein freundliches Lächeln auf ihr Gesicht. »Ich bin immer noch hier, Jungs.«

Ash blieb unbewegt, doch Jake setzte wieder seinen Verlegenheitsausdruck auf.

»Tut mir leid, Riley, aber …«

»Redet nicht über mich, als wäre ich nicht da«, fügte sie sanft hinzu.

Ruhig sagte Ash: »Du bist hier, um Urlaub zu machen.

Dich auszuruhen und zu entspannen, erinnerst du dich? Nach einem Jahr mit schwierigen Fällen, hast du gesagt, wobei dich der letzte fast das Leben gekostet hätte.«

»Das habe ich nicht gesagt«, widersprach sie und hoffte inständig, dass das stimmte. »Ich sagte, es war übel und ziemlich knapp. Aber offensichtlich nicht zu knapp, da an mir nichts davon zu sehen ist.«

Sie äußerte das absichtlich, beobachtete ihn scharf auf die kleinste Reaktion hin. Und entdeckte – verdammt – ein beunruhigendes Glitzern in diesen grünen Augen.

Ein vertrautes Glitzern.

Die Duschkabine war voller Dampf – sogar das gesamte Bad –, als sie das Wasser abdrehten und es bis zum Bett schafften.

»Wir machen die Laken nass«, murmelte sie.

»Kümmert dich das?« Sein Mund fuhr an ihrem Hals entlang und zwischen ihre Brüste. »Soll ich aufhören?«

Sein Haar war gerade lang genug, dass sie eine Handvoll packen und seinen Kopf hochziehen konnte, um ihm in diese grünen, grünen Augen zu blicken.

»Wenn du aufhörst, erschieß ich dich«, sagte sie heiser.

Er lachte und bedeckte ihren Mund mit seinem, und diese wunderbare Hitze begann zu brennen …

»Nein«, sagte er. »An dir ist nichts zu sehen. Trotzdem bist du hier, um Urlaub zu machen.«

Verdammte Erinnerungen, erhoben ihr Haupt in den unpassendsten Momenten. Riley räusperte sich und kämpfte sich weiter voran. »Ich hab schon fast drei Wochen hinter mir, gutes Essen, viel Ruhe und Spaziergänge am Strand. Mir geht's gut, Ash.«

»Und ich brauche ihre Hilfe«, sagte Jake kategorisch. »Ich bin nicht zu stolz, darum zu bitten, egal, ob es dir da anders geht.«

»Das hat nichts mit Stolz zu tun.« Er hielt den Blick auf Riley gerichtet.

Leise, aber doch laut genug, dass alle es hören konnten, murmelte Jake: »Ich weiß, womit es zu tun hat.«

Riley mischte sich ein, bevor die Spannung, die sie in Ash spürte, ihn dazu veranlasste, etwas zu sagen, was er später bereuen könnte.

»Hört zu, ich habe gesagt, dass ich helfen werde, wenn ich kann. Also gibt's darüber nichts mehr zu diskutieren. Stimmt's?«

»Stimmt«, erwiderte Jake sofort.

Ash brauchte etwas länger, hielt ihren Blick mit diesen durchdringenden Augen fest und lächelte dann. »Klar«, sagte er. »Ich glaube, wir drei können zusammenarbeiten. Beruflich.«

Riley lächelte zurück. »Das können wir bestimmt.«

5

Gordon rieb sich den kahlen Schädel mit seiner großen Hand und sah Riley durchdringend an. »Was sagst du?«

»Meine Erinnerungen an die letzten drei Wochen sind der reinste Schweizer Käse. Jede Menge Löcher.«

»Nein, das andere.«

»Ach, das. Als ich heute Nachmittag aufwachte, war ich überall mit getrocknetem Blut bedeckt.«

»Menschlichem Blut?«

»Weiß ich noch nicht. Bekomme wahrscheinlich morgen aus Quantico Bescheid.«

»Und du kannst dich nicht erinnern, wo das Blut herkam.«

»Das ist auch eines der Löcher. Und das beunruhigt mich wirklich, vor allem, weil wir diese gefolterte und verstümmelte Leiche haben, die anscheinend genau in der entsprechenden Zeit gefoltert und verstümmelt wurde.«

»Ich kann verstehen, warum dich das beunruhigt«, stimmte er zu.

Sie blickten sich an, Gordon gegen den Rand seines Bootes gelehnt, Riley auf der Bank ihm gegenüber. Das Boot war an dem Steg hinter dem kleinen Haus vertäut, das Gordon auf der Festlandseite von Opal Island besaß. Es hielt ihn beschäftigt und brachte ihm durch die Angler, mit denen er auf den Atlantik hinausfuhr, einen zusätzlichen Verdienst ein.

»Wobei ich keinen Augenblick glaube, dass du fähig

wärst, jemandem ohne guten Grund so etwas anzutun«, fügte er hinzu.

Dankbar für diese Einschätzung, erwiderte sie mit schiefem Lächeln: »Aber wenn ich nun einen guten Grund hatte?«

»Außerhalb eines Kriegsgebiets?« Er schüttelte den Kopf. »Nee. Nicht dein Stil. Du kannst zwar stocksauer werden und um dich schlagen, aber mehr nicht, nicht hier in dieser Welt.«

»Ich bin FBI-Agentin«, rief sie ihm ins Gedächtnis.

»Ja, also erschießt du jemanden. Vielleicht. Wenn dir keine andere Wahl bleibt. Wir wissen beide, dass du dazu fähig bist. Aber Folter und Enthauptung?« Gordon spitzte den Mund, verzog nachdenklich sein breites, braunes Gesicht. »Weißt du, ich kann mir nicht mal vorstellen, dass du so was in Kriegszeiten tust. Dazu gehört eine gewisse Grausamkeit, ganz zu schweigen von kaltblütiger Skrupellosigkeit, und beides hast du nie gehabt.«

Riley war beruhigt, wenn auch nur teilweise. Gordon kannte sie vermutlich besser als die meisten anderen, und wenn er behauptete, jemanden auf diese Weise zu töten läge nicht in ihrer Natur, dann hatte er höchstwahrscheinlich recht. Sie glaubte auch nicht, dass sie dazu fähig war.

Aber.

»Na gut, wenn ich dem Mann das also nicht angetan habe, warum bin ich dann blutverschmiert aufgewacht?«

»Du weißt nicht, ob es sein Blut war.«

»Und wenn doch?«

»Könnte sein, dass du ihm helfen wolltest. Ihn abschneiden wolltest, bevor du merktest, dass es zu spät war.«

»Und dann bin ich einfach nach Hause gefahren und eingeschlafen, voll bekleidet und immer noch blutverschmiert?«

»Nein, das klingt nicht sehr wahrscheinlich, oder? Nicht für dich. Jedenfalls nicht, wenn du alle deine Sinne beisammen hattest. Irgendwas muss zwischenzeitlich passiert sein. Eine Art Schock, vielleicht. Bist du sicher, dass du keine Beule am Kopf hast oder so was?«

»An mir war nichts, keine Beulen, keine Blutergüsse. Allerdings bin ich mit gewaltigen Kopfschmerzen aufgewacht. Du weißt, was das normalerweise bedeutet.«

Er nickte. »Deine Version eines Katers, ohne den Alkohol. Du hattest deine Gruselsinne benutzt.«

»Offenbar.« Er wusste seit Jahren von ihren hellseherischen Fähigkeiten, glaubte fest daran, weil er immer wieder gesehen hatte, was sie vermochte, und hatte ihr Geheimnis bewahrt.

»Aber du kannst dich nicht daran erinnern, was sie dir mitgeteilt haben?«

»Überhaupt nicht. Falls sie mir irgendwas mitgeteilt haben.«

»Muss wohl was Schlimmes gewesen sein. Vielleicht schlimm genug, um dein Gedächtnis zu löschen?«

»Ich weiß nicht, Gordon. Ich hab schon ziemlich schlimme Sachen gesehen. Entsetzliche, widerliche Sachen. Das hat sich bisher nie auf mein Gedächtnis ausgewirkt. Was hätte so schlimm, so derartig schockierend sein können, dass ich es nicht ertragen konnte, mich daran zu erinnern?«

»Vielleicht hast du gesehen, was da im Wald passiert ist. Himmel, vielleicht hast du gesehen, wie jemand den Teufel heraufbeschworen hat.«

»Ich glaube nicht an den Teufel. Zumindest nicht in dieser Art.«

»Und möglicherweise erinnerst du dich ja deswegen nicht.«

Riley dachte darüber nach, schüttelte jedoch den Kopf. »Zusätzlich zu den schlimmen Dingen habe ich auch einige unglaublich bizarre Dinge gesehen, vor allem in den letzten paar Jahren. Grauenvolle, gruselige Dinge. Ich glaube zwar nicht daran, dass irgendein okkultes Ritual tatsächlich einen Teufel in Fleisch und Blut heraufbeschwören kann, einschließlich Hörnern und Mistgabel – aber ich kann mir nicht vorstellen, dass ich derart schockiert wäre, wenn das direkt vor meinen Augen passierte.«

Gordon grinste. »Wenn ich es recht bedenke, würdest du dich einfach nur wundern, wie es ihnen gelungen ist, den Kerl so schnell in diesen Gummianzug zu stecken.«

»Gut möglich. Meistens ist es tatsächlich nur Hokuspokus, weißt du, dieses ganze scheinbar übernatürliche okkulte Zeug. Für gewöhnlich.«

»Das hast du immer wieder gesagt. Na gut. Du hast also den Mord da draußen beobachtet, und irgendwas daran hat diese Amnesie ausgelöst. Das ist die wahrscheinlichste Erklärung, stimmt's?«

Sie musste ihm zustimmen. »Ja, nehme ich an. Was es unbedingt erforderlich macht, dass ich mein Gedächtnis so schnell wie möglich wiederfinde.«

»Glaubst du, der Mörder könnte wissen, dass du etwas gesehen hast?«

»Davon muss ich wohl ausgehen, bevor ich den Beweis des Gegenteils erbracht habe. Und diesen Beweis zu finden wird nicht gerade erfreulich werden, da ich nicht die geringste Ahnung habe, wer der Mörder sein könnte. Schlimmer noch, die Gruselsinne scheinen außer Betrieb zu sein, wenigstens momentan.«

»Ehrlich?«

Riley nickte. »Ehrlich. Ich hätte in der Lage sein müssen, am Tatort etwas aufzuschnappen. In solchen Situationen, wo alle angespannt und verstört sind, funktioniere ich immer am besten. Wenigstens bisher. Diesmal, nichts. Nicht das kleinste bisschen, selbst als ich die Felsen berührte.«

»Also jagst du einen Mörder im Dunkeln.«

»Das kann man so sagen.«

Gordon grübelte. »Ein Mörder, der wissen oder zumindest glauben könnte, dass du dort etwas gesehen hast. Doch wenn er wirklich weiß, dass du etwas gesehen hast, oder es auch nur argwöhnt, warum lässt er dich frei herumlaufen? Ich meine, er hat bereits einmal brutal gemordet. Warum dich dann leben lassen?«

»Ich weiß es nicht. Außer er hatte einen verdammt guten Grund zu der Annahme, dass ich keine Bedrohung darstellen würde.«

»Weil er vielleicht wusste, dass du dich an das Gesehene nicht erinnern würdest?«

»Woher sollte er das wissen? Gedächtnisverlust ist nichts, was man absichtlich auslösen kann, soweit ich weiß. Und die SCU hat sich intensiv mit solchen Dingen beschäftig, seit Jahren schon. Traumatische Verletzungen, vor allem Kopfverletzungen, haben alle möglichen Folgen, aber Gedächtnisverlust, bis auf einen sehr kurzfristigen, steht nicht sehr weit oben auf der Liste. Außerdem – keine Beulen oder Blutergüsse, ganz zu schweigen von etwas, das schwer genug wäre, um als Kopfverletzung durchzugehen.«

»Sehr kurzfristiger Gedächtnisverlust?«

»Sich nach einer traumatischen Verletzung nicht daran zu erinnern, was davor passierte, ist nicht ungewöhnlich. Allerdings bedeutet das fast immer eine Lücke von Stunden, nicht Tagen – und so gut wie nie Wochen.«

»Na gut.« Gordon grübelte weiter. »Vielleicht etwas gewagt, aber könnte es ein weiterer Paragnost sein?«

Riley zuckte zusammen. »Gott, ich hoffe nicht.«

»Ist es denn überhaupt möglich, dass ein anderer Paragnost dich auf diese Weise beeinflussen kann?«

»Fast alles ist möglich, das weißt du so gut wie ich. Ein anderer Paragnost könnte den Gedächtnisverlust gespürt oder bereits im Voraus davon gewusst haben. Himmel, ihn sogar ausgelöst haben. Oder ihn zumindest ausnützen.« Sie atmete ein und stieß langsam die Luft wieder aus. »Eines kann ich dir sagen. Wenn ein weiterer Paragnost an der Sache beteiligt ist, dann hat er oder sie die Oberhand, wenigstens, bis sich der Nebel in meinem Kopf verzieht und ich meine eigenen Fähigkeiten nutzen kann.«

Wenn ich das kann. Falls ich es kann.

»Das gefällt mir überhaupt nicht, Babe«, meinte Gordon.

»Nein. Mir auch nicht.« Jetzt war Riley diejenige, die ins Grübeln geriet. »Leah sagte, ihr zwei meintet, ich wäre in letzter Zeit sehr geheimniskrämerisch gewesen.« Leah hatte Riley abgesetzt und war ins Sheriffdepartment zurückgefahren, da sie noch eine weitere Stunde lang Dienst hatte.

»Tja, mehr, als mir lieb war. Schließlich hab ich dich hierher geholt. Ich fühlte mich verantwortlich.«

»Das brauchst du nicht.«

Er verdrehte die Augen, eine Angewohnheit, die Leah ihm vermutlich abgeschaut hatte. »Ja, ja.«

»Ich meine es ernst. Und ich habe Leah übrigens nichts von dem Gedächtnisverlust erzählt. Ich vertraue ihr, nur …«

»Ich weiß«, erwiderte er. Und das tat er wirklich. Soldaten verstanden das Bedürfnis, Verletzlichkeiten auf eine Weise zu schützen, die nur wenige Zivilisten begriffen. »Ich halte es ebenfalls geheim, wenn du willst, obwohl ich glaube, dass sie dir helfen könnte. Vor allem, wenn …«

Riley musterte ihn, erkannte in diesem plötzlich ausdruckslosen Gesicht viel mehr, als die meisten gesehen hätten. »Vor allem, wenn ich mich nicht an mein offenbar recht ausschweifendes Liebesleben in den letzten Wochen erinnere«, beendete sie den Satz.

»Das ist also auch weg?«

»Zum größten Teil. Ich schätze, ich bin wohl eine Weile mit Jake Ballard ausgegangen. Und habe momentan eine Beziehung mit Ash. Ash wer, übrigens? Seinen Nachnamen habe ich bisher noch nicht gehört.« Die Frage kam ihr beinahe komisch vor.

Beinahe.

Gordons Brauen hoben sich bis zu seinem nicht vorhandenen Haaransatz. »Prescott. Ash Prescott. Staatsanwalt von Hazard County.«

»Großer Gott. Was habe ich mir denn dabei gedacht?«

»Das ist eines der Dinge, die du uns nicht mitgeteilt hast«, informierte Gordon sie höflich. »Wohlgemerkt, es hat mich nicht überrascht, dass Jake dich überredet hat, mit ihm auszugehen. Dafür hat er ein Händchen. Soweit ich das mitgekriegt habe, war das aber nur zwei Mal – und dann hast du Ash kennengelernt. Du und er, ihr habt mich überrascht.«

»Wieso? Wegen mir, oder wegen ihm?«

Gordon dachte ernsthaft über die Frage nach. »Na ja, ich würde nicht sagen, dass es normal für dich ist, mit einem Mann ins Bett zu gehen, den du erst seit ein paar Tagen kennst.«

Riley zuckte zusammen. »So schnell? Du meine Güte. Wir waren wohl nicht sehr diskret, was?«

»Diskret?« Er lachte. »Falls du es heute nicht mitgekriegt hast, der Mann fährt für gewöhnlich einen Hummer, Riley. Einen knallgelben. Der unübersehbar nachts vor deinem Haus geparkt war. Und die Leute auf dieser Insel tratschen gern.«

»Na toll.« Sie seufzte, überlegte kurz und beschloss, Gordon nicht zu fragen, ob er noch mehr intime Einzelheiten über ihre Beziehung mit Ash Prescott wusste. Das war etwas, das sie selbst herausfinden musste. Stattdessen fragte sie: »Aber dich hat es überrascht?«

»Dass er sich so schnell mit dir eingelassen hat? Ja.«

»Warum?«

»Schwer zu sagen, eigentlich. Er ist kein Mann, der viel von sich preisgibt, doch ich hätte ihn nicht für jemanden gehalten, der derart empfänglich für die Reize einer schönen Frau ist, vor allem hier in diesem Urlaubsort, wo fast ständig Frischfleisch herumläuft. Ich meine, du bist ein Klasseweib, jeder Mann, der Augen im Kopf hat, kann das sehen, und eine absolut heiße Braut, wenn du es darauf anlegst, aber ich bezweifle, dass es daran lag.«

Riley ging nicht auf die etwas derbe Einschätzung ihres Charmes ein, die sie schon zuvor von Gordon und anderen Armeekameraden gehört hatte, sondern fragte bloß: »Hab ich das getan? Es darauf angelegt?« Sie musste das fragen angesichts der aufreizenden Dessous, die sie bei ihren Sachen entdeckt hatte.

»Ich hab dich ein paarmal etwas schicker angezogen gesehen als normal, aber wie gesagt, ich glaube nicht, dass es an deinem Aussehen lag. Und ich würde behaupten, der hat sich das geholt, was er wollte. Brauchte keine Ermutigung dazu, soviel ich sehen konnte. Und er hat den Ruf, das zu bekommen, was er will. Ich lebe zwar erst zwei Jahre hier, trotzdem kann ich mich nicht erinnern, dass Ash sich bisher mit einer Urlauberin eingelassen hat. Zumindest so sichtbar.«

»Vielleicht war ihm gerade nach einer Affäre.«

Gordon schüttelte den Kopf. »Wenn du mich fragst, ich würde sagen, dass er nicht der Typ für eine Affäre ist. Genau wie du, wenn ich dich daran erinnern darf.«

»Tja, aber anscheinend habe ich gerade eine«, murmelte sie. »Mit einem Mann, an dessen Nachnamen ich mich nicht erinnern konnte.«

Wieder spitzte Gordon die Lippen, ebenfalls typisch für ihn. »Du hast dich weder an Jake noch an ihn erinnert, was?«

»Nein. Allerdings ... hatte ich einen Erinnerungsblitz, als Ash zu uns an den Tatort kam. Aber erinnere ich mich daran, wie ich ihn oder Jake kennengelernt habe? Mit ihnen ausgegangen bin? Nein. Ich habe Gesichter im Kopf, doch ihre beiden gehörten nicht dazu, bis sie auftauchten.«

»Und du erinnerst dich an nichts, was du bei den Ermittlungen über die Situation hier herausgefunden hast?«

»Ich erinnere mich nicht mal an die Situation. Ich kann nur zusammenstückeln, was ich weiß beziehungsweise wusste.«

»Das ist absolut nicht gut.«

»Was du nicht sagst.« Sie seufzte, streckte sich und fügte hinzu: »Ich brauche deine Hilfe, Gordon. Erzähl mir alles, angefangen damit, warum du mich hergerufen hast, was hier passiert ist und was ich getan habe, seit ich herkam.«

»Damit du die Stücke zusammensetzen kannst. Hoffst du, dass etwas davon deine Erinnerungen weckt?«

»Ich rechne fest damit. Weil Bishop einen täglichen Bericht erwartet – und wenn ich ihn nicht davon überzeugen kann, dass ich die Sache im Griff habe, zieht er mich Freitag von hier ab. Vielleicht schon früher, nachdem jetzt dieser Mord passiert ist.«

Mit einem weiteren Seufzer fuhr Riley fort: »Abgesehen von all dem, habe ich anscheinend in zwei Stunden die nächste Verabredung mit Ash. Zum Essen. Es wäre nett, wenn ich mich daran erinnern könnte, worüber wir bisher geredet haben, damit ich mich nicht wiederhole. Es wäre ebenfalls nett, wenn ich mich erinnern könnte, warum ich angefangen habe, mit dem Mann zu schlafen, denn nach dem wenigen, woran ich mich erinnere, bezweifle ich, dass er sich mit einem Gute-Nacht-Kuss an der Tür zufriedengeben wird.«

»Daraus schließe ich, dass du dich ihm weder anvertrauen noch seinen Verdacht erregen willst, indem du dich plötzlich spröde gibst?«

»Nein zu Ersterem ... weil ich nicht weiß, wie er in das alles hineinpasst, noch nicht. Und was das andere angeht, mich spröde zu geben würde jetzt nicht zu mir passen, oder? Außer – ich war hier jemand anderes. War ich das, Gordon?«

»Nein, du hieltest das nicht für nötig. Einfach du selbst zu sein und Urlaub zu machen, die Insel ausgewählt zu haben, weil du hier einen alten Armeekumpel besuchen wolltest, schien die beste Möglichkeit zu sein. Du warst ganz offen hier, als FBI-Agentin, warum die Sache also aufmotzen und komplizierter wirken lassen, als sie war?«

»Erscheint mir sinnvoll. Alles so einfach wie möglich halten.«

»Und genau das hast du getan. Nein, Babe, du warst bloß du selbst, und dich spröde zu geben passt wirklich nicht zu dir.«

Sie nickte. »Also muss ich mir den Weg durch eine Beziehung ertasten – entschuldige die Wortwahl –, an deren Anfang ich mich nicht erinnern kann.«

Gordon musterte sie. »Und?«

Er kannte sie zu gut. »Und ich kann mich nicht auf meine Sinne verlassen. Auf keinen von ihnen, nicht nur auf die gruseligen. Alles ist weg … fern und verschwommen. Zum ersten Mal in meinem Leben verfüge ich über keinerlei Vorteil. Und das erschreckt mich zu Tode.«

Wenn es nach ihr gegangen wäre, hätte sich Riley sicher nicht dafür entschieden, an diesem Abend ihre Verabredung mit Ash einzuhalten. Sie hatte angedeutet, dass die Hilfe bei den Ermittlungen zu einem grausigen Mord Vorrang vor sonstigen Aktivitäten haben sollte, doch wie Ash sie ruhig darauf hingewiesen hatte, gab es für sie nicht viel zu tun, bis die Autopsie der Leiche abgeschlossen und das forensische Beweismaterial überprüft war – was beides nicht zu ihren Spezialgebieten gehörte.

Jake hatte vorgeschlagen, sich im Sheriffdepartment zu einem Brainstorming zusammenzusetzen, aber Riley war widerstrebend gezwungen gewesen, Ash zuzustimmen, dass endlose Spekulationen ohne Fakten und vorliegende Beweise wenig produktiv wären.

Am besten, sie fingen morgen früh ausgeruht wieder an.

Was natürlich bedeutete, dass sie durch den Abend kommen, sich halb blind durch die Nuancen einer Liebesbeziehung tasten musste, die anscheinend seit zwei Wochen in Gang war.

Eine leidenschaftliche Liebesbeziehung, wenn sie von ihrer körperlichen Reaktion auf Ash und ihrem einzelnen Erinnerungsblitz ausgehen konnte.

Als Riley sich kurz vor acht für Ash fertig machte, war sie nicht allzu besorgt um ihre Fähigkeit, sich während des Treffens so zu verhalten, wie er es erwarten würde. Das war der leichte Teil, zumindest für sie. Sie hatte es immer geschafft, sich jeder Situation anzupassen, so zu wirken und zu tun, als gehörte sie dazu, egal, was in ihr vorging.

In diesem Fall herrschte zwischen dem, was in ihr

vorging, und ihrem gefassten Äußeren mehr Uneinigkeit als gewöhnlich.

Schmetterlinge.

Große Schmetterlinge. Mit Krallen.

Bei der gesamten Situation war ihr äußerst mulmig, weil es so gar nicht zu ihr passte, sich während einer Ermittlung mit jemandem einzulassen, und erst recht nicht, mit einem Mann ins Bett zu fallen, ohne die Zeit gehabt zu haben, seinen Charakter zu beurteilen.

»Sag mir, dass er kein Böser ist, Gordon.«

»Er ist Staatsanwalt, Riley, in einem kleinen Urlaubsort in den Südstaaten. Wie böse könnte er da sein?«

»Oh, Mann, stell mir doch nicht diese Frage. Die schlimmsten Serienmörder, die mir begegnet sind, kamen aus kleinen Städten.«

»Mag sein, aber ich bezweifle, dass Ash ein Serienmörder ist. Wohlgemerkt, ich will damit nicht sagen, dass der Mann keine rauen Seiten hat. Und man redet davon, dass er als Kind einiges angestellt hat. Aber hier in der Gegend ist er durchaus angesehen, das weiß ich.«

»Der letzte Serienmörder, mit dem ich zu tun hatte, war ebenfalls angesehen. Bevor man herausfand, was in seinem Keller versteckt war.«

»Du treibst dich zu viel mit Serienmördern herum, Babe.«

Wohl wahr, wohl wahr.

Auf jeden Fall war das, was Riley Gordon gestanden hatte, ebenfalls wahr. Sie hatte Angst. Trotz des kühlen und selbstbewussten Äußeren, das sie zur Schau zu stellen gewöhnt war, wollte ein sehr großer Teil von ihr am liebsten ins Bett kriechen und sich die Decke über den Kopf ziehen, in der Hoffnung, beim Aufwachen festzustellen, dass alles nur ein Albtraum gewesen war. Oder nach Quantico zurücklaufen, ihren sicheren Hafen.

Was sie natürlich beides nicht tun konnte.

Nein, nicht Riley Crane, vernünftiger, rationaler, vertrauenswürdiger Profi, der sie war. Sie würde bleiben und die Sache durchstehen, den Auftrag zu Ende führen, den sie begonnen hatte, unbeirrt weitermachen – und all die anderen Klischees. Weil es einfach nicht in ihrer Natur lag, ins Bett zu kriechen und sich die Decke über den Kopf zu ziehen.

Ganz egal, wie schlimm es wurde. Als daher um kurz nach halb acht die Türklingel ging, atmete sie tief durch und begrüßte Ash mit einem Lächeln und vollkommener Gelassenheit.

»Hallo«, sagte sie.

»Hallo«, erwiderte er. Und schlang beide Arme um sie, hob sie hoch, während er sie küsste. Direkt dort in der offenen Tür, wo Gott und ganz Opal Island sie sehen konnten.

Von wegen Privatsphäre. Von wegen Gelassenheit.

Riley argwöhnte, dass all ihre Knochen schmolzen. Sie argwöhnte ebenfalls, dass es ihr egal war.

Als er schließlich den Kopf hob und sie wieder auf den Boden stellte, sagte Ash ein wenig heiser: »Das wollte ich den ganzen Tag schon tun. Nur fürs Protokoll, du scheinst für mich zu einer Gewohnheit geworden zu sein. Ich konnte letzte Nacht überhaupt nicht schlafen, nachdem du mich rausgeworfen hattest.«

Ich habe dich rausgeworfen? Warum um alles in der Welt würde ich das tun?

»Ich hab dich nicht rausgeworfen«, murmelte sie, war sich ziemlich sicher, dass sie das nie getan hätte.

»Vielleicht nicht wortwörtlich, aber das Ergebnis war dasselbe. Statt die Nacht in einem warmen Bett mit einer warmen Frau zu verbringen, bin ich mit einem Whiskey und einem alten Film versackt. Ich dachte, darüber wären wir hinaus, Riley.«

Sie riskierte es. »Worüber?«

»Du weißt, wovon ich spreche. Wenn ich bloß eine Begleitung zum Essen mit anschließend einer Stunde Sex wollte, gäbe es in meinem Leben genug bereitwillige Frauen, die weniger kompliziert sind als du.« Die Feststellung erfolgte völlig sachlich und ohne Selbstgefälligkeit.

Hm. Was meint er wohl für Komplikationen? Und wer sind diese anderen Frauen? Vielleicht bin ich doch keine Affäre.

Sie wusste nicht, was sie dabei empfand. Gott im Himmel, sie wusste überhaupt nicht, was sie bei dem allem empfand.

Ash fuhr fort: »Hör zu, ich respektiere dein Bedürfnis, Zeit und Raum für dich haben zu wollen. Ich verstehe das, wirklich. Wir wissen beide, dass ich ein reizbarer Typ bin und selbst ein ziemlicher Einzelgänger. Ich will damit nur sagen, wenn du das nächste Mal allein schlafen willst, wäre es nett, wenn du mich etwas mehr vorwarnen könntest.«

Offenbar wollte ich gestern später in der Nacht noch irgendwo hin. Merke: Anscheinend etwas, das sich in letzter Minute entschied, sonst hätte ich Ash lange vor der Schlafenszeit abgewimmelt. Was das wohl war? Wusste ich, dass da jemand in Gefahr war? Dass etwas Schlimmes passieren würde? Und wenn ja …

Warum habe ich es dir nicht anvertraut, Geliebter?

»Entschuldige. Und ich werde es mir merken, für später«, sagte Riley und fragte sich, wann sich ihre Arme von alleine um seinen Hals geschlungen hatten. Da sie bereits dort waren, machte sie sich nicht die Mühe, sie wieder wegzunehmen. »Ich hab dich übrigens auch vermisst.«

»Das freut mich zu hören.« Wieder küsste er sie, kurz,

aber mit genau derselben Intensität. »Wir könnten das Essen überspringen.«

»Nur, wenn du deine Frauen in fast komatösem Zustand bevorzugst«, erwiderte sie, fühlte sich auf sicherem Boden. »Ich bin am Verhungern.«

Er lachte. »Dann müssen wird dir auf jeden Fall was zu essen verschaffen, und ich habe heute keine Lust zum Kochen. Bist du bereit?«

Das erklärt dann wohl meine gut gefüllte Küche. Er hat hier gekocht.

Sie wusste ebenfalls nicht, was sie dabei empfand.

»Ich bin bereit«, sagte sie.

6

Fünf Minuten später fuhren sie in seinem sehr großen, sehr gelben Hummer auf die Brücke zum Festland zu, und Riley musste Gordon recht geben, dass Ashs Fahrzeug sehr auffällig war. Außerdem ermöglichte die Geschwindigkeitsbegrenzung auf der Insel den Leuten, die auf ihren Veranden und Terrassen saßen oder auf den Bürgersteigen neben der Straße spazieren gingen, nicht nur einen guten Blick auf das Auto, sondern auch auf dessen Insassen.

Die Leute winkten. Und riefen ihr und Ash Grüße zu. Er hielt nirgends an, wodurch sich Riley darauf beschränken konnte, die Begrüßung der Fremden mit einem Lächeln oder freundlichem Zurückwinken zu erwidern.

Wenigstens hat es wegen dieser Beziehung keine Geheimnisse gegeben. Was schon mal gut ist, nehme ich an.

Aber es hatte anscheinend Geheimnisse in der Beziehung gegeben, da sie ihm nicht gesagt hatte, warum sie ihn gestern Abend früh heimgeschickt hatte. Außer er hatte es gewusst und belog sie …

Mach dir doch keine unnötigen Gedanken, verdammt noch mal. Er weiß nicht, dass du dein Gedächtnis verloren hast. Also lügt er nicht. Jedenfalls nicht in diesem Punkt. Aber hier läuft irgendwas anderes. Weil du ihm offenbar nicht die Wahrheit darüber gesagt hast, warum er früher gehen sollte, und du nicht weißt, wieso du das nicht getan hast.

Andererseits hatte sie vielleicht wirklich nur Zeit für sich gebraucht, und es war reiner Zufall, dass später offensichtlich etwas passiert war.

Nein. Sie glaubte nun mal nicht an Zufälle. »Du bist sehr still«, sagte Ash.

»Diese Szene da heute im Wald.« Riley zuckte die Schultern, war sich reumütig bewusst, dass ihr als Erstes Fachsimpeln in den Sinn kam, wenn sie das Schweigen überbrücken oder eine Leerstelle ausfüllen musste. »Ich hab schon viel Schlimmeres gesehen, aber … es wird nie leichter.«

»Ich hatte gehofft, so etwas nie wieder sehen zu müssen«, sagte Ash. »Davon hab ich mehr als genug in Atlanta erlebt.«

Was Riley verriet, dass er ganz eindeutig in einer großen Stadt gelebt und gearbeitet hatte. Wahrscheinlich als Staatsanwalt oder etwas Ähnliches. Interessant, dass er jetzt hier war. Ein beruflicher Rückschlag, oder eine bewusste Entscheidung?

»Morde geschehen überall. Leider.«

»Wie wahr. Aber diese Art von Mord? Glaubst du ernsthaft, dass hier irgendein okkulter Blödsinn stattfindet? Ein Ritualmord?«

»So sieht es aus. Auf den ersten Blick.«

Ash runzelte die Stirn. »Du hast immer noch Zweifel, oder? Trotz allem, was du heute gesagt hast.«

Riley zögerte, sprach dann langsam, versuchte jedes Wort abzuwägen und fragte sich, ob sie einen großen Fehler beging, diesem Mann irgendwas anzuvertrauen, auch wenn er ihr Liebhaber war.

Vielleicht, weil er ihr Liebhaber war.

»Ich glaube – ich weiß –, dass okkulte Rituale, vor allem solche, die mit Mord oder einer anderen Art tatsächlicher Opferung enden, sehr, sehr selten sind. Ganz besonders mit Opferungen. Wesentlich seltener, als die Medien uns glauben lassen wollen. Selten bis hin zu so gut wie nicht existent.«

Ash nickte. »Ich erinnere mich. Die große Mehrheit okkulter Gruppen ist vollkommen ungefährlich, sagtest du.«

Also haben wir darüber geredet. Gut. Glaube ich.

»Genau. Ihre Riten und Praktiken sind bloß die ... äußeren Zeichen ihres religiösen Glaubens. Die meisten dieser Rituale sind durchaus harmlos, dazu gedacht, dem Leben und der Natur zu huldigen.«

»Aber die nicht harmlosen?«

»Sind äußerst selten.«

»Das hab ich verstanden. Und?«

»Und beinhalten die tatsächliche Huldigung Satans und den Glauben an Magie, den Glauben, dass ein bestimmtes Ritual übernatürliche Kräfte dazu bringen kann, die Wünsche oder das Verlangen der Anhänger zu erfüllen. Aber selbst die beinhalten selten körperliche Opferungen oder Mord.«

»Also schließe ich daraus, dass niemand stirbt. Für gewöhnlich.«

»Ich meine es ernst, Ash.«

»Na gut. Demnach sind okkulte Rituale, so abstoßend sie für den Großteil der Bevölkerung sein mögen, sowohl selten als auch meist harmlos.«

»Ja. Verbreiteter – allerdings immer noch verdammt selten – ist, dass sich jemand die äußeren Zeichen, die Zeremonien und Rituale ausborgt. Um sein eigenes Anliegen im Rahmen des Okkulten durchzuführen. Er glaubt möglicherweise an das Okkulte oder auch nicht. Er könnte meinen, daran zu glauben, versteht aber die Rituale, die er zu beherrschen versucht, nicht richtig. Oder es könnte nichts mit dem Glauben zu tun haben und einfach nur Fassade sein. Er könnte ein Mordszenario arrangieren, das auf Satanismus oder andere Formen des Okkulten hindeutet, um die Ermittlungen zu verwirren oder in die Irre zu führen. Er könnte absichtlich etwas benutzen, von dem er weiß, dass es seine Nachbarn in Angst und Schrecken versetzt.«

»Um seine Spuren zu verwischen.«

»So was hat es schon gegeben.«

»Das kommt mir wahrscheinlicher vor, als daran glauben zu müssen, dass ein Kult von Teufelsanbetern eine blutige Opferung in einem Wald eine Meile von der Stadt entfernt durchführt.«

»Es klingt so unwahrscheinlich, nicht?«, grübelte Riley. »Das beschäftigt mich mehr als alles andere, diese Nähe zu Menschen, einen Ort zu wählen, an dem Hunde frei herumlaufen dürfen und es oft genug tun. Wo Menschen fast täglich vorbeikommen. Wie lange kann so ein Geheimnis denn verborgen bleiben?«

»Nicht alle Gruppen sind geheimniskrämerisch«, wies Ash sie hin. »Es gibt tatsächlich eine, gar nicht weit von dir.«

Nur aus seinem Ton schloss Riley etwas zögerlich, dass es sich dabei um etwas handelte, was sie seiner Meinung nach noch nicht wusste, daher riskierte sie Fragen.

»Was, ein Kult? Ein Hexenzirkel?«

»Sie nennen sich nicht so, nach allem, was ich weiß. Nur eine Gruppe gleich gesinnter Freunde, die das Pearson-Haus für den Rest des Sommers gemietet haben. Aber sie haben den Antrag gestellt und die Erlaubnis bekommen, am Freitagabend – bei Vollmond – ein Feuer am Strand zu machen, und sie haben Fragen gestellt, was stark darauf schließen lässt, dass sie glauben, es gäbe okkulte Aktivitäten in der Gegend, und sie haben durchblicken lassen, dass sie eine … alternative Religion praktizieren.«

»Haben sie sich genauer ausgedrückt? ›Alternativ‹ deckt heutzutage vieles ab.«

»Darüber habe ich nichts gehört. Bisher, zumindest. Aber die Leute reden natürlich, vor allem nach dem, was diesen Sommer passiert ist.«

Himmel, ich wünschte, ich könnte mich erinnern, über wie viel davon wir bereits gesprochen haben.

»Davon kann man die Leute nicht abhalten«, wagte sie zu äußern.

Er warf ihr einen weiteren Blick zu, die dunklen Augenbrauen angehoben. »Wenn das Gerede an Panik grenzt, wird es Zeit, das zu versuchen. Oder ihnen wenigstens eine rationale Erklärung zu liefern. Ich dachte, darüber wären wir uns einig, Riley.«

»Ja«, sagte sie. »Ich erinnere mich.«

Nur, dass ich das nicht tue.

Das kalte, schwummerige Gefühl in ihrer Magengegend wurde schlimmer, und das nicht, weil sie etwas zu essen brauchte.

»Es kommen schon Anrufe«, sagte Ash. »Noch nicht von den Medien, was aber vermutlich nur daran liegt, dass ihre ganze Aufmerksamkeit auf all den Scheiß gerichtet ist, der in Charleston passiert.«

Was zum Teufel passiert in Charleston?

Riley bemühte sich um eine weitere schwer fassbare Erinnerung oder ein bisschen Wissen und erreichte wieder nichts. Sie hatte absolut keine Ahnung, was in der Castle am nächsten gelegenen größeren Stadt vorging.

»Trotzdem werde ich garantiert schon bald um eine offizielle Verlautbarung gebeten werden«, fuhr er fort. »Besonders nach dem heutigen Tag. Was soll ich deiner Meinung nach sagen – offiziell?«

»Dass ... in einem Mordfall ermittelt wird.«

»Dadurch hört das Gerede nicht auf.«

»Nein. Aber etwas anderes kann ich dir nicht bieten,

Ash, noch nicht. Ich brauche Zeit. Zeit, um das, was hier vorgeht, besser in den Griff zu bekommen.«

»Es gefällt mir nicht, dass du allein daran arbeitest.«

»Jake und seine Leute …«

»Sind total überfordert. Das wissen wir beide. Warum willst du die Sache nicht offiziell machen, Riley? Warum rufst du nicht deinen Chef an, damit er dir Unterstützung schickt?«

»Die Einheit ist bereits völlig überlastet«, antwortete Riley wahrheitsgemäß. »Außerdem sagte Jake, dass eine offizielle FBI-Präsenz hier extrem auffallen würde, womit er recht hat. Es mag zwar kein Geheimnis sein, dass ich für das FBI arbeite, aber wenigstens werde ich nicht mit meiner Dienstmarke oder meiner Waffe herumwedeln und Leute verhören. Das macht viel aus, Ash, die Leute reagieren selbst auf beiläufige Fragen anders, erst recht auf gezielte. Wenn meine Anwesenheit unauffällig bleibt, wird es mir eher gelingen … etwas herauszufinden.«

»Ja«, sagte er. »Genau davor fürchte ich mich.«

Es war ein Montagabend, aber für die Urlaubsorte und umliegenden Gebiete war es auch Hauptsaison, daher war in dem Restaurant am Rand von Castle, das Ash gewählt hatte, einiges los. Die gute Nachricht, was Riley anging, war, dass die Gäste hauptsächlich aus Sommerurlaubern bestanden, die einander größtenteils nicht kannten.

Wissen oder Erinnerung?

Sie war sich nicht sicher. Verdammt.

Jedenfalls, wenn die heutigen Gäste des Restaurants davon wussten, dass nur zwei Meilen entfernt eine Leiche gefunden worden war, schien es sie nicht daran zu hindern, die leise Musik und die ausgezeichneten Fischgerichte zu genießen.

Trotzdem fing Riley einige Blicke und das eine oder andere ihnen gewidmete Lächeln auf, als sie und Ash zu einem etwas abgelegenen Tisch geführt und mit den Speisekarten allein gelassen wurden, und sie murmelte: »Keiner wirkt übermäßig verängstigt.«

»Noch nicht«, erwiderte er. »Doch du kannst darauf wetten, dass sich rasch verbreiten wird, was heute Nachmittag gefunden wurde. Morgen früh werden sich die Sommergäste unwohl fühlen, und einige werden überlegen, vorzeitig abzureisen. Die Anwohner werden besorgt sein und Antworten verlangen. Noch mehr Anrufe in meinem Büro, so viel ist sicher. Aber ich beneide Jake nicht, da er und seine Leute das meiste abkriegen werden.«

»Gehört zum Beruf.«

»Vermutlich nicht das, was er sich vorgestellt hat. Nicht in Hazard County.«

»Für dich ebenfalls nicht, schätze ich.«

»Nein«, erwiderte Ash nach kurzem Schweigen. »Damit hatte ich auch nicht gerechnet.«

Riley blickte auf ihre Speisekarte, sah allerdings nicht richtig hin. Etwas anderes beunruhigte sie. »Jake sagte, niemand sei als vermisst gemeldet worden.«

»Ja. Glaubst du, es könnte wichtiger sein, wer das Opfer ist – oder war –, als wie es aufgefunden wurde?«

»Zumindest sicherlich genauso wichtig.«

»Kein zufälliges Opfer für ein Ritual?«

»Ich muss erst Nachforschungen anstellen«, antwortete sie, ging auf Nummer sicher, weil sie sich nicht erinnern konnte, wie viel Ash über ihre Vorgeschichte wusste, »aber so aus dem Stegreif fällt mir kein Ritual schwarzer Magie ein, bei dem es um ein zufällig ausgewähltes Opfer geht oder um eines, dass zur falschen Zeit gerade am richtigen Ort war. Rituale sind im Allgemeinen sehr durchdacht, sehr spezifisch. Vor allem, wenn es dabei um etwas so Extremes wie ein Blutopfer geht.«

»Das heißt also, dass all die Ammenmärchen über verschwundene Obdachlose, die bei satanischen Riten oder als Teil des Organschwarzmarkts benutzt wurden, genau das sind. Ammenmärchen.«

Das klang wie eine halbe Frage, und Riley nickte bestätigend, während sie seinem durchdringenden Blick begegnete. »Der überwiegende Teil solcher Geschichten ist so real wie die Waldgeister. Das FBI hat vor Jahren ausführliche Ermittlungen durchgeführt, als das halbe Land zu glauben schien, es gäbe Teufelsanbeter an jeder Ecke, und es hat nicht den kleinsten Beweis für all die beängstigenden Behauptungen über rituelle Menschenopfer bei schwarzen Sabbaten gefunden.«

»Und doch werden echte satanische Riten praktiziert.«

»Selbst bei echten satanischen Riten geht es nicht um Mord. Man muss über … konventionellen … Satanismus hinausgehen und wirklich in die Randzonen vordringen, um so etwas zu finden.«

»Ist das dein Ernst? Es gibt Randzonen über den Satanismus hinaus?«

»Du wärst überrascht.« Er hatte wirklich absolut erstaunliche Augen. Sie hatte nicht gewusst, dass Augen eine solche blassgrüne Farbe haben konnten. Jedenfalls menschliche Augen.

»*Wenn* wir es hier also mit okkulten Aktivitäten zu tun haben, zu denen ein Ritualmord gehört, sind die dafür Verantwortlichen wahrscheinlich keine Satanisten?«

»Einige Randgruppen nennen sich Satanisten. Daher ist es trotzdem möglich. Oder es war eine andere Gruppe, die sich anders nennt. Oder es war Fassade, um einen Mord zu vertuschen.« Riley seufzte. »Und dann gibt es Gerüchte und Spekulationen und Menschen, die eigene Pläne verfolgen und die Flammen schüren, die ihr Bestes tun, um aus einem Funken Wahrheit ein Riesenfeuer an Problemen zu entzünden.«

»Zum Beispiel?«

Sie schüttelte den Kopf. »Ich hab mal meine Wohnungstür geöffnet, und davor stand eine junge Frau, die Geld für ihre Kirche sammeln wollte. Sie behauptete, dass unsere Kinder von Teufelsanbetern bedroht würden und ihre Kirche das Geld bräuchte, um diese Armee des Bösen zu bekämpfen. Sie meinte das todernst. Es war eine nette kleine Stadt, in der das Schlimmste, was ich je passieren sah, ein paar mit Eiern beworfene Häuser an Halloween waren, und diese arme Frau schreckte vor jedem Schatten zurück und bildete sich ein, dass Dämonen direkt aus der Hölle nur einen Atemzug davon entfernt waren, sich ihre Babys zu schnappen.«

»Die Menschen glauben an das Unmöglichste.«

»Vor allem, wenn die Autoritätspersonen in ihrem Leben ihnen einreden, dass etwas wirklich wahr ist.«

»Weswegen ich immer noch glaube«, sagte Ash, »dass es am besten ist, das alles als eine Reihe bizarrer Streiche zu behandeln.«

»Selbst den Mord?«

»Du sagtest, der Mörder könnte all diese okkulten Anzeichen nur dazu benutzen, uns von seiner Spur abzubringen.«

»Ich sagte, das sei möglich. Und das ist es auch. Aber bis wir erfahren, wer das Opfer war, können wir nicht wissen, wer ihn aus dem Weg räumen wollte.«

»Wirst du Jake das mitteilen?«

Wieder hatte Riley das verschwommene Gefühl von Unterströmungen, einer Art seit langem schwelender Spannung zwischen Ash und dem Sheriff, konnte es aber nicht scharf genug erkennen, um sich auch nur sicher zu sein, ob es dabei um Berufliches oder Persönliches ging.

Doch irgendwas war da. Definitiv. Und stark, wenn sie es sogar mit ihren verschwiemelten Sinnen spüren konnte.

Nachsichtig sagte sie: »Ich denke, Jake ist Polizist genug, um das Grundsätzliche zu kennen, ohne von mir daran erinnert zu werden.«

Ash wandte seinen Blick wieder der Speisekarte zu. »Jake ist Politiker.«

»Ich kann ihm nicht vorschreiben, wie er seine Arbeit zu tun hat, Ash.«

»Nein, kannst du wohl nicht.«

Die Spannung war immer noch da. Sie konnte es spüren.

Gerade so.

Wo sind meine hellseherischen Fähigkeiten, wenn ich sie brauche? Zum Teufel, wo sind meine Sinne?

Sie waren immer noch gedämpft, verschwommen, als sähe und hörte und berührte und röche sie alles durch eine Art hauchdünnen Schleier. Es war ein merkwürdiges, kaltes und beängstigendes Gefühl, so distanziert von der Welt zu sein.

Unverbunden zu sein.

Sie war allein, das konnte sie jedenfalls spüren.

Sogar noch merkwürdiger war, dass ihr Kopf wieder schmerzte, doch auf völlig unvertraute Art. Nicht der dumpfe Spannungs- oder Müdigkeitsschmerz, nicht der seltene »Kater«, bei dem ihr Kopf wie in einem Schraubstock steckte, nachdem sie sich weit über ihre Grenzen hinaus angestrengt hatte, sondern scharfe kleine Schmerzstiche alle paar Sekunden, einer nach dem anderen, an unterschiedlichen Stellen, über ihren Augen, oben am Schädel, hinten im Nacken.

Riley hatte mal einen schlimmen Zahn gehabt, da waren

die Schmerzen ähnlich gewesen, wie ein pulsierender Nerv oder Nerven.

Bei ihrem Zahn war es der sterbende Nerv gewesen.

Sie fürchtete sich davor, auch nur darüber nachzudenken, was in ihrem Gehirn vorgehen könnte.

Und hier war sie, mitten in einer verworrenen Situation, an die sie sich nicht erinnerte oder die sie nicht verstand, sich schmerzlich bewusst, dass ein oder mehrere Mörder frei herumliefen und sicherlich mehr als sie darüber wussten, was hier vorging.

So unabhängig und selbstsicher sie normalerweise war, hatte sich Riley noch nie so unsicher gefühlt. Sie war an Rollenspiele gewöhnt – das war eine ihrer Stärken –, aber das?

Das hier war ein sehr, sehr gefährliches Blindekuhspiel, und diejenige mit den verbundenen Augen – sie – hatte zusätzlich Watte in den Ohren und eine Wäscheklammer auf der Nase.

Mit Ausnahme von Gordon wusste sie nicht, wem sie trauen sollte, und er konnte ihr nicht viel mehr als moralische Unterstützung bieten, da sie, falls sie seit ihrer Ankunft überhaupt zu einer Schlussfolgerung gekommen war oder irgendwelche Theorien aufgestellt hatte, ihm die nicht anvertraut hatte.

Und was den anderen Mann anging, und die intime Nähe zu ihm …

»Riley? Bereit, zu bestellen?«

Sie schaute über den Rand der Speisekarte zu diesem helläugigen Fremden, dessen Bett sie anscheinend teilte, ignorierte den kalten Knoten in ihrem Magen und sagte ruhig: »Ich bin bereit.«

Das sagte sie jetzt zum zweiten Mal in den letzten beiden Stunden.

Sie hoffte nur, dass es wahr war.

»Ihnen ist klar, was das bedeutet?«, fragte Bishop.

Ein wenig amüsiert, erwiderte Riley: »Sie sind Telepath. Sie wissen, dass mir klar ist, was es bedeutet.«

»Ich meine es ernst, Riley.«

»Meinen Sie es je anders?« In einem plötzlichen Aufblitzen sah sie ein auffallend schönes Gesicht mit leuchtend blauen Augen, begriff sofort, wer die Frau war und was sie für Bishop bedeutete, und ihre Frage kam ihr nun nicht mehr so komisch vor.

»Lassen Sie nur«, sagte er. »Wir haben alle unsere Geister. Und zwischen einem Telepathen und einer Hellseherin gibt es nicht viele Geheimnisse.«

»Sie müssen wirklich glauben, dass wir etwas Gutes bewirken können«, meinte sie langsam. »Wenn Sie sich … bereitwillig so vielen von uns öffnen.«

Ausdruckslos erwiderte er: »Darüber habe ich gar nicht nachgedacht.«

Riley musste unwillkürlich lachen, aber sie schüttelte den Kopf und brachte das Gespräch wieder auf das ursprüngliche Thema zurück. »Ich verstehe, was Sie von mir verlangen. Ich weiß, dass es Monate dauern kann. Vermutlich wird.«

»Und Sie müssen allein arbeiten, zumindest nach außen.«

»Wenn Sie recht damit haben, wie dieser Mörder seine Opfer auswählt und dass das erste Anzeichen einer Sondereinheit oder Polizeiermittlung ihn dazu veranlasst, die Stadt zu wechseln, dann kann man ihn nur allein aufspüren und inoffiziell. Vorausgesetzt, ich schaffe das.«

»Ich bin überzeugt, dass Sie das schaffen. Ich glaube, Sie sind von allen in der Einheit am besten dazu geeignet, ihn aufzuspüren. Und dafür zu sorgen, dass er geschnappt wird. Aber kommen Sie ihm nicht zu nahe, Riley. Verstanden?«

»Er tötet nur Männer.«

»Bisher. Doch ein in die Enge getriebenes Tier kann alles umbringen, was es bedroht. Und er ist gerissen. Sehr, sehr gerissen.«

»Weswegen ich mich direkt vor seinen Augen verstecke. Und ihn nicht bedrohe.«

»Genau.«

»Das kann ich am besten«, sagte Riley.

Gegenwart

In dem kleinen Teil ihres Hirns, der nicht mit der anstrengenden Vorspiegelung beschäftigt war, dass alles normal sei, mühte sich Riley ab, eine vernünftige Entschuldigung dafür zu finden, nach diesem gemeinsamen Abend allein in ihr Strandhaus zurückzukehren. Außer Ash die Wahrheit zu sagen – wozu sie immer noch nicht bereit war –, schien nichts zu funktionieren, ohne seinen Argwohn oder seinen Ärger hervorzurufen.

Ihre Sinne mochten sich unerlaubt davongemacht haben, aber dieser kurze Erinnerungsblitz früher am Tag, zusammen mit ihren weiblichen Instinkten, verriet ihr, dass Ash jeden Grund zu der Erwartung hatte, die Nacht mit ihr zu verbringen – und, trotz seines ruhigen und fast distanzierten Verhaltens während des Essens, ganz eindeutig das Verlangen danach hatte. Trotzdem glaubte Riley bis zu dem Augenblick, als sie das Haus betraten und er die Tür hinter ihnen schloss, dass ihr noch eine vernünftige, annehmbare Entschuldigung einfallen würde.

Sie wollte ihm Kaffee und einen Drink anbieten, bekam jedoch keine Chance dazu.

Ash hob sie hoch und trug sie ins Schlafzimmer.

Das Unvermittelte dieser Tat, ganz abgesehen von der Dreistigkeit, hätte eine negative Reaktion bei Riley hervorrufen sollen. Sie war sich dessen fast sicher. Stattdessen spürte sie ein überwältigendes Gefühl von Vertrautheit und den ersten Schwall sinnlicher Hitze in sich aufsteigen.

Da war, erkannte sie verschwommen, etwas unglaublich Verführerisches in dem sicheren Wissen, dass ein Mann einen nicht nur wollte, sondern *jetzt* wollte, ohne Geduld für Geplauder oder sonstige gesellschaftliche Nettigkeiten. Er war nicht an Kaffee oder Konversation interessiert, er war an ihr interessiert, und das wurde ihr ohne jeden Zweifel klargemacht.

Er war nur ein bisschen grob, hatte es mehr als ein bisschen eilig, und Riley fand die Kombination unwiderstehlich.

Daher versuchte sie es gar nicht erst.

Und sie versuchte auch keine Reaktion darauf vorzuspielen, denn das brauchte sie nicht. Was er sonst war oder sein mochte, Ash Prescott war ein erfahrener Liebhaber, und ihr Körper erinnerte sich an seine Berührung, selbst wenn ihr Geist es nicht tat.

Sie ließ eine kleine Lampe auf ihrem Nachttisch brennen, hielt aber die Augen geschlossen, weil es nur auf die Sinne ankam, die er zum Leben erweckte.

Zum ersten Mal, seit sie am Nachmittag aufgewacht war, gab es keinen Schleier, keine Distanz – und keine Fragen.

Nicht zu dem hier.

Ihre Kleidung schien einfach zu verschwinden. Riley wurde am Bett abgesetzt, spürte fast sofort den erotischen Schock von Haut auf Haut und dann die kühle Glätte der

Laken unter ihr. Sie hatte keine Ahnung, wer von ihnen beiden die Decke zurückgeschlagen hatte, und es war ihr auch egal.

Sein Körper war erstaunlich hart, mit den festen Muskeln eines Mannes, der sehr athletisch ist, genetisch gesegnet oder beides. Seine Haut war glatt und heiß unter ihren Fingern, und das dicke, gekräuselte Haar auf seiner Brust kitzelte mit einer rauen Sinnlichkeit an ihren Brüsten, die bloß ihre aufwallende Hitze verstärkte.

Sein Mund auf ihrem fachte das Feuer an, genauso hart wie sein Körper, genauso eindringlich fordernd wie die Hände, die sie streichelten. Diese Mund-zu-Mund-Verbindung war mehr als ein Kuss, mehr als ein Verschmelzen, ein Vereinen, und sie begriff verschwommen, dass das der Grund war, warum sie mit einem relativ Fremden ins Bett gefallen war.

Weil er keiner war. Weil sie sich nicht fremd waren.

Ihre Körper bemühten sich, einander noch näher zu kommen, als sie es waren, näher, als es möglich war, und sie hörte sich einen wilden Laut ausstoßen, der sie erstaunt hätte, wenn sie darüber hätte nachdenken können. Aber ihr blieb keine Zeit, zu denken oder zu überlegen, es gab nur das Entzücken, das sich zu einem unglaublichen Gipfelpunkt steigerte, und eine verblüffende Woge von Gefühlen, die sie nie zuvor empfunden hatte und nicht im Geringsten deuten konnte.

Als es vorbei war, fühlte sich Riley sowohl erschöpft als auch seltsam erschüttert. Was war passiert? Das war mehr als Sex oder jedenfalls mehr als das, was sie als Sex kannte. Und sie war sich nicht sicher, ob sie etwas anderes würde vorspiegeln können. Aber sie bemühte sich trotzdem.

Nachdem er sich neben ihr auf dem Ellbogen aufgestützt hatte, öffnete sie schließlich die Augen und murmelte:

»Wow. Wie gut, dass ich noch den zweiten Nachtisch gegessen habe.«

Ash lachte. »Du sagst nie das Erwartete, oder?«

»Vermutlich nicht. Ist das schlimm?«

»In meinen Augen nicht.« Er griff hinter sie, um die Decke über ihre sich abkühlenden Körper zu breiten, hielt dabei kurz inne und rieb seine Nase an ihrem Nacken.

Riley merkte, wie sie bei dieser angenehmen Liebkosung zu schielen begann, und schloss hastig die Augen. »Mmmm.«

»Wenn du einschläfst, weck ich dich auf«, warnte er.

Ihr Lachen endete in einem Seufzer. »Daran bist du selber schuld.«

»Mach die Augen auf und rede mit mir.«

»Ich dachte, Männer wollen danach immer schlafen«, beschwerte sie sich sanft und öffnete die Augen.

Er lächelte schwach. »Du solltest inzwischen wissen, dass du mich keiner Gruppe zuordnen kannst. Keinen von uns beiden.«

Was meint er um alles in der Welt denn nun damit?

Natürlich konnte sie nicht fragen.

Stattdessen sagte sie: »Tja, du solltest inzwischen wissen, dass ich danach entweder Schlaf brauche – oder was zu essen. Brennstoff, erinnerst du dich? Der Tank ist leer, mein Lieber.«

»Gut. Ich versprech dir ein Mitternachtsomelett. Wie wär's damit?«

Riley drehte den Kopf, um auf den Nachttischwecker zu schauen. »Bis dahin ist es ja noch mehr als eine Stunde.« Sie ließ ihre Stimme mitleiderregend verklingen. »Ich weiß nicht, ob ich das durchhalte.«

Bevor sie den Kopf zurückdrehen konnte, spürte sie seine Finger an ihrem Nacken.

»Was ist das?«

Da war eine schmerzhafte Stelle, wie sie merkte, als er sie berührte.

»Wie sieht es denn aus?«, fragte sie, behielt das schläfrige Murmeln bei, obwohl sie jetzt hellwach war.

Er rieb ganz sanft darüber. »Vielleicht eine Verbrennung?«

Direkt unter dem Haaransatz an der Schädelbasis, normalerweise von ihrem kurzen Haar bedeckt. Dort hatte sie nicht nachgeschaut, als sie sich am Nachmittag untersucht hatte. Eine schmerzhafte Stelle, sowohl durch ihr Haar verdeckt als auch durch die Kopfschmerzen verschleiert, die sie seit dem Aufwachen fast ununterbrochen gehabt hatte.

7

Riley gab sich alle Mühe, sich nichts anmerken zu lassen und die plötzlichen Fragen und Ängste, die ihr durch den Kopf schossen, für sich zu behalten.

»Wenn ich mit dem Lockenstab hantiere, hab ich zwei linke Hände«, meinte sie leichthin. »Das passiert so oft, dass ich es für gewöhnlich vergesse.«

»Hast du schon mal erwogen, keinen Lockenstab zu benutzen?«, fragte Ash trocken.

Sie drehte ihren Kopf wieder um und schenkte Ash ein Lächeln. »Von Zeit zu Zeit. Aber das ist halt was Mädchenhaftes, verstehst du, und während meiner Militärzeit hab ich daran festgehalten.«

»Was, weil du Angst hattest, als Kampflesbe zu gelten?«

»Das ist kein politisch korrekter Ausdruck. Und – ja.«

Er grinste sie an. »Dazu besteht überhaupt kein Grund. Du bist durch und durch weiblich, Liebste, von den Haarspitzen bis zu den Zehennägeln. Es trieft dir förmlich aus den Poren.«

Riley ignorierte das Schlingern in ihrem Inneren bei diesen unerwartet zärtlichen Worten und setzte ein nachdenkliches Stirnrunzeln auf. »Ich bin mir nicht so sicher, ob das ein Kompliment ist.«

»Es entwaffnet, das ist es. Großartige Tarnung für den rasiermesserscharfen Verstand hinter diesen großen Augen.«

»Hm. Aber du warst nicht entwaffnet, was?«

»Ich hab mich nicht täuschen lassen« erwiderte Ash. »Nicht so wie Jake.«

Ein wenig überrascht und sehr neugierig fragte sie: »Du glaubst, er hat sich täuschen lassen?«

»Ich glaube, er hat dich schwer unterschätzt. Und ich glaube, wenn er das nicht vom ersten Augenblick an, als ihr euch kennenlerntet, getan hätte, dann könnte er jetzt statt meiner hier sein.«

Etwas gequält fragte sie: »Ich bin da wirklich zwischen euch geraten, oder?«

»Vielleicht.« Er veränderte seine Haltung, um mehr seitlich zu liegen, den Kopf auf eine Hand aufgestützt, die andere warm auf ihrem Bauch. »Aber das musste irgendwann passieren.« – »Wieso?«

Ashs Schulter zuckte leicht. »Weil es für mich leicht war, Jake während des größten Teils unseres Lebens das haben zu lassen, was er wollte. Bis er etwas wollte, das ich mehr wollte.«

Riley dachte darüber nach. »Mich?«, fragte sie, halb ratend.

»Wenn du das fragen musst«, sagte er, »dann hast du nicht aufgepasst.«

Ihr gelang ein Lachen. »Oh, ich habe aufgepasst. Ich möchte mich nur nicht wie eine Trophäe zwischen zwei Sportskanonen fühlen.«

»Das weißt du doch besser.« Er beugte sich hinüber, um sie zu küssen, weitete die Liebkosung aus. »Zumindest was mich betrifft. Hier geht es nicht um Jake. Hier geht es um dich und mich.«

Riley bemühte sich, weiter denken zu können, trotz der Lippen, die mit ihren spielten. »Mmm. Aber wenn Jake nur … die Trophäe sieht … könnte er sie immer noch haben wollen.«

»Dann wird er eine Lektion lernen müssen, die ich ihm wahrscheinlich schon hätte erteilen sollen, als wir Kinder waren.«

Ash schob die Decke weg, damit seine suchende Hand nackte Haut finden konnte. »Er bekommt nicht immer das, was er will.«

Riley hatte gedacht, sie sei vollkommen erschöpft, aber ihr Körper erwachte zum Leben, und als sich ihre Arme hoben und sich um seinen Hals schlangen, entschied sie, dass sie vielleicht doch die Kraft hätte …

Wie sich herausstellte, hatte sie ebenfalls die Kraft, hinterher mit Ash zu duschen, doch danach waren ihre Energiereserven auf dem Tiefstand, und das wussten sie beide.

»Ich mach uns jetzt die Omeletts«, sagte er und knotete sich ein Handtuch um die schmale Taille.

»Ich trockne mir die Haare und komm dann in die Küche. Tut mir leid, dass ich dir so viel Mühe mache.«

Er hob ihr Kinn mit dem Finger und küsste sie. »Machst du nicht«, sagte er und ließ sie in dem dampfigen Badezimmer allein.

Riley wickelte sich ebenfalls in ein Handtuch, streckte ihre Hände aus und sah, wie sie zitterten.

Verdammt.

Bei den geistigen und emotionalen Anforderungen eines Schweizer-Käse-Gedächtnisses einerseits und den körperlichen Anforderungen einer Beziehung mit Ash andererseits verbrauchte sie ihre Energie wesentlich schneller, als selbst für sie normal war.

Irgendwas lag total im Argen, und sie wusste es.

Sie schüttelte diese weitere Sorge ab, wühlte in der Schublade ihrer Frisierkommode nach einem Handspiegel und rieb den beschlagenen Spiegel über dem Waschbecken trocken, damit sie sich ihren Nacken anschauen konnte. Sie musste sich ein bisschen hin und her drehen und landete schließlich auf der Frisierkommode, mit dem Rücken zum großen Spiegel, während sie den Handspiegel in der einen Hand hielt und mit der anderen ihr Haar komplett hochschob.

Es sah wie eine Verbrennung aus, genau wie Ash gesagt hatte. Eigentlich wie zwei Verbrennungen, ganz dicht nebeneinander, direkt unter dem Haaransatz an der Schädelbasis.

Selbst in dem warmen, dampfigen Raum überlief sie ein Frösteln, das Gänsehaut hinterließ. Sie musste sich enorm konzentrieren, um den Handspiegel lange genug ruhig zu halten und die Male zu betrachten, bis sie sich dessen, was sie bereits vermutete, vollkommen sicher war.

Das waren die Male einer Elektroschockwaffe, eines Tasers.

Und sie zeigten ganz deutlich, dass jemand die Waffe direkt an ihren Hinterkopf gehalten und ihrem Körper einen Stromschlag versetzt hatte.

In ihre Hirnbasis.

In nicht mal zehn Minuten war Rileys kurzes Haar trocken geföhnt, was ihr nicht genug Zeit ließ, über die lähmende Erkenntnis hinauszudenken, dass aller Wahrscheinlichkeit nach ein Mörder über ihrem zuckenden Körper gestanden und ihr mit einer Waffe, die dazu gedacht war, den Gegner kampfunfähig zu machen, eine potenziell tödliche Ladung Strom verpasst hatte.

Riley hatte schon Taser benutzt. Sie war auch selbst damit getroffen worden. Sie wusste, was diese Waffe vermochte und was die normalen Nachwirkungen waren. An denen hier war überhaupt nichts normal.

Die Male an ihrem Nacken deuteten auf anhaltenden Kontakt, mit wesentlich höherer Spannung und Stromstärke, als der Hersteller für so ein Gerät je vorgesehen hatte.

Die Frage war, hatte ihr Angreifer absichtlich eine mit verstärkter Ladung versehene Schockwaffe benutzt, in dem Wissen, dass sie tödlich sein konnte? Und wenn ja, war sie mit Absicht am Leben gelassen worden oder nur durch Zufall?

Wie auch immer, der Angriff konnte eine Erklärung für ihre Kopfschmerzen und den Gedächtnisverlust sein, wie auch für ihre gedämpften – oder abwesenden – Sinne. Er konnte sogar eine Erklärung für das ungewöhnlich starke Bedürfnis nach mehr Brennstoff sein.

Ein Stromschlag ins Gehirn konnte eine Menge im menschlichen Körper durcheinanderbringen.

Er konnte auch verdammt viele Probleme auslösen, schlimmere noch als die, mit denen sie jetzt fertigwerden musste. Und die Tatsache, dass diese Probleme sich bisher noch nicht gezeigt hatten, bedeutete nicht, dass es dabei bleiben würde.

Toll. Wirklich absolut toll. Jemand hat versucht, mein Hirn zu rösten, möglicherweise versucht, mich zu töten, und läuft immer noch frei herum – mit einem Riesenvorteil auf seiner Seite.

Er wusste, wer sie war.

Und sie hatte keine Ahnung, wer er war.

Da ihr Haar trocken war und sie keine weiteren Ausreden hatte, im Badezimmer zu bleiben, ging Riley ins Schlafzimmer, um ihr übliches Schlafshirt anzuziehen. Sie hielt sich kurz damit auf, ihre verstreute Kleidung zusammenzusuchen und Ashs Sachen ordentlicher über einen Stuhl zu legen, wobei sie trotz allem leichte Erheiterung verspürte, als sie die aufreizenden Dessous aufhob, für die sie sich vor ihrer Verabredung in letzter Minute doch noch entschieden hatte.

Sie bezweifelte, dass er das überhaupt bemerkt hatte. Mit diesem ironischen Gedanken im Kopf, wählte sie ein Footballshirt, tauschte es gegen das Handtuch aus und ging in die Küche.

Über all das kannst du später nachdenken. Rauszufinden versuchen, was hier vorgeht. Momentan musst du bloß den Abend überstehen. Du musst dich normal verhalten und Ash Prescotts Sommerliebe sein.

Wenn es das war, was sie darstellte. Oder sie war doch, obwohl er es leugnete, die Trophäe, die er seinem Rivalen aus der Kinderzeit abgejagt hatte.

Keine so tolle Vorstellung.

»Perfektes Timing«, sagte Ash, als sie hereinkam. Er ließ die beiden Hälften eines großen Omeletts auf zwei Teller gleiten. Besteck und Servietten hatte er bereits auf den Tresen gelegt und dazu zwei Gläser Wein eingeschenkt. Riley nahm ihren Platz auf dem Barhocker ein und sah ihn mit erhobenen Augenbrauen an. »Wein? Du weißt, dass der mich schläfrig macht.« Sie hoffte, dass er das wusste.

»Ja, schon, aber ich glaube, du brauchst Schlaf.« Ash stellte die Pfanne ins Spülbecken und trug die Teller zum Tresen.

Riley wartete, die Brauen immer noch gehoben.

Er runzelte ein wenig die Stirn, und ehe sie wusste, wie ihr geschah, griff er nach ihren Handgelenken und hob sie leicht an, worauf sie beide ihre zitternden Finger sehen konnten. »Dein Tank ist nicht bloß leer, dein Motor läuft nur noch mit den letzten Dämpfen. Und das, nachdem du vor drei Stunden eine ausgiebige Mahlzeit vertilgt hast.«

»Ein Gentleman würde nicht darüber sprechen, wie viel ich esse«, sagte sie in leichtem Ton, zog ihre Hand zurück und trank einen Schluck Wein.

»Darum geht es nicht, und das weißt du auch. Lag es an der Szene im Wald? Hat die dir so viel abverlangt?«

»Na ja … das machen solche Szenen meistens.« Sie begann zu essen, hoffte, dass die Kalorien ihr träges Hirn in Bewegung bringen würden.

Oh, ich bin ja wirklich in einer Superverfassung. Wenn ich nur halb so viel Verantwortungsgefühl hätte, wie ich sollte, würde ich mich von Bishop nach Quantico zurückbeordern lassen. Noch heute Abend.

»Wegen des Hellsehens?«

Riley war nicht sonderlich erstaunt, dass er davon wusste. Sie vertraute es nur selten neuen Bekannten an – in den meisten Fällen nicht einmal Bekannten, die sie schon länger kannte –, aber dieser Mann teilte schließlich ihr Bett. Und sein Wissen beantwortete zumindest eine der Fragen, die sie sich gestellt hatte.

Eine weniger, aber bestimmt noch ein Dutzend mehr.

Sie nickte. »Das erfordert mehr Energie. Vor allem ein so … grausiger Mord. Alle um mich herum sind angespannt, verängstigt, entsetzt – und machen sich meist Sorgen um ihre nächsten Angehörigen. Mit all dem fertigzuwerden …«

»Verbraucht viel Energie.« Er runzelte immer noch die Stirn, musterte sie nach wie vor durchdringend. »Das passiert also jedes Mal, wenn du an einem Fall arbeitest?«

»In unterschiedlichem Maße. Ich habe mich heute mehr angestrengt als sonst, wahrscheinlich, weil ich nichts auffangen konnte. Auch das passiert manchmal.« Womit sie, wie sie hoffte, einige seiner Fragen abwehrte.

Ash griff nach seiner Gabel und begann zu essen, sagte

jedoch nach einigen Bissen: »Ich hatte den Eindruck, du würdest deine Fähigkeiten genau wie andere Ermittlungswerkzeuge verwenden.«

»Im Allgemeinen. Oft erleichtern sie mir die Ermittlung – aber nicht immer. Das schmeckt übrigens wirklich gut.« Sie deutete auf ihren Teller und das bereits halb verzehrte Omelett. *Klar, schling das Zeug nur runter – das wird alles lösen.*

»Sehr kalorienreich«, sagte er in plötzlich amüsiertem Ton. »Ich habe extra viel Käse reingetan.«

Riley musste lachen, allerdings ohne Heiterkeit. »Tut mir leid – ich hatte nicht damit gerechnet, in diesem Sommer eine Beziehung anzufangen, erst recht nicht während einer umfassenden Ermittlung.«

»Hör auf, dich zu entschuldigen. Dich aufzupäppeln, ist kein Problem, glaub mir.« Er lächelte, fügte dann beiläufig hinzu: »Arbeit und Vergnügen lassen sich in deiner Welt also nicht gut kombinieren?«

»Das erfordert beides Energie.« Riley hob ihr Glas und prostete ihm zu. »Das eine manchmal mehr als das andere.«

»Du hast meine Frage nicht beantwortet.«

Hier bot sich für sie ein möglicher Ausweg. Vielleicht. Eine Vorspiegelung weniger, die sie aufrechterhalten musste. Wenn sie ihm sagte, die Ermittlungen würden ihre gesamte Energie erfordern, ihre gesamte Aufmerksamkeit, dann würde er sich eventuell für diese Zeit aus ihrem Privatleben zurückziehen.

Nur konnte sie sich das nicht vorstellen.

Oder vielleicht willst du das bloß nicht glauben.

Schließlich sagte sie: »Die Frage hat sich für mich nie gestellt, daher weiß ich es nicht. Wir werden es wohl herausfinden müssen.«

Er sah sie noch einmal eindringlich an, dann lächelte er wieder. »Ich werde noch zwei Kisten mehr von diesen Energieriegeln bestellen.«

»Gute Idee«, sagte sie.

Der Wein hatte die übliche Wirkung, und als sie ein paar Minuten später wieder ins Bett kroch, gähnte sie gewaltig. »Ich hätte noch mal die Türen überprüfen sollen«, murmelte sie.

»Hab ich schon getan. Alle verschlossen.« Ash legte sich neben sie ins Bett, doch bevor er die Nachttischlampe ausknipste, griff er in die oberste Schublade. »Hier – ich weiß, dass du nicht ruhig schlafen kannst, wenn die nicht unter deinem Kopfkissen liegt.«

Riley blinzelte die Waffe an, die er nachlässig am Lauf hielt, und nahm sie ihm ab. Automatisch überprüfte sie, ob die Waffe gesichert war, und schob sie dann unter ihr Kopfkissen.

Sie schlief immer auf der rechten Seite, wodurch sie ihm den Rücken zukehrte. Daran war er offensichtlich gewöhnt, da er die Lampe ausknipste und sich kommentarlos hinter ihr zurechtrückte.

Dicht hinter ihr.

Er küsste sie unter der Brandwunde auf den Nacken. »Versuch, bis morgen früh durchzuschlafen, ja? Ich glaube, du brauchst das.«

»Mmm. Gute Nacht«, murmelte sie als Antwort.

»Gute Nacht, Riley.«

Ihr Körper entspannte sich, weil sie es ihm befahl. Ihre Atmung wurde langsam und gleichmäßig. Ihre Augen waren geschlossen.

Nie im Leben war sie wacher gewesen.

Die Erkenntnis hatte sich langsam aufgebaut, aber jetzt setzte sie sich in ihrem zugegebenermaßen trägen Hirn fest und wuchs sich zu mindestens einer entsetzlichen Möglichkeit aus.

Sie schlief immer mit der Waffe unter ihrem Kopfkissen. Immer. Seit einem sehr hässlichen Erlebnis mit einem Einbrecher im Morgengrauen vor fast zehn Jahren. Aber das wussten nur sehr wenige Menschen. Am Nachmittag war sie vollkommen angezogen aufgewacht, bis auf ihre Schuhe, mit der Waffe unter dem Kopfkissen, wie immer.

Nur zwei Wege führten dorthin, soweit Riley erkennen konnte. Beide begannen damit, dass sie das Haus verließ – nachdem sie Ash erzählt hatte, sie bräuchte Zeit für sich –, zweifellos bewaffnet, da es anders nicht vorstellbar war. Dann hatte sie das getan, was immer sie sich vorgenommen hatte, und war dabei von jemandem mit einem Schocker überrascht oder auf andere Weise außer Gefecht gesetzt worden. Danach …

Entweder hatte sie es, nachdem sie für Gott weiß wie lange Zeit betäubt worden war, allein geschafft, nach Hause und ins Bett zu kommen, zu erledigt, um ihre blutverschmierten Sachen auszuziehen, aber in der Lage, ihre Schuhe abzustreifen, hatte sich daran erinnert, wo ihre Waffe hingehörte, oder …

Oder ihr Angreifer hatte sie heimgebracht. Ihr die Schuhe ausgezogen. Und die Waffe unter das Kopfkissen gesteckt, weil er wusste, dass sie sie dort zu finden erwartete, wenn sie aufwachte.

Mist.

Die Anzahl der Verdächtigen, falls es sich so zugetragen hatte, war plötzlich sehr, sehr klein geworden.

Ash wusste, wo sie die Waffe nachts aufbewahrte. Gordon auch. Sollte es sonst noch jemand wissen, wäre Riley sehr überrascht gewesen. Aber vielleicht wusste es tatsächlich noch jemand anders. Zum Teufel, vielleicht wussten es alle.

O Gott, woran erinnere ich mich sonst noch nicht?

Ihr Auto war hier gewesen, die Schlüssel in ihrer Handtasche. War sie dort hingefahren, wo immer sie letzte Nacht gewesen war? Hätte sie hierher zurückfahren können, trotz der Nachwirkungen eines beinahe tödlichen Stromschlags? In ihrem Auto gab es keine Blutspuren, aber … Die Brücke lag drei Meilen entfernt, vorausgesetzt, sie war auf dem Festland gewesen. Die Strecke war sie doch sicherlich nicht zu Fuß gegangen?

Ich nehme an, dass das, was passiert ist, nicht auf der Insel stattgefunden hat. Warum nehme ich das an?

Weil sich der Altar – wenn er als solcher benutzt worden war – auf dem Festland befand. Weil dort der gefolterte und ermordete Körper eines Mannes entdeckt worden war. Und weil sie es fast unmöglich zu glauben fand, dass ein zweites, völlig separates gewaltsames Ereignis in derselben Nacht in einer derartig kleinen Gemeinde stattgefunden hatte.

Rational. Vernünftig. Vermutlich richtig.

Vermutlich.

»Riley?«

Oh, Mist. Kann ich nicht mal mehr das vortäuschen?

»Hm?«, murmelte sie.

»Warum bist du immer noch wach?« Er rieb seine Nase an ihrem Nacken. »Ich dachte, du würdest sofort einschlafen.«

»Ich mach mir wohl immer noch Gedanken.«

»Worüber? Den Mord?«

»Ja.« Das war keine Lüge. Genau genommen. »Berufsrisiko.«

Ohne sie zu sich herumzudrehen, nahm Ash sie in die Arme. »Kann ich dich dazu überreden, dich bis morgen davon zu lösen, oder ist das noch etwas, woran ich mich gewöhnen sollte?«

Was konnte sie darauf antworten? Wie viel konnte sie ihm erzählen?

Wie weit konnte sie ihm trauen?

Riley war sich einer ihr unbekannten Verzweiflung bewusst, und das war ein Gefühl, das ihr nicht gefiel. Vor allem, wenn es sie dazu veranlasste, herauszuplatzen: »Ich bin anders. Wenn ich an einem Fall arbeite.«

»Dann geht es nicht nur um einen höheren Energieverbrauch«, sagte er nach einer Weile.

»Nein. Das gehört auch dazu, aber … ich lebe sozusagen in dieser Arbeit. Ich werde wie besessen.« Sie versuchte, ein Achselzucken in ihre Stimme einzubauen. »Mein Chef sagt, das macht mich unter anderem zu einer guten Ermittlerin. Andere haben … angedeutet, dass ich distanziert werde oder schwer zu erreichen bin, wenn ich an einem Fall arbeite.«

»Gewarnt sein heißt gewappnet sein?«

»Du hast das recht, es zu erfahren.«

Seine Arme schlossen sich enger um sie. »Ich verstehe, wie unsere Arbeit uns antreiben kann, Riley. Du weißt, wie weit mich meine getrieben hat. Bis zurück an den Ort meiner Kindheit, wo die Arbeit als Staatsanwalt nicht gerade tagesfüllend ist. Du kannst nicht zulassen, dass deine Arbeit dich auffrisst.«

Sie wünschte, sie könnte sich an seine Geschichte erinnern, wirklich. Sie hatte das Gefühl, dass es ein lebenswichtiges Teil dieses Puzzles war, in dem sie sich befand. Aber sie konnte nur sagen: »Ein Mann ist tot, Ash. Sollte mich das nicht beunruhigen? Sollte es dich nicht beunruhigen?«

»Ich will damit doch nur sagen, dass es weder den Ermittlungen noch dir selbst guttun würde, wenn du dich nicht ausruhst.«

»Da hast du natürlich recht.«

Wieder schlossen sich seine Arme enger um sie, und in seiner Stimme war etwas unsäglich Besänftigendes, als er murmelte: »Morgen ist noch früh genug für jede Besessenheit. Schlaf jetzt, Riley.«

Er hatte ihre Frage nicht beantwortet, und das machte ihr mehr zu schaffen, als sie vor sich selbst zugeben wollte. Gleichzeitig entspannte sich ihr an Ash geschmiegter Körper, diesmal richtig, und sie wurde wieder schläfrig.

Erschöpfung, ganz bestimmt. Erschöpfung, die sie einholte. Aber es war mehr als das, und selbst als ihre wirren Gedanken zur Ruhe kamen, folgte ihr eine letzte nagende Erkenntnis in den Schlaf.

Trotz allem, trotz ihrer Zweifel fühlte sie sich in den Armen dieses Mannes … sicher.

Und für eine Frau, die vor langer, langer Zeit gelernt hatte, dass Sicherheit bestenfalls eine Illusion ist, war das äußerst erschreckend.

In ungewöhnlich grimmigem Ton sagte Gordon: »Ja, ich würde behaupten, das stammt von einem Taser. Und einem aufgemotzten dazu.«

Riley strich ihr kurzes Haar über die Brandwunden und drehte sich zu Gordon um. »Ich war mir ziemlich sicher. Wollte nur noch eine zweite Meinung.«

»Hast du Bishop davon berichtet?«

»Noch nicht.«

»Du bist ja wohl von allen guten Geister verlassen, Riley.«

»Ich weiß, ich weiß. Aber ich weiß auch, was Bishop sagen wird, und ich will nicht zurückbeordert werden. Ich kann nicht einfach die Flinte ins Korn werfen, Gordon. Noch nicht. Schau, wenn der Angreifer mich hätte töten wollen, dann wäre ich tot.«

»Das weißt du nicht. Wahrscheinlicher ist, dass er dich als tot liegen gelassen hat und dich dein verrücktes, verschwiemeltes Hirn gegen jede Vernunft am Leben hielt.«

Das war ein guter Punkt, und mehr als möglich. Wie bei allen Paragnosten des Teams verfügte ihr Gehirn zu jeder Zeit über eine höher als normale Menge an elektrischer Aktivität, daher war es gut möglich, dass es nicht entsprechend den Erwartungen des Angreifers reagiert hatte.

»Vielleicht.« Sie zögerte, gestand dann: »Gestern Abend ist mir ein Albtraumszenario durch den Kopf gegangen, in dem der Kerl mich betäubt und dann heimgebracht hat, in der Annahme, dass ich aufwachen und mich an nichts mehr erinnern würde.«

»Du meinst, wenn du blutverschmiert aufwachtest, würdest du nicht automatisch denken, dass irgendwas passiert wäre?«

»Das fiel mir erst heute Morgen ein.« Nach drei Tassen Kaffee und einem wunderbaren Frühstück, dank Ash.

Gordon musterte sie nachdenklich. »Du zündest wirklich nicht auf allen Zylindern, Babe, falls dir das noch nicht aufgefallen ist.«

»Warum müsst ihr Männer immer Autometaphern verwenden?«, wollte sie wissen, obwohl sie, als sie Bishop ihren Zustand beschrieb, genau dieselben benutzt hatte.

»Wechsel nicht das Thema.«

Riley seufzte.

»Ich werde Bishop alles haarklein erzählen, wenn ich ihm heute Nachmittag Bericht erstatte. Ich kann es nicht verantworten, irgendwas davon für mich zu behalten, nicht bei einem Toten. Ich hoffe nur, dass ich ihn dann auch davon überzeugen kann, mich hierzulassen. Aber jetzt werde ich erst mal ins Büro des Sheriffs fahren, wo ich Aussagen, Fotos und den Autopsiebericht vorzufinden hoffe.«

»Was erwartest du darin zu entdecken?«

»Ich weiß es nicht. Vermutlich nichts, das ich nicht bereits am Tatort herausfinden konnte. Aber vielleicht ist mir was entgangen.«

Gordon runzelte die Stirn. »Deine Gruselsinne sind immer noch abwesend?«

Sie nickte. »Was heute immerhin mehr Sinn ergibt als gestern. Nachdem ich jetzt zumindest weiß, was mit mir passiert ist. Trotzdem habe ich den starken Verdacht, dass Bishop mir erzählen wird, niemand sonst aus dem Team hätte bisher je einen Stromschlag direkt in die Gehirnbasis bekommen. Ich kann mich auch nicht erinnern, darüber in Fallberichten gelesen zu haben, und so was wäre mit Sicherheit nicht ausgelassen worden. Sondern markiert. Unterstrichen. Mit Sternchen versehen.«

»Ja, ich verstehe. Was bedeutet ...«

»Was bedeutet, dass ich unerforschtes Land betreten habe und ziemlich auf mich selbst gestellt bin. Gott weiß, was in meinem Kopf alles verschmort oder kurzgeschlossen wurde. Und wie die Nachwirkungen aussehen.«

»Kannst du mir noch mal sagen, warum du nicht zu einem Arzt gehst?«

»Weil ein Arzt nichts anderes tun könnte, als vielleicht ein paar Tests durchzuführen. Und weil ich funktionsfähig bin. Heute habe ich nicht mal Kopfschmerzen, oder nur ganz schwache. Was dieser Stromschlag meinem Hirn auch angetan hat ... tja, sagen wir's mal so, ich bezweifle schwer, dass es dagegen eine magische kleine Pille gibt.«

»Könnte es permanent sein? Der Gedächtnisverlust und die Beschädigung deiner Sinne?«

»Könnte sein.« Riley holte tief Luft und atmete langsam wieder aus. »Himmel, es könnte sogar höchstwahrscheinlich der Fall sein. Wenn ein Stromschlag latente paranormale Fähigkeiten auslösen kann – und wir wissen, dass das möglich ist –, dann ist es vernünftig, anzunehmen, dass so ein Schlag sie ebenso gut kurzschließen oder sogar zerstören kann.«

»Und wie fühlst du dich dabei?«

»Mein ganzes Leben lang habe ich mich darauf verlassen, dass mir diese Zusatzsinne einen Vorteil verschaffen, wenn ich ihn brauche. Wenn jemand größer oder stärker oder gerissener oder schneller – oder einfach nur gemeiner war. Ohne sie weiß ich nicht, ob ich noch gut genug bin, meine Arbeit zu leisten.«

8

Darüber brauchst du dir keine Sorgen zu machen, glaube ich«, sagte Gordon. »Ich habe dich auch ohne die Gruselsinne schon viel erreichen sehen.«

»Danke für das Vertrauensvotum. Ich wünschte, es könnte das mulmige Gefühl in meinem Magen beruhigen.«

Vielleicht um das Thema zu wechseln, fragte Gordon: »Wie lief denn deine Verabredung gestern Abend?«

Sie wusste, dass er keine Einzelheiten erfahren wollte und auch nicht danach fragen würde. Er wollte nur wissen, ob ihr Abend mit Ash irgendwas geändert hatte.

Das war eine Antwort, die sie nicht geben konnte.

»Es lief … es ging ganz gut.« Riley zögerte, fügte dann hinzu: »Sag mir, dass ich ihm vertrauen kann, Gordon. Versprich mir, dass ich ihm trauen kann.«

»Ich wünschte, das könnte ich, Babe, aber ich kenne den Mann nicht gut genug, um irgendwas zu versprechen. Ich weiß nur, was ich so höre, das bisschen, was ich selbst sehe, und das ist größtenteils gut. Bei einem Kampf hätte ich den Mann gern auf meiner Seite. Mein Bauchgefühl sagt mir, dass ich mich auf ihn verlassen könnte, mir den Rücken frei zu halten. Doch wir wissen beide, dass er sich der Frau gegenüber, mit der er das Bett teilt, trotzdem wie ein Drecksack benehmen könnte.«

»Ich glaube nicht … Davor fürchte ich mich nicht.«

»Wovor dann? Dass er ein menschliches Wesen im Wald verstümmelt hat?«

»Ich kann es mir nicht vorstellen. Aber ich weiß nicht

mit Sicherheit, dass er es nicht war. Ich bin es gewöhnt, spüren zu können, was in Menschen vorgeht, Gordon. Auf tiefere Weise, als in ihren Gesichtern zu lesen, auf die Stimme zu achten oder zu beobachten, was sie tun. Ich weiß, wem ich trauen kann und wem nicht, fast immer, doch es ist mehr als das. Es ist ein Gefühl dafür, wer sie sind, tief innerlich. Bei Ash habe ich das nagende Gefühl, dass da etwas sehr Wichtiges war, das ich in ihm gespürt habe. Etwas, das ich jetzt wirklich wissen müsste. Und was immer es war, ich kann es nicht mehr spüren, nicht mehr erkennen. Es ist weg.«

»Vielleicht nicht für immer. Vielleicht ist es momentan nur außer Reichweite.«

»Ja. Ja, vielleicht.« So gut er sie auch kannte, Gordon war nicht paragnostisch veranlagt, und da er nie einen Sinn verloren hatte, konnte er nicht verstehen, was es wirklich bedeutete, plötzlich ohne etwas zu sein, das einem bisher verlässlich geholfen hatte, den Weg durch eine oft feindselige Welt zu finden.

Riley begann es gerade erst selber zu begreifen. Das mulmige Gefühl in ihrem Magen verstärkte sich.

Nach einem Augenblick sagte Gordon: »Du hast dich auf ihn eingelassen, und ich kann mir nur schwer vorstellen, dass du das getan hättest, wenn dir etwas an ihm nicht koscher vorgekommen wäre.«

»Ich hoffe, du hast recht.« Riley blickte über die friedvolle Sommerlandschaft, die sich vor Gordons Terrasse ausbreitete, und wünschte flüchtig, sie könnte sich den Anglern anschließen, die Gordon jeden Moment erwartete, und für ein paar unbekümmerte Stunden davonsegeln. Das klang viel anziehender, als sich Autopsiefotos anzuschauen.

»Riley?«

Sie schaute ihn an, richtete sich dann von der Bank auf, an der sie halb gelehnt hatte. »Ich muss gehen. Jake erwartet mich seit einer halben Stunde im Sheriffdepartment.«

»Ich hab einen Freund, der mit den Anglern rausfahren könnte.«

Dankbar für dieses indirekte Angebot, schüttelte sie trotzdem den Kopf. »Und was erzählen wir Jake? Dass ich mich derart bedroht fühle, einen Armeekumpel mitbringen zu müssen, der mir am helllichten Tag den Rücken frei hält? Ich bin eine FBI-Agentin auf Urlaub, und er hat mich gebeten, ihn bei einer Ermittlung zu beraten, alles ganz nett und beiläufig. Warum sollte ich plötzlich meinen, einen Leibwächter zu brauchen? Niemand sonst weiß, was Sonntagnacht passiert ist, und so möchte ich es auch lassen, bis ich ein bisschen mehr darüber herausgefunden habe, was hier läuft.«

»Wer auch immer dich angegriffen hat, weiß, was passiert ist. Und wenn er dich für tot hielt, wird er mächtig erstaunt sein, dich rumlaufen zu sehen, als sei nichts geschehen. Mächtig erstaunt – und mächtig besorgt darüber, wie viel du weißt.«

»Darüber habe ich auch nachgedacht, und ich bin mir nicht so sicher, ob er sich überhaupt Sorgen macht. Soweit ich weiß, habe ich meine Waffe nicht gezogen. Das kann ich zwar nicht mit Gewissheit sagen, aber ich habe jedenfalls nicht geschossen. Und ich wurde von hinten angegriffen, offensichtlich überraschend. Ohne prahlen zu wollen, es ist nicht allzu leicht, mich zu überraschen.«

»Das würde ich auch meinen.«

»Ja. Also kann man wohl davon ausgehen, dass ich denjenigen mit dem Taser nie zu Gesicht bekommen habe. Wenn er – oder sie – glaubte, ich hätte etwas gesehen oder gehört, was ihn oder sie in Gefahr bringen könnte, dann hätte er oder sie ... Ach, verdammt. Dann hätte er garantiert dafür gesorgt, dass ich draufgehe.«

»Das ist aber eine gewaltige Annahme, um dein Leben dran festzumachen, Babe.«

»Je nun.« Sie deutete auf die im Halfter steckende Automatik an ihrer Hüfte. »Von jetzt an werde ich die meiste Zeit offen bewaffnet sein und, was den Großteil der Leute hier angeht, offiziell im Dienst.« Eine Entscheidung, die sie getroffen hatte, nachdem Ash am Morgen gegangen war. »Ich wollte das nicht, weil die Leute dann nicht mehr so offen mit einem reden. Aber nachdem ich darüber nachgedacht habe, beschloss ich, dass das Risiko, unbewaffnet zu erscheinen, stärker ins Gewicht fällt als die Vorteile.«

»Vor allem, wo du so ein kleines Mäuschen bist.«

»Ja, ich weiß, dass ich nicht sehr bedrohlich wirke. Wenn die Leute eine Waffe sehen, überlegen sie lieber zweimal. Da mir mein anderer Vorteil fehlt, brauche ich das.«

Gordon spitzte die Lippen. »Ich verbreite gerne, dass du in einem Faustkampf der Teufel auf Rädern bist. Was noch nicht mal gelogen wäre.«

»Trag nicht zu dick auf.« Riley zuckte die Schultern. »Aber wenn das Thema zur Sprache kommt, warum nicht? Wer auch immer der Kerl ist, ich will ihn wissen lassen, dass es nicht so leicht sein wird, mich ein zweites Mal zu überraschen.« Sie hob die Hand, um ihn am Sprechen zu hindern. »Was außerdem bedeutet, dass ich nachts nicht mehr allein weggehen werde.«

»Ruf mich an«, sagte er. »Ich bin derjenige, der dich in all das reingebracht hat, daher rufst du mich beim nächsten Mal verdammt noch mal an.«

Nachdrücklich erwiderte sie: »Glaub mir, wenn ich dir

sage, dass ich dem Schocker von diesem Dreckskerl nicht ein zweites Mal begegnen möchte. Wenn ich nachts ermitteln muss, rufe ich dich an.«

»Zu jeder Uhrzeit.«

»Ich weiß. Vielen Dank.« Riley wandte sich dem Weg zu, der am Haus vorbei zur Straße führte, blieb aber stehen und sah Gordon stirnrunzelnd an. »Sag mal, was ist da in Charleston los?«

Einen Moment lang schaute er verständnislos, dann erwiderte er: »Oh, du meinst die Morde?«

»Wenn es das ist, was da passiert. Morde?«

»Ja. Offenbar haben sie da einen Serienmörder. Einen richtig fiesen, der seine Opfer zerstückelt. Macht er wohl schon eine ganze Weile, aber die Cops haben das erst letzte Woche kapiert, wenn man den Zeitungen aus Charleston glauben kann. Der Dreckskerl hat's auf Touristen abgesehen, ausschließlich Männer, und die ganze Stadt ist ziemlich aus dem Häuschen.«

»Kann ich mir vorstellen.« Riley fröstelte plötzlich in der heißen Julisonne. *Unmöglich. Nicht dieselbe Vorgehensweise. Und es muss mindestens hundert Serienmörder geben, die momentan im Land unterwegs sind …*

Gordon bückte sich zu einem Ködereimer und fügte hinzu: »Die Zeitungen nennen ihn den Sammler. Anscheinend lässt er bei jeder Leiche eine glänzende Münze zurück. Na ja, nicht bei den Leichen. In den Leichen, nachdem er sie zerstückelt hat. Könnten ihn genauso gut den Münzautomatenmörder nennen, aber … Riley? Alles in Ordnung mit dir?«

War die Sonne hinter einer Wolke verschwunden?

War ihr deswegen so kalt?

Alles wirkte plötzlich so dunkel, und sie konnte Gordons große Hand auf ihrem Arm kaum spüren. Doch gleichzeitig wusste sie auch, dass der Himmel wolkenlos und die Sonne heiß war, ein ganz normaler Sommertag. Normal.

Das war es, das war die Lüge.

Denn es ist nicht normal. Nichts ist normal, wenn er wieder auf der Jagd ist. Ein Geist kann nicht jagen, und genau das sollte er sein. Er ist tot.

Ich habe ihn getötet.

Vor 2 1/2 Jahren

Für New Orleans war die Nacht ungewöhnlich kalt, was Riley nur recht war. Sie mochte Hitze, wenn sie am Strand oder am Pool war, aber ansonsten nicht so sehr. Vor allem nachts nicht, und ganz besonders in einer Nacht, in der sie sich schnell bewegen musste.

Nachts im French Quarter von einem sinnverwirrenden Chaos abgelenkt zu werden, war schlimm genug, ohne auch noch mit verschwitzter Kleidung fertigwerden zu müssen. Jedenfalls bei dem wenigen, was sie trug.

»He, Schätzchen – wie wär's mit uns?«

»Ich bin außer Dienst«, sagte sie.

Er blinzelte überrascht und fummelte nervös an einer Mardis-Gras-Kette aus Alienköpfen herum, die seinen farbenfrohen Shorts und dem Blumenhemd einen ziemlich affigen Touch verlieh. »Ach, sei doch nicht so, Schätzchen. Ich kann für ein Zimmer bezahlen.«

»Das glaub ich dir gern, Mister, aber ich bin einfach nicht interessiert.« Sie behielt ihren gelangweilten Ton bei und ließ die Blicke wandern. Wegen Prostitution festgenommen zu werden war das Letzte, was sie brauchen konnte, und sie hatte sich schon den ganzen Abend lang vor Polizeistreifen in Acht genommen.

Das machte den Auftrag, den sie hier auszuführen hatte, noch schwieriger, und sie bedauerte mindestens zum zehnten Mal ihre spärliche Kleidung, die sie zwar mit der festlich gestimmten Menge verschmelzen, jedoch auch zum Ziel unerwünschter Aufmerksamkeit werden ließ.

Er wird mich nie bemerken, aber, verdammt, jeder Typ zwischen fünfzehn und fünfundsechzig glotzt mich an. Ich hätte ein Vermögen verdienen können. Hätte doch lieber ein mehr touristisches und weniger nuttiges Outfit wählen sollen.

Wobei allerdings kein großer Unterschied zwischen diesen beiden scheinbaren Gegensätzen bestand, nicht bei der heutigen, spärlichen Mode. Außerdem wollte sie eher wie eine Einheimische statt wie eine Touristin wirken, was ihr eindeutig gelungen war.

Als sie merkte, dass der Möchtegernfreier immer noch dastand, wurde Riley etwas schärfer. »Hör zu, ich hab heute frei, okay? Such dir ein anderes Häschen.«

Er zögerte, musterte sie mit deutlicher Enttäuschung von oben bis unten, seufzte dann und ging weiter.

Riley entschied, dass sie offensichtlich zu ansprechbar wirkte, wenn sie nur herumstand, also schlenderte sie langsam den Bürgersteig entlang, ließ sich von der Menge mittreiben.

Es musste New Orleans sein. Dessen war sie sich sicher. Sie war dem Mörder von Memphis nach Little Rock gefolgt, immer einen Schritt hinter ihm, wie seit Monaten, hatte sich die zerstückelten Leichen, die er für die Polizei zurückließ, genau angesehen, hatte versucht, weit genug in seinen Geist einzudringen, um mehr als nur erraten zu können, wo er das nächste Mal zuschlagen würde.

Dann, in Little Rock, am blutigen Tatort seines letzten Mordes, hatte ihr eine kleine Stimme *Birmingham* zugeflüstert. Sie hatte gezögert, hatte ihre Instinkte, ihre hellseherischen Fähigkeiten, was immer sie zu lenken versuchte, infrage gestellt.

Aber sie hatte recht gehabt; sein nächstes Opfer war in Birmingham gestorben. Und Riley war nur noch rechtzeitig eingetroffen, um sich den Ort eines weiteren Gemetzels anschauen zu müssen.

Inzwischen hatte ihre eigene Wut darüber, wieder zu spät gekommen zu sein, um dem Opfer zu helfen, sie fast blockiert, doch selbst durch diese Wut hatte sie das Flüstern gehört. *New Orleans.*

Ich werde in New Orleans sein, kleines Mädchen. Wir treffen uns dort.

Davon hatte sie Bishop nichts erzählt, als sie Bericht erstattet hatte. Vermutlich war es sowieso nur ihre Einbildung gewesen, redete sie sich ein. Da sie keine Telepathin war und unmöglich die Stimme des Mörders in ihrem Kopf gehört haben konnte. Also hatte sie ihrem Chef nur gesagt, sie hätte das sichere Gefühl, dass der Mörder als Nächstes in New Orleans auf die Jagd gehen würde.

Daher war sie hier. Einen Monat später.

Und bisher war nichts passiert.

Sich in New Orleans zu langweilen war so gut wie unmöglich, doch Riley wusste, dass ihre Geduld fast am Ende war. Dieser Mörder hatte mindestens neun Mal zugeschlagen – Bishop war der Ansicht, dass es wahrscheinlich noch frühere, nicht gefundene oder nicht damit in Verbindung gebrachte Opfer gab, und Bishop hatte in solchen Dingen für gewöhnlich recht –, und sie war sich nach Monaten anstrengender Bemühungen nur sicher, dass der Mann, den sie verfolgte, eine Art Vertreter war.

»Das klingt logisch«, hatte Bishop ihr zugestimmt. »Er kennt die Städte und Orte, die er besucht. Daher weiß er, wo er jagen kann. Kennt alle örtlichen Kneipen. Sonst würde er mehr als ein paar Abende brauchen, um die Stammgäste zu erkennen.«

»Ein Opfer auszuwählen, ja. Aber warum Familienväter, Typen, die nur für ein oder zwei Bier auf dem Heimweg Pause machen? Eifersucht? Weil sie haben, was er nicht hat?«

»Vielleicht. Eifersucht. Verbitterung. Neid. Oder nur Wut. Weil alles so ungerecht ist. Weil sie normal sind und er nicht.«

»Glaubst du, er weiß das? Weiß, dass er nicht normal ist?«

»Ein Teil von ihm weiß es.« Bishop zögerte, fügte dann nüchtern hinzu: »Ich hoffe, das ist der Teil, in den du dich einklinkst, Riley. Denn der andere Teil von ihm ist schwarz wie das Innere der Hölle, das pure Böse, und das ist kein Ort, an dem du je erwischt werden möchtest.«

»Ich bin keine Telepathin.«

»Nein, du bist eine ultrasensitive Hellseherin, und du bist von diesem Kerl besessen. Was bedeutet, dass du seine Taten in deinen Geist, deine Emotionen, jede deiner Poren einsickern lässt. Das ist gefährlich. Ich habe dich gewarnt – komm ihm nicht zu nahe.«

»Du wusstest, dass ich das tun würde«, erwiderte sie, mit nur leichtem Vorwurf. »Als das anfing. Als du mich angeheuert hast.«

»Ja. Ich wusste es.«

Sie hörte oder spürte sein leichtes Bedauern. »Ist schon okay. Ich wusste es auch.«

»Ich wünschte, das hätte geholfen«, sagte Bishop. »Sei vorsichtig, Riley. Sei sehr, sehr vorsichtig.«

Drei Wochen nach diesem Telefonat war Riley angespannt, nervös und fühlte sich ein wenig zu vertraut mit ihrer Umgebung. Die nächtliche Bourbon Street war laut und farbenfroh und hatte eine besondere Atmosphäre, die sich mit der keiner anderen Stadt auf der Welt vergleichen ließ.

Menschen füllten die Straßen, einige schwankend und stolpernd, und ihr kreischendes Lachen zerrte an Rileys Nerven. Die würzigen Aromen der Cajun-Küche vermischten sich unangenehm mit dem modrigen Geruch alter Häuser, Zigarettenrauchs und schwitzender Leiber. Gelegentlich änderte sich die Windrichtung, und der schlammige Gestank des Flusses kam zum Rest dazu.

Ein Stück die Straße hinunter hatte sich eine Menschentraube um einen Jongleur gebildet, dessen Keulen laut und fröhlich klapperten. Die aus den Clubs und Striplokalen dringende Musik prallte auf den traurigen Gesang eines Folksängers, dessen Gitarrenkoffer für Spenden aufgeklappt vor ihm lag.

Und unter den hellen Straßenlaternen war die ganze Skala von ein paar grausigen, übrig gebliebenen Mardis-Gras-Kostümen bis hin zu Männern und Frauen in Geschäftskleidung zu sehen. Dazwischen noch alles von Jeans und T-Shirt bis zu den knappen Röcken oder Shorts und Bikinioberteilen der Teenager – und Nutten.

Riley versuchte, das alles auszusperren, sich nur auf ihre Beute zu konzentrieren.

Du bist hier, du Dreckskerl. Die Cops wissen es noch nicht, wissen nicht, dass ein Jäger durch ihre Straßen schleicht. Diese Menschen wissen es nicht. Aber ich weiß es. Ich kann dich spüren, wie ein Jucken in meinem Nacken. Dich riechen, wie den sauren Geruch von billigem Aftershave und altem Schweiß.

Und Verlangen. Du riechst nach Verlangen. Du hast das dringende Verlangen, heute Nacht zu morden, nicht wahr?

Seit dem letzten Mal ist es schon zu lange her. Warum hast du so lange gewartet? Das hast du noch nie getan. Drei Wochen, höchstens, nie einen ganzen Monat. Warum hast du diesmal einen ganzen Monat gewartet?

Liegt es an mir? Weißt du von mir?

Kannst du mich spüren, so wie ich dich spüren kann?

Riley überkam ein seltsamer Schwindel, und sie geriet ins Stolpern.

Sie blinzelte in das Meer sich voranschiebender Menschen und konnte sich dann weit genug aus der Menge befreien, um sich mit der Hand an einem Gebäude abzustützen.

Sie merkte, dass sie würgte und einen widerlich metallischen Geschmack im Mund hatte. Mit der freien Hand berührte sie ihre Lippen, und als sie ihre Finger anschaute, sah sie Blut darauf.

Mit der Zunge konnte sie keine Wunde im Mund finden, keinen Grund für das Blut entdecken. Ihr tat auch nichts weh. Warum blutete …

Der Geruch verstopfte ihr plötzlich die Nase, und einen Moment lang war sie überzeugt davon, dass ihre Hände rutschig waren von dem widerlichen Zeug, das Messer hatte sie nur mit solcher Sicherheit im Griff, weil er wusste, was er tat …

O Gott. Das war er.

Riley merkte erst, dass sie sich bewegte, als sie an den Polizeiwagen vorbeikam, die wie jede Nacht das Ende der Bourbon Street blockierten. Sie blieb nicht stehen, zögerte nicht mal. Als der Geruch und der Geschmack stärker wurden, beschleunigte sich ihr Schritt, bis sie rannte, weg von der Menge und auf etwas zu, das sie nicht finden wollte.

Irgendwann zog sie ihre Waffe aus der Schultertasche,

ohne sich dessen recht bewusst zu sein. Sie merkte nur, dass sie rannte, schneller und schneller, mit brennender Lunge und Stichen in der Seite, bis sie es schließlich fand.

Ihn. Was von ihm übrig war.

Sie stand auf einer Baustelle, teilweise freigeräumt für ein neues Gebäude, aber bisher mit nicht viel mehr als riesigen Baggern, die reglos und still überall um sie aufragten. Stoische, nicht menschliche Zeugen dieser hier begangenen Gräueltaten.

Die Straßenbeleuchtung reichte gerade aus, um erkennen zu können, was er diesmal hinterlassen hatte. Die Überreste eines Männerkörpers, nackt und blutig. Aber nur ein Teil davon.

Vom Nabel an abwärts war nichts mehr da außer der scheußlichen Masse zerhackter innerer Organe.

Zu spät. Riley war zu spät gekommen. Wieder. Und der Blutgeschmack war noch immer in ihrem Mund.

Hast es wieder verpasst, was? Aber mach dir keine Sorgen, kleines Mädchen. Du bekommst noch eine Chance. Wir sehen uns in Mobile.

Sie hätte schwören können, das Echo spöttischen Gelächters zu hören, doch nicht in der schwachen Brise, die sie umwehte.

Sondern in ihrem eigenen Kopf.

Und diesmal wusste sie, dass es keine Einbildung war.

Gegenwart

»Wir wissen nicht, ob er es ist. Nicht mit Sicherheit«, sagte Bishop.

Riley saß in ihrem Auto vor dem Sheriffdepartment, das Handy am Ohr, und bemühte sich, mit ruhiger, gleichmäßiger Stimme zu sprechen. »Er hinterlässt Münzen, stimmt's? Glänzende Münzen *in* den Opfern.«

»Das hätte die Presse nicht erfahren sollen.«

»Hat sie damals auch nicht, das wissen wir beide. Was bedeutet, dieser Mörder ist kein Nachahmungstäter.«

Bishops Stimme verbreitete all die Ruhe, an der es Riley mangelte. »Wir wissen aber auch beide, dass im Laufe der Zeit Hunderte von Leuten an den vorherigen Ermittlungen gearbeitet haben, also können wir nicht mit Gewissheit ausschließen, dass Informationen durchgesickert sind – selbst wenn es nicht in die Presse kam.«

»Er ist tot, Bishop. Ich habe ihn getötet.«

»Ich glaube dir ja.«

Riley merkte, dass sie mit der freien Hand sanft an ihren Verbrennungen im Nacken rieb, und zwang sich, damit aufzuhören. »Einer von uns muss überprüfen, was sie bisher haben. Um sicherzugehen. Ich kann …«

Er ließ sie den Satz nicht beenden. »Wir sind nicht eingeladen worden, Riley. Und da unsere vorherigen Ermittlungen offiziell abgeschlossen sind und unser Mörder offiziell aus den Unterlagen gestrichen wurde, wird das, was momentan in Charleston passiert, als völlig neuer Fall betrachtet, wahrscheinlich von einem Nachahmungstäter.«

»Ein ausgewachsener Serienmörder, der aus dem Nichts auftaucht? Wenn er ein eingeführtes Ritual benutzt, dann hat er schon früher gemordet.«

»Genau. Deswegen habe ich ja auch einen Freund in Charleston kontaktiert, der bei der Polizei ist. Er schickt mir Kopien der Berichte für ein inoffizielles Profil. Ich werde schon bald wissen, ob es jemand ist, den wir kennen.«

»Du meinst, wir werden bald wissen, ob ich danebengeschossen habe.« In ihrem Mund war ein bitterer Geschmack, ganz ähnlich wie das Blut in New Orleans.

»Du hast nicht danebengeschossen. Du schießt nie daneben. Du hast deine Waffe abgefeuert und John Henry Price mindestens dreimal voll in die Brust getroffen, und er ist gefallen.«

»Die Leiche wurde nie gefunden.«

»Dieser Fluss hat seine Toten noch nie freigegeben.«

Sie atmete ein und stieß die Luft langsam wieder aus. »Sehr praktisch, nicht wahr? Dass er zufällig in einen Fluss gefallen ist, nachdem ich ihn erschossen hatte. Dass er auf den Kai lief, aber vorbei an allen Booten, bis ganz zum Ende des Kais. Und wenn er die ganze Sache nun geplant hatte, Bishop? Das hätte er durchaus tun können. Wir wissen beide, dass er gerissen genug war. Wenn er nun einfach für eine Weile aufhören wollte, uns von seiner Spur abbringen wollte und wusste, dass das nur funktionierte, wenn wir *glaubten*, er sei tot?«

»Riley …«

»Du bist erst später hingekommen; keiner der Telepathen und keines der Medien war da, um uns mit Gewissheit zu bestätigen, dass er tot war. Nur ich. Und alles, was ich fühlen konnte, alles, was ich spüren konnte, war Entsetzen, weil er mir so verdammt nahe gekommen war. Weil ich wusste, dass er derjenige war, der in meinen Geist eingedrungen war statt umgekehrt.«

»Das passiert manchmal, wenn das Raubtier, das wir verfolgen, über aktive oder sogar nur latente Fähigkeiten verfügt.«

»Und du hast mich gewarnt. Ich weiß.«

»Das war vor fast zweieinhalb Jahren«, sagte Bishop leise. »Wenn er am Leben geblieben wäre, hätte er weiter gemordet.«

»Er könnte vorsichtiger geworden sein. Opfer ausgewählt haben, die nicht vermisst wurden. Hätte die Leichen verstecken oder vernichten können, wenn er mit ihnen fertig war. Du hast damals selbst gesagt, er habe es so öffentlich gemacht, habe die Leichen dort abgelegt, wo sie gefunden werden mussten, weil er die Herausforderung suchte, weil es für ihn zu leicht geworden war. Er wollte, dass die Welt ihm zuschaute, dass sie erkannte, wie gerissen er war. Vielleicht liegt die Herausforderung jetzt darin, alle davon zu überzeugen, dass er nicht derselbe Mörder ist, den wir so lange verfolgt haben. Vielleicht jagt er deshalb Touristen statt Einheimische.«

»Vielleicht«, gab Bishop schließlich zu. »Aber wir haben noch etwas Zeit. Dieser Mörder hält sich anscheinend an einen monatlichen Rhythmus, und sein neuestes Opfer wurde erst vor ein paar Tagen entdeckt.«

»Er hat ein Opfer pro Monat getötet?«

»In den letzten sechs Monaten. Die Polizei ist der Sache schon früh auf die Spur gekommen wegen der Münzen, hat es jedoch vor der Presse geheim gehalten bis zu dem neuesten Opfer letzte Woche. Politische Entscheidung.«

»Wollten dem Tourismus nicht schaden.«

»Genau. Aber jetzt ist es bekannt, und sie stehen schwer unter Beschuss, weil sie die Gäste nicht gewarnt haben. Nicht das beste Beispiel für die Gastfreundschaft der Südstaaten.«

»Kaum.« Riley runzelte die Stirn. »Wenn sie unter Beschuss stehen ...«

»... könnte es gut sein, dass sie eher früher als später um Hilfe rufen. Ja. Damit rechne ich. Ob es sich bei diesem Mörder tatsächlich um jemanden handelt, den wir schon kennen, werde ich erst wissen, wenn ich die Berichte bekomme. Davon abgesehen, hast du dort, wo du bist, schon genug Probleme.«

Er hatte recht, und sie wusste das. Riley versuchte, sich

zu konzentrieren, diesen anderen Mörder aus dem Sinn zu bekommen, aber das war fast unmöglich. Nie in ihrem Leben hatte sie sich verletzlicher gefühlt, und auch nur die geringste Möglichkeit, dass John Henry Price noch am Leben war und weniger als fünfzig Meilen entfernt auf der Jagd, hatte das mulmige Gefühl in ihrem Magen in brodelnde Furcht verwandelt.

Was selbst Bishop am anderen Ende der Verbindung nicht entging.

»Was ist da sonst noch passiert, Riley? Hat sich die Situation verschlimmert?«

Sie wollte nicht, wusste aber, dass ihr keine andere Wahl blieb, daher erstattete sie sachlich Bericht. Sie erzählte ihm von dem Mord und dass sie möglicherweise mit tödlicher Absicht angegriffen worden war.

Und noch bevor er ein Wort sagen konnte, endete sie mit: »Beorder mich nicht zurück, Bishop.«

»Warum zum Teufel nicht?« Sein Ton war grimmig. »Riley, ich habe nicht die geringste Ahnung, was ein direkter Stromschlag dem Gehirn eines Paragnosten antun kann, nicht unter diesen Umständen. Aber wir können mit ziemlicher Sicherheit davon ausgehen, dass es keine großen Chancen für eine Umkehrung der verursachten Schäden gibt.«

»Du meinst, ich könnte mein Gedächtnis nie wiederfinden. Meine Sinne nie wieder normal benutzen können – keinen von ihnen.«

»Genau das meine ich. Es ist mehr als eine Möglichkeit, Riley. Es ist eine Wahrscheinlichkeit. Elektrizität wirkt sich auf uns aus. Sie kann unsere Fähigkeiten verstärken, sie verändern – oder zerstören.«

Sie atmete durch. »Darum habe ich umso mehr Grund, hierzubleiben. Schau, ich weiß, dass es irrational klingt.

Aber meine sämtlichen Instinkte sagen mir, wenn ich abreise, wird das, was mit mir passiert ist, tatsächlich dauerhaft sein. Dass ich die verlorene Zeit nie zurückbekomme – oder die verlorenen Sinne.«

»Riley ...«

»Bishop, bitte. Jetzt ist das mehr als bloß ein Fall. Jemand hat mich angegriffen, vielleicht sogar versucht, mich zu töten. Und dieselbe Person hat in derselben Nacht vermutlich einen Mann getötet. Ihn gefoltert und enthauptet. Das Blut, das ich überall an mir hatte, könnte von ihm stammen, und ich weiß nicht mal seinen Namen, noch nicht. Ich muss hierbleiben. Ich muss an dieser Ermittlung mitarbeiten. Antworten kann ich nur hier finden, nicht in Quantico beim Betrachten irgendwelcher Tintenkleckse.«

Er schwieg einen Moment, forderte dann: »Sag mir, dass du nicht nur bleiben willst, um nahe bei Charleston zu sein. Für alle Fälle.«

»Das kann ich nicht«, gab sie zu. »Das ist Teil davon. Denn wenn es wirklich Price ist, bin ich die Einzige, die ihm vorher nahe gekommen ist. Ich bin diejenige, die du schicken musst, falls – wenn – sie um unsere Hilfe bitten.«

»Das letzte Mal hat dich fast zerstört, Riley. Obwohl deine Sinne und dein Gedächtnis intakt waren.«

»Ich weiß. Und ich bin nicht scharf auf eine Wiederholungsvorstellung, glaub mir. Ich brauche keinen Profiler, der mir sagt, dass Prince wirklich stinkig auf jeden ist, der ihn auch nur vorübergehend aus dem Spiel geworfen hat. Stinkig und in extremem Maße auf Rache aus. Das lag doch in seiner Natur, stimmt's? Rachsucht?«

»Unter anderem.«

An dieses andere wollte Riley gar nicht denken. »Also hoffen wir beide, dass es sich in Charleston um einen Nachahmungstäter handelt. Aber ob ich mich nun einer schlimmeren Möglichkeit stellen muss oder nicht, ich tauge weder was für mich noch für die SCU, wenn ich das nicht in Ordnung bringen kann, was dieser Dreckskerl mit dem Schocker angerichtet hat.«

»Was umso mehr Grund ist, nach Quantico zurückzukehren.«

Riley hatte es nicht gewollt, beendete die Auseinandersetzung jedoch mit einer simplen Tatsache, die keiner von ihnen abstreiten konnte, weil sie beide Polizisten waren.

»Erinnerungen oder keine, ich habe Sonntagnacht *irgendwas* getan, das mich mit Blut verschmiert hat. Vielleicht mit dem Blut eines Ermordeten. Solange wir das nicht mit Sicherheit wissen, kann ich nicht von hier verschwinden.«

9

Leah Wells hatte Polizistin werden wollen, seit sie acht Jahre alt war. Vielleicht sogar länger, aber das hatte sie nicht in Erinnerung. Mit acht hatte sie ihr Puppenhaus in ein Gefängnis verwandelt, hatte drei Puppen, zwei Teddybären und eine von ihrem Bruder heimlich ausgeborgte Ninjafigur eingesperrt.

Der Ninja hatte die abscheulichste Tat begangen; er hatte Malibu-Barbie entführt und gegen Lösegeld festgehalten. Der Kampf, um ihn zu fangen und die Geisel zu befreien, war heftig gewesen.

Leahs Mutter hatte das alles verwirrt, da sie zu Recht befürchtete, dass die Kinderspiele ein weniger traditionelles Leben ankündigten als das, auf das sie gehofft hatte. Leah hatte sich jedoch, statt ihre Collegejahre damit zu verbringen, sich einer Studentinnenverbindung anzuschließen und Kinderpsychologie oder so was zu studieren, für Kriminalpsychologie und Kriminalermittlung entschieden und ein Praktikum bei der staatlichen Ermittlungsbehörde gemacht.

Wenn ihre Mutter enttäuscht gewesen war über die Berufswahl ihrer Tochter, war auch Leah selbst etwas desillusioniert nach den fünf Jahren, die sie bei der Polizei von Columbia verbracht hatte. Sie entdeckte, dass sie nicht zur Großstadtpolizistin geschaffen war. Zu viel Gewalt. Zu viele deprimierende Situationen mit unglücklichen, tragischen Ergebnissen.

Gordon meinte, sie hätte den falschen Beruf für eine

Frau gewählt, die daran glaubte, dass Geschichten ein Happy End haben sollten, aber in Wirklichkeit genoss Leah die Arbeit – meistens. Sie genoss es, Menschen zu helfen. Als sich Columbia als zu deprimierend für sie herausstellte, beschloss sie daher, dass es in einem Urlaubsort zweifellos viel fröhlicher zugehen würde, weniger gewalttätig, und es noch viele zusätzliche Vorteile gab.

Vor allem, da sie eine dieser wenigen Rothaarigen war, die braun wurde, statt bloß Sommersprossen zu bekommen.

Sie war dank einer Nadel beim Sheriffdepartment von Hazard County gelandet. Mit einer Liste vor sich, auf der Stellenangebote für erfahrene Polizeibeamte an der Südostküste ausgeschrieben waren, hatte sie die Augen geschlossen und mit einer Sicherheitsnadel ins Papier gestochen. In Hazard County.

Vielleicht ein etwas unbedarfter Weg, sein Berufsleben zu planen, ganz zu schweigen vom Privatleben, aber für Leah hatte es prima geklappt. Weil sie ihre Arbeit jetzt mochte und ihr der Lebensstil eines Urlaubsortes gefiel. Und sie hatte einen Mann, auf den sie ebenfalls ziemlich verrückt war. Als Sahnehäubchen obendrauf.

»Und dann«, sagte sie zu Riley, brachte ihre Geschichte in die Gegenwart und klang verärgert, »muss so eine mörderische Bestie daherkommen und das Paradies zerstören.«

»Ja, mörderische Bestien können einem wirklich den Tag verderben«, stimmte Riley düster zu. Sie saß auf der Ecke des Konferenztisches, ließ das eine Bein baumeln und wartete darauf, dass Sheriff Ballard mit den Autopsieberichten kam. Um die Zeit zu überbrücken, hatte sie Leah mit ein, zwei einfachen Fragen dazu gebracht, von sich zu erzählen.

Leah seufzte.

»Oh, du weißt schon, was ich meine. Es ist nicht so, dass ich diesen Mord auf die leichte Schulter nehme. Jedes Mal, wenn ich die Augen schließe, sehe ich den armen Kerl da im Wald hängen. Mir wird übel. Und ich hab Angst. Denn wenn der Wahnsinnige, der ihn umgebracht hat, kein Sommergast ist, dann besteht die Chance, dass es jemand war, den ich kenne.«

Riley biss erneut in den Energieriegel. Kauend sagte sie: »Es sollte mich schon sehr wundern, wenn dieser Mörder ein Sommergast ist.«

»Mist. Warum?«

»Na ja, wenn er – oder sie – tatsächlich satanische Riten praktiziert, ist das nichts, was man für gewöhnlich mit in Urlaub nimmt. Jedenfalls nicht die extremen Rituale. Hinzu kommt, dass Geheimhaltung ein wirklich wichtiger Faktor ist und es sich bei dem Tatort um einen viel zu öffentlichen handelt.«

»Demnach könnte es ein – was? Ein vorgespieltes Ritual gewesen sein?«

»Vielleicht eine Tarnung. Um dahinter das wirkliche Mordmotiv zu verbergen. Und wenn das der Fall ist, wenn jemand das ganze Brimborium des Okkulten benutzt, um uns von der Spur abzubringen, dann liegt der Grund wahrscheinlich darin, Aufmerksamkeit von jemandem abzulenken, der sonst ein logischer Verdächtiger für einen eindeutigen Mord an diesem Mann wäre.«

Leah dachte darüber nach. »Aber wir können nicht wissen, ob er einheimische Feinde hatte, bevor wir nicht erfahren, wer er ist. War.«

»Ja. Daher muss seine Identifizierung Priorität haben.«

»Hat sie. Bloß bisher – nada. Der Arzt, der uns als Gerichtsmediziner dient, hat gestern Abend einen vorläufigen Bericht geliefert und keine Identifizierungsmerkmale an der Leiche gefunden. Keine alten Narben, keine Tätowierungen, keine Muttermale. Wir haben die Fingerabdrücke ein zweites Mal mit den Karteien verglichen, aber auch da kein Glück.«

»Ich hätte auch nicht erwartet, dass seine Abdrücke registriert sind«, sagte Riley.

»Gibt's dafür irgendeinen bestimmten Grund?«

Während sie das Einwickelpapier in immer schmalere Streifen faltete, erwiderte Riley: »Weil der Kopf entfernt wurde.«

Leah verzog unwillkürlich das Gesicht. »Und?«

»Und ich habe noch nie von einem okkulten Ritual gehört, bei dem der Kopf eines Opfers abgeschlagen und entfernt wurde. Und ich kann mir nur vorstellen, dass das gemacht wurde, um die Identifizierung zu verzögern. Denn wenn der Mörder Grund zu der Annahme gehabt hätte, dass die Fingerabdrücke des Mannes registriert waren, und da er ja offensichtlich nicht zimperlich war, hätte er die Fingerspitzen zerstört. Sie abgehackt oder vielleicht einen Schneidbrenner verwendet.«

Leah räusperte sich. »Die Welt, in der du lebst, ist nicht nett, oder?«

Riley schaute sie ein wenig überrascht an, lächelte dann reumütig. »Ich schätze, nicht. Darüber denke ich nur selten nach.«

»Für dich ist es bloß ein Job?«

»Na ja ... mehr oder weniger. Durch meine Arbeit habe ich einige tolle Leute kennengelernt. Ein paar interessante Erfahrungen gemacht, nicht alle negativ. Ich reise viel. Ich leiste eine Arbeit, die ich wichtig finde.«

»Oh, ganz ohne Frage.« Leah senkte die Stimme, obwohl sie allein im Konferenzraum waren. »Und du hast die Möglichkeit, diesen übernatürlichen Kram zu benutzen, wo es wirklich darauf ankommt, statt auf einem Jahrmarkt aufzutreten oder bei einer dieser Übersinnlichen-Hotlines zu arbeiten.«

»Eine der erstaunlichsten Paragnostinnen, die ich kenne, hat jahrelang als Wahrsagerin auf einem Jahrmarkt gearbeitet.«

»Ich wollte damit nicht ...«

Riley winkte ab. »Oh, ich weiß. Aber du hast recht – für manche Paragnosten, vielleicht für die meisten Paragnosten, gibt es kaum Möglichkeiten, sich den Lebensunterhalt durch den Einsatz ihrer Fähigkeiten zu verdienen. Was voraussetzt, dass man seine Fähigkeiten nutzen kann, und viele können das nicht.«

»Du meinst, sie können sie nicht kontrollieren?«

»Das können die meisten von uns nicht, zumindest nicht verlässlich. Mein Chef sagt, sollte je ein Paragnost geboren werden, der seine Fähigkeiten kontrollieren kann, wird sich die ganze Welt ändern. Damit hat er vermutlich recht.«

»Aber dieser Paragnost wirst nicht du sein, oder?«

»Nein. Ich habe meine Fähigkeiten benutzt, so lange ich denken kann, und es sind immer noch Zufallstreffer. Selbst wenn meine Konzentration einwandfrei ist und mein Energielevel optimal, kann ich manchmal nicht das Geringste auffangen. Dann wieder werde ich von Informationen oder Emotionen regelrecht überschüttet, ohne es auch nur versucht zu haben.«

»Du fängst Emotionen auf? Die Emotionen von anderen?« Leah hatte nicht argwöhnisch klingen wollen, doch man hörte es ihrer Stimme an.

Riley blickte stirnrunzelnd auf die jetzt klein zusammengefaltete Verpackung und band sie zu einem Knoten. »Manchmal. Nicht so wie ein Empath, der fühlt, was andere empfinden. Ich spüre nur, wenn jemand wütend oder traurig ist, solche Dinge. Selbst wenn derjenige es tief in sich verschließt und es nach außen nicht zeigt.«

Leah betrachtete Riley, überlegte, wie es wohl sein musste, durch eine Art Fenster in andere hineinzuschauen. Nicht, dass sie diese Erfahrung selbst machen wollte; sie hatte schon genug Probleme, ihre eigenen Gedanken und Gefühle auf die Reihe zu bringen, ohne noch die anderer Menschen hinzuzufügen.

Riley schien das nicht zu stören. Sie ist eine seltsam gelassene Frau, dachte Leah. Selbst gestern im Wald, mitten in dieser Horrorszene, war sie ruhig und sachlich geblieben. Und heute trug sie ganz lässig die Waffe im Gürtelhalfter, zusammen mit Jeans und einem leichten Sommertop.

Sie sah nicht wie eine FBI-Agentin aus. Andererseits konnte Leah sie sich auch bloß in Militäruniform vorstellen, weil Gordon ein paar Fotos von ihnen beiden besaß.

»Lass dich nicht von diesen großen Augen und der sanften Stimme täuschen«, hatte er Leah mit einem Grinsen gewarnt. »Riley hat nicht einen unschuldigen Knochen im Leib. Sie war auf dem Schlachtfeld, und sie hat die Welt gesehen und kann bestens auf sich aufpassen, wohin das Schicksal sie auch führt. Himmel, ich würde mich nicht mit ihr anlegen wollen, bewaffnet oder unbewaffnet.«

Was man sich merken sollte, dachte Leah.

»Hilft es wirklich, übernatürliche Fähigkeiten zu haben?«, fragte sie. »Ich meine, bei einer Ermittlung.«

Riley machte einen zweiten Knoten in die Verpackung, blickte leicht verwundert darauf, als fragte sie sich, warum sie das getan hatte, und ließ sie in einen Aschenbecher auf dem Tisch hinter sich fallen. »Manchmal.«

Sie zögerte, hob den Blick und sagte: »Aber diesmal vielleicht nicht. Nur damit du es weißt, ich bin im Moment ziemlich neben der Spur.«

»Ash?«, riet Leah.

Riley war deutlich überrascht. »Wie kommst du denn darauf?«

»Ich zieh wohl einfach Vergleiche.« Leah lachte. »Als ich mich in Gordon verliebte, bin ich mal mit zwei verschiedenen Schuhen zur Arbeit gekommen. Ich dachte, die Jungs würden sich nie wieder einkriegen.«

Riley lächelte, aber ihr Blick blieb eindringlich, fragend.

Interessant, wie klar das rüberkommt, dachte Leah. Diese stumme Frage. Ohne es eigentlich zu wollen, bot sie ihr eine Antwort an.

»Ash ist ein Mann von starker Intensität, das wissen alle. Ich dachte mir nur, dass sich das hinter geschlossenen Türen noch verstärken würde – sozusagen.«

»Er ist ein bisschen … überwältigend«, meinte Riley etwas zurückhaltend.

»Kann ich mir vorstellen. Den Gerüchten nach hat er die Staatsanwaltschaft in Atlanta verlassen, weil er sich nicht beherrschen konnte.«

»Ehrlich?«

Leah zuckte die Schultern. »Ach, du weißt ja, wie das mit Gerüchten ist. Ich persönlich habe nie Anzeichen dafür bemerkt. Aber es ist schwer, seine … Intensität zu übersehen. Ich komme immer wieder auf das Wort, doch es scheint zu passen, nicht wahr?«

»Ja. Ja, das tut es.«

Mit einem Kopfschütteln sagte Leah: »Mieses Timing. Es sah so aus, als liefe es richtig gut für euch beide und wir würden herausfinden, dass all dieses okkulte Zeug nur Blödsinn war und Gordon sich umsonst Sorgen gemacht hatte. Jetzt, nach diesem Mord, sind alle angespannt und nervös, und keiner von uns kann an viel anderes denken. Okkult oder nicht, hier geht auf jeden Fall etwas vor.«

»Ja.«

»Gestern war ziemlich deutlich zu sehen, dass Ash über deine Mitarbeit an dem Fall nicht glücklich ist. Habt ihr beide das regeln können?«

»Ja. Ich habe ihm gesagt, dass ich offiziell an dem Fall mitarbeite.«

Leah lachte. »Braves Mädchen. Es tut dem Mann wahrscheinlich gut, zu erfahren, dass du nicht nach seiner Pfeife tanzt.«

»Ich glaube, das wusste er schon vorher.«

In dem Moment betrat der Sheriff den Raum, womit dem Austausch weiterer Vertraulichkeiten ein wirksames Ende gesetzt wurde. Zumindest für den Augenblick.

»Also, hier sind die Berichte«, sagte er. »Und die Fotos vom Tatort werden gerade ausgedruckt. Riley, es hat sich herausgestellt, dass wir tatsächlich über eine Mustererkennungssoftware verfügen – und eine Technikerin, die sich damit auskennt.«

»Melissa?«, riet Leah.

»Genau. Das passt, oder?« Er reichte Riley die Mappe, mit der er hereingekommen war, und fügte hinzu: »Sie ist unser Computerfreak, und Gott sei gedankt, dass wir sie haben. Einer dieser Menschen mit einer angeborenen Gabe. Jedenfalls wird sie sich mit diesen Blutspritzern auf den Felsen befassen, um festzustellen, ob mehr Absicht dahintersteckte.«

»Klingt gut.« Riley öffnete die Mappe und widmete sich dem Autopsiebericht.

Jake ging erst unruhig im Raum auf und ab und setzte sich dann neben Riley an den Tisch. »Immer noch kein Glück bei der Identifizierung von dem Kerl«, meinte er.

Leah wollte ihn auffordern, Riley die Möglichkeit zu geben, den Bericht in Ruhe zu lesen, doch sie hielt den Mund.

Ohne aufzuschauen und dem Anschein nach weiterlesend, erwiderte Riley: »Da der Kopf fehlt und die Fingerabdrücke nicht registriert sind, wundert mich das nicht. Nach wie vor keine Vermisstenanzeigen, die auf ihn passen, nehme ich an?«

»Nein. Überhaupt keine Vermisstenanzeigen.«

»Ist das ungewöhnlich für diese Gegend?«

»Keine Anzeigen zu haben? Nee, das ist normal. Hier werden nur selten Leute vermisst, abgesehen von dem gelegentlichen Teenager, der zu spät nach Hause kommt, oder betrunkenen Fischern, die aus ihren Booten fallen.«

Nun doch entschlossen, sich einzumischen, wies Leah sie darauf hin: »Wenn er am Sonntagnachmittag oder frühen Abend verschwand, sind das weniger als achtundvierzig Stunden. Außer jemand wartete auf ihn zu Hause – wo immer das sein mag –, ist es durchaus möglich, dass niemand ihn bisher vermisst hat. Vor allem, wenn er hier Urlaub machte.«

Riley nickte. »Urlauber haben unterschiedliche Bedürfnisse; nicht jeder macht Spaziergänge am Strand oder besucht Restaurants oder Läden. Manche Leute bringen einen Koffer voller Bücher oder eine Aktenmappe voller Unterlagen mit, setzen sich vor das Panoramafenster, bestellen telefonisch beim Pizzaservice und verlassen nie ihr kleines gemietetes Stückchen Strand, bis es Zeit ist, nach Hause zu fahren. Wenn dieser Mann allein hierherkam, könnte seine Abwesenheit genauso wenig bemerkt worden sein wie seine Anwesenheit.«

»Wie machst du das?«, wollte Jake wissen.

Sie blickte ihn über den Rand der geöffneten Mappe an. »Wie mach ich was?«

»Lesen und reden. Oder tust du bloß so, als würdest du lesen?«

Wieder hielt Leah den Mund und hörte nur zu.

»Nein«, erwiderte Riley. »Ich lese. Das geht gleichzeitig. Ein anderer Agent aus der Einheit hat es mir beigebracht.«

Er grunzte.

»Muss ja recht praktisch sein.«

»Manchmal.«

»Das gilt als männliche Eigenschaft, oder? Fähig zu sein, geistig zu unterteilen? Oder emotional.«

»Ich hab davon reden hören.«

»Du stimmst dem nicht zu?«

»Hab nie wirklich darüber nachgedacht.« Rileys Stimme blieb freundlich, und ihr leichtes Lächeln war bloß höflich, aber Leah war sich sicher, dass sie genau wusste, was hier vorging.

Jake zeigte sich von seiner unattraktivsten Seite, eine, die Leah schon oft genug an ihm gesehen hatte. Er war es ganz einfach gewöhnt, dass Frauen ihm Aufmerksamkeit schenkten, ganz egal, was sich sonst noch tat. Praktisch alle Frauen. Und er konnte es nicht leiden, an zweiter Stelle zu kommen, nach einem anderen Mann oder einem Mörder.

Bei Riley erst an dritter Stelle zu kommen machte ihn offensichtlich völlig fertig.

Leah wettete im Stillen mit sich, in welche Richtung Jake das Gespräch lenken würde.

»Du kannst wahrscheinlich auch gut mit Zahlen umgehen«, sagte er.

»Kann ich«, bestätigte Riley, immer noch freundlich. »Außerdem kann ich einen Reifen oder das Öl wechseln, Elektrowerkzeuge fachgerecht bedienen, jede Art von Karte einwandfrei lesen, auf dem Schießstand oder im Freien alles treffen, was ich treffen will, und richtig fieses Poolbillard spielen. Keine Angeberei oder so. Nur eine Aufzählung.«

»Poker?«

»Das auch.«

»Ein Ausbund an Fähigkeiten«, sagte Jake. »Kannst du kochen?«

»Leider nicht.«

»Dann ist es ja gut, dass Ash das kann, was?«

Leah hatte ihre Wette gewonnen.

»Mag sein.« Riley zuckte die Schultern.

»Spielt für dich keine große Rolle?«

»Na ja, für gewöhnlich lebe ich vom Heimservice, daher ist es was Neues. Ich könnte mich daran gewöhnen.«

Jake war so sichtbar unerfreut über diese Aussage, dass Leah fast gelacht hätte. Aber sie hielt sich zurück. Schließlich war er ihr Chef.

Riley schloss die Mappe und klopfte mit dem Rand gegen ihre Hand.

»Um auf den Mord zurückzukommen: Da wir keine rechte Möglichkeit haben, die Leiche zu identifizieren, hielte ich es für das Beste, nach einem Mann zu suchen, der nicht dort war, wo er sein sollte. Angefangen vom leichteren Ende. Sommergäste.«

»Das geht am schnellsten«, stimmte der Sheriff zu. »Wir können in allen Motels und bei den Vermietern nach einem einzelnen Mann fragen, der ein Zimmer, ein Appartement oder ein Haus gemietet hat. In dieser Gegend haben wir im Allgemeinen mehr Familien und Gruppen als Einzelreisende, das sollte den Bereich also einschränken. Ich setze meine Leute darauf an.«

»Wäre wenigstens ein Anfang.« Riley hielt Leah die Mappe hin. »Willst du reinschauen?«

»Ich passe. Wüsste sowieso nicht, was ich da lese.«

Riley lächelte und gab Jake die Mappe zurück. »Nicht viel mehr, als wir bereits wussten. Männlicher Weißer, ungefähr vierzig bis fünfundvierzig Jahre alt, gefoltert und dann enthauptet. Bisher keine Ergebnisse der toxikologischen Untersuchung. Geschätzte Todeszeit etwa zwischen zwei und sechs Uhr Sonntagnacht. Oder eher Montagmorgen.«

»Hilft das?«, fragte Leah.

»Nicht viel. Dazu bräuchten wir mehr Angaben. Jake, könnte ich alle Akten über die anderen, möglicherweise im Zusammenhang stehenden Verbrechen dieses Sommers einsehen? Brandstiftungen, Vandalismus, was immer du hast.«

»Selbstverständlich.« Er war jetzt ganz geschäftsmäßig, hatte den Ausflug in ihr Privatleben scheinbar vergessen. »Suchst du nach einem gemeinsamen roten Faden?«

Sachlich erwiderte sie: »Wenn es einen gäbe, hätten deine Leute ihn vermutlich erkannt. Außer es hat was mit dem Okkulten zu tun. Die Anzeichen dafür können sehr subtil sein, und ich glaube, dass die meisten Cops sie nicht bemerken würden.«

»Du schon?«

»Vielleicht, vielleicht auch nicht.« Sie schüttelte den Kopf. »Tut mir leid, dass ich so vage klinge, aber ich hatte noch nicht die Möglichkeit, irgendwelche Recherchen anzustellen. Bevor ich nicht eine Liste möglicher in Zusammenhang stehender Vorkommnisse aufgestellt und herauszufinden versucht habe, was sie gemeinsam haben, ist Recherche zäh und ziemlich nutzlos. Das Okkulte hat eine große Bandbreite.«

Seufzend sagte Jake: »Ja, ich habe im Internet als Suchwort *Menschenopfer* eingegeben. Du würdest nicht glauben, was da zum Teil für ein Mist herauskam.«

»Oh, ich würde fast alles glauben.« Rileys Stimme war trocken. »Aber ich möchte lieber mit dem Anfang beginnen, nicht mit dem Endresultat.«

»Was meinst du damit?«

»Ich meine, dass die Vorbereitungen für eine okkulte Zeremonie genauso wichtig sind wie das etwaige Ergebnis, möglicherweise sogar noch mehr.«

Leah kapierte als Erste. »Das heißt, solltest du bei den Vorbereitungen etwas finden, das nicht dazu passt, würde dich das eher davon überzeugen, dass die okkulten … Elemente … als Tarnung benutzt wurden.«

»Genau.«

Jake runzelte die Stirn. »Das glaubst du? Ernsthaft?«

»Ich halte es für möglich.«

»Du hast auf Ash gehört.«

»Also, ich glaube, er ist davon überzeugt, dass dieser Mord nichts mit dem Okkulten zu tun hat. Ich bin jedoch noch nicht vollkommen bereit, das auszuschließen.«

»Ich bin froh, das zu hören«, sagte Jake. »Dachte, ich müsste eine Menge Zeit damit vergeuden, über die Möglichkeit zu streiten.«

»Ich bin immer offen für Möglichkeiten«, entgegnete Riley. »Im Allgemeinen gibt es jede Menge, und dieser Fall ist keine Ausnahme. Vielleicht ist es ein ganz gewöhnlicher Mord, so zurechtgemacht, dass er nach etwas anderem aussieht. Oder es ist tatsächlich etwas anderes.«

Jetzt runzelte Leah die Stirn. »Warte mal. Du sagtest, im Autopsiebericht stünde nicht viel, was wir nicht bereits wüssten.«

»Das hab ich gesagt.«

»Also war da doch etwas. Etwas, das du nicht erwartet hattest?«

»Eine kleine Sache«, stimmte Riley zu. »Der Mageninhalt.«

Jake schaute auf die geschlossene Mappe, die er vor sich auf den Tisch gelegt hatte, und dann mit erhobenen Brauen zurück zu Riley. »Was ist damit? Das Ergebnis der toxikologischen Untersuchung liegt noch nicht vor, also …«

»Also wissen wir nicht, ob er betäubt oder vergiftet wurde. Ja. Aber wir wissen, dass sein Magen voller Blut war. Und es war nicht sein Blut.«

10

Riley bückte sich, um ein verkohltes Holzstück hochzuheben, richtete sich wieder auf und drehte es in der Hand. »An dem Haus wurde noch gebaut, als es niederbrannte?«

»War nur ein Rohbau«, bestätigte Jake. »Das Dach war schon drauf, und die Außenwände standen größtenteils, aber mehr nicht.«

»Und es wurde von einer Baufirma errichtet, nicht von einer Einzelperson.«

»Ja, eine große Firma hat vor ein paar Jahren jede Menge Land auf der Insel gekauft, als einer der Besitzer schließlich zum Verkauf bereit war. Seitdem bauen sie auf diesen Grundstücken. Meistens zwei oder drei Häuser gleichzeitig. Mit einer Riesenmannschaft.«

»Versicherung?«

»Was man erwartet. Nichts Außergewöhnliches.« Jake zuckte die Schultern. »Und nichts Krummes, soweit ich feststellen konnte. Sie bauen ein Haus und verkaufen es dann, entweder an eine Einzelperson, eine Gemeinschaft oder an eine der Immobiliengesellschaften, die Mietshäuser besitzen. So läuft das hier immer.«

Riley ließ das verkohlte Holzstück fallen und rieb sich abwesend die Hände. »Und dein Branddirektor ist sich sicher, dass es Brandstiftung war?« Sie tat so, als sähe sie das alles zum ersten Mal, obwohl sie annehmen musste, dass sie bereits mindestens einmal hier gewesen war, und ohne das Wissen des Sheriffs. Das Feuer war schließlich eines der ungewöhnlichen Vorkommnisse gewesen, die diesen Sommer Gordons Argwohn ausgelöst hatten.

Es wäre also nur sinnvoll gewesen, wenn sie sich diesen Ort irgendwann angeschaut hätte. Möglicherweise hatte sie hier sogar etwas gefunden, das ihren eigenen Argwohn vertieft – oder zerstreut – hatte.

Sie erinnerte sich nicht.

»Ein Brandbeschleuniger wurde benutzt«, erwiderte Jake. »Und nichts so Gewöhnliches wie Benzin oder Petroleum. Ich habe noch keine Laborergebnisse darüber, was es genau war, aber wir sind uns dessen sicher.«

»Sonst noch etwas, dessen wir uns sicher sind?« Es war eine sachliche Frage und nicht im Geringsten sarkastisch gemeint.

»Nicht sehr viel. Passierte mitten in der Nacht, schon fast im Morgengrauen. Wurde von einem Nachbarn gemeldet, der früh mit dem Hund draußen war. Das Feuer loderte bereits, und es wurde niemand gesehen, der von hier weglief oder wegfuhr.«

Riley musterte die geschwärzten Pfähle, die dazu dienen sollten, das Haus ein ganzes Stück über dem sandigen Boden zu halten, wie von den Bauvorschriften verlangt, und von denen nur noch Teile standen und erkennbar waren. Um den Sockel der massiven Holzpfähle lagen Haufen von verkohltem Holz, manche hüfthoch, wo das Haus während des Brandes in sich zusammengestürzt war.

»Woran denkst du?«, fragte Jake.

Sie wünschte, sie wüsste es. Irgendwas kam ihr sehr vertraut vor, aber sie wusste nicht, was es war. Oder warum es so war. Vielleicht wirkte es nur so vertraut, weil sie schon mal hier gestanden, die Überreste des Feuers betrachtet hatte. Oder es war etwas anderes.

»Riley?«

Warum habe ich das Gefühl, dass es etwas anderes ist?

»Ich nehme an, der Branddirektor hat das alles durchgesiebt«, murmelte sie, mehr um etwas zu sagen, als echte Zweifel zu äußern.

»Zwei Mal. Und dann habe ich es mir genauer angeschaut – gestern früh, um genau zu sein. Außer den Anzeichen für den Brandbeschleuniger hat keiner von uns etwas entdeckt, das nicht hierhergehörte.«

Riley blickte ihn stirnrunzelnd an. »Warum hast du dann dieses Feuer mit den anderen außergewöhnlichen Vorkommnissen in einen Topf geworfen? Brände passieren. Brandstiftungen passieren.« In Gedanken an das Gespräch mit Leah fügte sie hinzu: »Sogar im Paradies. Und ein Haus niederzubrennen gehört zu keinem Ritual, das ich kenne. Warum glaubst du dann, dass das hier etwas mit okkulten Praktiken zu tun haben könnte?«

Er seufzte. »Na ja, es gab hier tatsächlich eine ungewöhnliche Sache. Dem Branddirektor ist es nicht aufgefallen, oder er hat es wenigstens nicht in seinem Bericht erwähnt. Und ich hab es erst gestern gefunden. Hatte nicht mal die Chance, es Ash zu erzählen, wenn du die Wahrheit wissen willst.«

»Was gefunden, Jake?«

Er führte sie um die Trümmer herum zur Strandseite des Grundstücks und sagte dabei über die Schulter: »Die Firma will das alles hier abräumen und mit einem Neubau beginnen, aber der Schadensermittler ihrer Versicherung will es sich anscheinend noch ansehen und ihnen vorher keinen Scheck ausstellen. Soll bis Ende der Woche hier gewesen sein. Sonst wäre alles schon abgeräumt worden.«

Bis Ende der Woche hatte offenbar eine ganze Menge zu passieren oder sollte passieren, dachte Riley und verspürte ein neues Prickeln der Beklemmung. Als tickte eine Uhr die

Augenblicke bis … irgendwas hinunter. Sie wusste nicht, was.

Oder wessen Uhr es war.

Oder ob es überhaupt darauf ankam, verdammt.

Doch sie sagte nur ruhig: »Es wundert mich nicht, dass die Versicherung einen Blick darauf werfen will, wenn ein Brandbeschleuniger benutzt wurde. Ich nehme an, es handelt sich dabei um eine jener seltenen Policen, die sogar Brandstiftung abdecken, aber nur, wenn keine Beweise auf die Baufirma deuten?«

»Ja. Häuser im Bau sind verlockende Ziele für Brandstifter, und eine spezielle Vereinbarung in die Police aufzunehmen ist für gewöhnlich billiger, als Sicherheitskräfte einzustellen, die die Baustelle rund um die Uhr bewachen. Aber die Versicherungen schauen natürlich genauer hin, wenn so etwas wie das hier passiert. Ich persönlich kann mir nicht denken, wie eine Baufirma von einem Feuer profitieren sollte, nicht in diesem Stadium. Die Police wird nur für ein im Bau befindliches Haus ausgestellt, daher deckt sie bloß das ab, was die Firma bis zu dem Zeitpunkt an Kosten nachweisen kann.«

»Vernünftig.«

»Ja, und hält skrupellose Baufirmen davon ab, schäbige Handwerksarbeit zu leisten, das Haus dann abzufackeln und eine Erstattung zum Marktwert zu verlangen. Anscheinend muss man die Unterlagen aufheben, um die Forderungen nachzuweisen – tatsächliche Material- und Arbeitskosten, nicht den Schätzwert nach Fertigstellung. Diese Art von Policen senkt die Kosten für die Baufirmen, garantiert aber gleichzeitig, dass sie nicht ihr letztes Hemd verlieren, wenn irgendwas während der Bauzeit passiert.«

»Ich wette, das erspart den Versicherungen auch eine Menge Geld. Wohin gehen wir eigentlich, Jake?«

»Hier.« Er blieb am Rand der Dünen stehen, die momentan den Ausblick auf das Meer verdeckten und über die bereits ein Plankenweg im Bau war, ebenfalls auf dicken, tief in den Sand gerammten Pfählen.

Ohne die Schilder NICHT DIE DÜNEN BETRETEN! zu beachten, die in regelmäßigen Abständen am Strand und neben jedem Plankenweg standen, trat Jake hinter einen der Pfähle und duckte sich.

»Hätte ich fast übersehen«, murmelte er.

Riley kniete sich neben ihn in den weichen Sand und betrachtete die raue Oberfläche des massiven Pfahls. »Ich nehme nicht an, dass es einen natürlichen Ursprung hat«, sagte sie.

»Nein. Genau so eins habe ich in dem leer stehenden Haus gefunden, das letzte Woche in Castle abgebrannt ist. Ich würde sagen, es ist eingebrannt – oder zumindest mit etwas angebracht worden, das heiß genug war, das Holz zu versengen.«

Riley streckte die Hand aus und fuhr mit dem Finger die sehr deutliche Kontur nach, die tatsächlich aussah, als wäre sie absichtlich in den Pfahl eingebrannt worden.

Ein umgekehrtes Kreuz.

Es war fast Mittag, als Riley und der Sheriff mit dem wenigen fertig waren, was sie an der zweiten Brandstelle ausrichten konnten, einem leer stehenden Haus in den Außenbezirken von Castle. Das wenige hatte in dem Anschauen der ausgebrannten Hülle eines Gebäudes bestanden, in dem einst ein kleiner Laden untergebracht war, und dem Betrachten des umgekehrten Kreuzes, eingebrannt in eine ansonsten unversehrte Planke, die aufrecht und unübersehbar in den Boden hinter dem Haus gerammt worden war.

»Nicht sehr subtil«, murmelte Riley, als sie zur Straße zurückgingen.

»Hätte es das sein sollen?«, fragte Jake. »Ich meine, soll ein Zeichen nicht ... na ja, ein Zeichen sein?«

»Ein Zeichen wofür? Hier treffen sich Teufelsanbeter? Die meisten halten sich da ziemlich bedeckt, Jake.«

»Die Gruppe, die nicht weit von dir am Strand wohnt, tut das aber nicht.«

Was Riley glauben ließ, dass sie wahrscheinlich harmlos waren, eher dem »konventionellen« Kerzen-und-Gesangs-Teil des Satanismus zugeneigt, statt den extremen Randgruppen, bei denen Blutrituale und Versuche, die Elemente oder übernatürliche Kräfte einzuspannen, praktiziert wurden.

Doch sie sagte nur: »Zeichen okkulter Aktivität für Außenseiter zu hinterlassen ist nicht sehr klug. Außer man hat einen sehr guten Grund dafür.«

Er runzelte die Stirn. »Na gut. Dann vielleicht ... eine Art Warnung?«

»Das könnte möglich sein.« Sie schien nicht klar denken zu können und spürte wieder ein beklemmendes Frösteln. Wie viele Energieriegel hatte sie seit dem Frühstück gegessen? Zwei? Drei? Das hätte reichen sollen. Mehr als reichen. Himmel noch mal, sie hatte ja kein Hindernisrennen bestritten ...

»Alles in Ordnung mit dir?«, wollte Jake wissen. »Du verhältst dich schon den ganzen Morgen über seltsam.«

»Ach ja?«

»Allerdings. Und das war keine Antwort. Was zum Teufel ist los mit dir?«

Sie hätte dem gut aussehenden Sheriff nicht zugetraut, besonders empfänglich für Unterströmungen zu sein, was ihr verriet, wie allzu offensichtlich es war, dass etwas Ungewöhnliches mit ihr vorging.

Na toll. Richtig toll. Sie schaffte es anscheinend nicht mehr, irgendwas vorzuspielen.

Wieder zog sie sich auf das Bewährte und Vertraute zurück. »Ich bin anders, wenn ich arbeite, mehr nicht.«

»Ohne dir zu nahe treten zu wollen, Riley, aber wenn das dein Arbeiten ist, dann weiß ich nicht, wie hilfreich du bei dieser Ermittlung sein wirst.«

Trotz des Anfangs seines Satzes war sein Ton aggressiv und sein ganzes Verhalten ungeduldig, und Riley brauchte keinen Zusatzsinn, um zu merken, dass er Streit anfangen wollte. Wahrscheinlich, dachte sie, weil seine Frotzelei im Konferenzraum nicht das von ihm erwünschte Resultat erbracht hatte.

Sie fragte sich jetzt, ob der Grund dafür, mit ihm Schluss gemacht zu haben, weniger daran gelegen hatte, dass sie Ash begegnet war, als eher daran, dass sie nicht viel übrig hatte für Männer, die sich für eine Gottesgabe hielten.

Unter anderen Umständen hätte sie wohl den Streit angefangen, den er so eindeutig wollte, doch heute fehlte ihr einfach die Energie dazu.

Außerdem wurde er abgelenkt, bevor Riley eine Erwiderung eingefallen war. Und sie wusste nicht, ob sie erleichtert oder genervt sein sollte, als sich die Ablenkung als Ash herausstellte. Sein Hummer parkte neben Jakes Jeep auf der Straße.

»Woher wusste der denn, wo wir sind?«, murmelte Jake.

»Das musste er nicht wissen«, wies ihn Riley sanft hin. »Er musste nur die paar Blocks vom Gericht hierher fahren und nach deinem Jeep Ausschau halten.«

Jake verzog das Gesicht. »Ja, ja. Manchmal vergesse ich, wie klein dieser Ort wirklich ist.«

»Ich kann mir nicht vorstellen, dass sich hier viel verbergen lässt«, stimmte sie zu.

»Hast du je in einer Kleinstadt gewohnt?«

Riley nickte.

»Dann weißt du, dass es Geheimnisse gibt, die jeder in der gesamten Stadt kennt – und es gibt Geheimnisse, die auch solche bleiben, manchmal über Generationen.«

»Stimmt.« Irgendwas nagte an ihr, schon seit mindestens einer Stunde, aber Riley kam nicht darauf, was es war. Irgendwas von den Brandstätten? Etwas, das Jake gesagt hatte? Eine Erinnerung, die aufzutauchen versuchte?

Sie wusste es nicht. Was immer es war, es entzog sich ihr auf quälende Weise.

Es ist wie ein Echo von etwas, dass ich mit halbem Ohr gehört habe. Wie zum Teufel soll ich rausfinden, was es ist?

Vor allem mit ihrem Schweizer-Käse-Gedächtnis und den immer noch stumpfen Sinnen.

Ash war ausgestiegen, als sie sich näherten, und fragte Riley, nachdem sie sich auf dem Bürgersteig getroffen hatten: »Irgendwelche Ideen zu unserem mysteriösen Brandstifter?«

»Nichts Hilfreiches, fürchte ich«, erwiderte sie, schob die nutzlosen Sorgen für einen Moment beiseite.

»Glaubst du immer noch, es könnte mit okkulten Aktivitäten zu tun haben?«

»Ich kann es nach wie vor nicht ausschließen.« Riley zuckte die Schultern. »Ich muss recherchieren, um zu sehen, ob irgendwas davon zu einem bekannten Muster passt.«

»Würdest du das erwarten?«

»Ja, schon, bis zu einem gewissen Grad. Jede Religion, jedes Glaubenssystem hat seine Grundsätze. Das eine oder andere mag sich über die Jahre ändern, und einige starke Anführer mögen ihre eigenen Rituale oder ihre eigenen Methoden zu deren Abhaltung einführen, aber die Grundzüge bleiben meist dieselben.«

Worauf Jake fragte: »Und wie würden diese Grundzüge bei okkulten Praktiken aussehen?«

»Alle schwarz-okkulten Rituale sind dazu gedacht, übernatürliche Kräfte herbeizurufen, um eine Veränderung zu bewirken.«

»Übernatürliche Kräfte? Wie Magie?«

Seine spöttische Frage überraschte Riley nicht. Weder das Paranormale noch irgendwelche übernatürlichen Kräfte gehörten zum Leben der meisten Menschen, daher war Ignoranz reichlich vorhanden. Sie hatte sich längst daran gewöhnt, durchaus intelligenten Menschen zu erklären, dass *übernatürlich* nichts mit Vampiren oder Werwölfen zu tun hatte und dass *Magie* etwas anderes als Illusion oder das Zucken der Nase einer Fernsehhexe bedeuten konnte.

Also erwiderte sie geduldig: »In diesem Kontext bedeuten übernatürliche Kräfte die Energiekräfte der Natur, der Elemente. Wind, Wasser, Erde … Feuer. Bei okkulten Ritualen – Magie – wird diese elementare Energie geschaffen oder herbeigerufen und dann auf einen bestimmten Zweck hin gerichtet, kanalisiert.«

Ash sagte: »Jemand hat also diese beiden Häuser niedergebrannt, um – was? – die Energie des Feuers für seine eigenen Zwecke einzuspannen?«

»Möglich ist das, Ash.«

»Du klingst dir dessen nicht so sicher.«

Riley war durchaus bewusst, dass Jake sie stirnrunzelnd betrachtete, und sie überlegte, ob er erneut dachte, dass sie keine große Hilfe für seine Ermittlung sei. Doch sie hielt den Blick weiter auf Ash gerichtet.

»Feuer bei okkulten Praktiken zu benutzen ist sehr üblich. Selbst Freudenfeuer. Aber ein Gebäude abbrennen? Das würde ich übertrieben nennen. Und ich habe keine Ahnung, warum jemand so viel Energie brauchen oder glauben würde, er könnte sie für sich einspannen. Jedes Ritual hat seinen Zweck, und bisher kann ich in all dem keinen Zweck erkennen. Daher bin ich mir nicht sicher, inwiefern oder sogar ob diese Feuer mit irgendwelchen okkulten Praktiken zu tun haben, die in Hazard County stattfinden oder auch nicht.«

Er grunzte. »Du klingst, als wärst du im Zeugenstand.«

»Da war ich schon ein paar Mal.«

»Ja, das hab ich mir gedacht.«

Riley schaute den Sheriff an. »Ich muss ein paar Recherchen durchführen, bevor ich auch nur weiter spekulieren kann, mich vielleicht mit zwei Experten aus der Einheit in Verbindung setzen.«

»Es gibt Experten für das Okkulte beim FBI?«

»Ein paar, ja.« Sie war einer davon, aber sich immer noch ziemlich sicher, dass sie dem Sheriff nichts davon erzählt hatte.

Bei Ash war sie sich weniger sicher, doch da er nichts sagte, machte sie sich darum erst mal keine Sorgen.

»Da geht mein Steuergeld dahin«, murmelte Jake.

»Du könntest froh sein über ihr Expertenwissen, noch ehe die Sache vorbei ist«, teilte Riley ihm mit. »Denn wenn jemand als Teil okkulter Rituale Menschen ermordet und Häuser niederbrennt, hast du ein äußerst ernstes Problem am Hals.«

Seufzend sagte Jake: »Das habe ich sogar, wenn nichts davon mit dem Okkulten zu tun hat.«

Glaub mir – wenn es nichts mit dem Okkulten zu tun hat, ist es noch schlimmer. Aber Riley sprach es nicht aus. Und war sich nicht sicher, wieso.

Ash sagte zu ihr: »Ich nehme an, dass du einem Freund in Quantico die Autopsieergebnisse geschickt hast?«

Sie nickte.

»Mit Jakes Erlaubnis, natürlich. Vor zwei Stunden.«

»Dein Freund arbeitet schnell. Ich war auf dem Revier, nachdem ich das Gericht verlassen hatte, und Leah hat mich gebeten, dir etwas auszurichten. Anscheinend ist dein Handy aus oder leer.«

»Verdammt.«

Sie sah gar nicht erst in ihrer Handtasche nach, da sie wusste, dass sie das Handy angeschaltet hatte, bevor sie das Haus verließ. Es war leer – und entlud sich sogar noch schneller, als für sie normal war.

Noch ein Zeichen, dass ihre Welt aus dem Leim ging.

An Jake gewandt, fügte Ash hinzu: »Dein Handy scheint auch aus zu sein.«

»Ich hab's im Jeep gelassen.«

»Wie gut, dass es keinen Notfall gab, bei dem der Sheriff gebraucht wurde.«

»Wir sind nur anderthalb Blocks vom Revier entfernt, Ash. Jemand hätte seinen Kopf aus der Tür strecken und nach mir brüllen können.«

Riley war nicht in der Stimmung dafür, dass sich die beiden in die Haare kriegten, also setzte sie dem ein Ende, bevor sie loslegen konnten, und fragte Ash: »Die Nachricht?«

Er schaute sie an.

»Kurz und ziemlich rätselhaft. Zitat: *Erster Test, menschlich. Zweiter Test, dieselbe Blutgruppe wie Spender.* Zitat Ende. Hoffentlich kannst du mehr damit anfangen als ich.«

Riley faltete ihre Finger um den Riemen ihrer Schultertasche und hoffte, die beiden Männer würden das Zittern nicht sehen. Oder würden einfach denken, sie bräuchte Kalorien, falls sie es bemerkten. Aber das war nicht der Grund.

Für sie war die Nachricht völlig klar. Das Blut auf der Kleidung, in der sie am vorherigen Nachmittag aufgewacht war, war menschlich. Und die Blutgruppe entsprach der aus dem Magen des Opfers.

Was bedeutete, dass es höchstwahrscheinlich ein weiteres Mordopfer irgendwo da draußen gab.

Jemand, dessen Blut Riley an ihrer Kleidung gehabt hatte.

»Ist es etwas, das Jake wissen sollte?«, fragte Ash, als er mit Riley zu dem Café fuhr, wo sie zu Mittag essen wollten. Sie hatten den frustrierten Sheriff zurückgelassen, der überhaupt nicht erfreut war, dass sie die Nachricht aus Quantico nicht näher erklären wollte.

»Er weiß bereits, was wichtig ist, das hat ihm sein eigener Gerichtsmediziner gesagt. Dass das Blut im Magen des Opfers menschlich ist und nicht vom Opfer selbst stammt. Was bedeutet, es gibt vermutlich noch ein weiteres Opfer, das wir bisher nicht gefunden haben.«

»Und warum musste dein Freund aus Quantico das bestätigen?«

Ich kann nicht denken. Warum kann ich nicht denken?

Sie brauchte natürlich Brennstoff, schon wieder, was einer der Gründe war, warum sie nicht gegen Ashs Auftauchen bei dem heruntergebrannten Haus protestiert hatte. Sie brauchte Brennstoff, und sobald sie den hatte, sobald ihr Blutzuckerspiegel auf Höchststand war, konnte sie Ordnung in die verstreuten Informationsschnipsel in ihrem Kopf bringen.

Okkulte Aktivität: möglich. Brandstiftung: eindeutig.

Mord: eindeutig – möglicherweise zwei, verdammt. Verbindung? Wer weiß.

Als Antwort auf Ashs Frage sagte sie schließlich: »Bloß … um sicherzugehen.«

»Riley, was verschweigst du mir?«

Sie wagte es. »Eine Menge.«

Das schien Ash nicht zu überraschen. Oder er hatte sein Pokerface perfektioniert. »Verstehe. Aus beruflichen oder aus privaten Gründen?«

Sie ging ein weiteres Wagnis ein und antwortete ehrlich. In etwa.

»Sowohl als auch. Tut mir leid, Ash. Ich bin es nun mal … gewöhnt, allein zu arbeiten. Und ich bin es nicht gewöhnt, eine Beziehung zu haben, während ich arbeite. Das hab ich dir gesagt.« *Und ich kann nicht aus dir schlau werden, weiß nicht, was du denkst oder fühlst, aber wenn ich dich anschaue, habe ich ein … mulmiges Gefühl. Mulmig, und ich weiß nicht, warum.*

»Und ich bin der Staatsanwalt von Hazard County.«

»Das auch. Ich kann – ich kann dir einfach nicht alles erzählen, was ich weiß oder glaube zu wisse oder argwöhne, nicht ohne entsprechende Beweise. Ohne Beweise bleibt es nur Spekulation, nutzlose Spekulation. Und das meiste davon sind vermutlich sowieso Sackgassen, weil Ermittlungen voll davon sind. Das ist ein Grund, warum ich Jake ebenfalls nicht viel von dem erzählt habe, was ich glaube.«

»Weil er sich auf etwas stürzen würde, das für ihn wie ein Anhaltspunkt aussieht. Seinen gesamten Verdacht auf eine Person oder ein Gebiet konzentrieren und den Rest ausschließen würde. Voreilige Schlüsse ziehen würde.«

Riley war froh, dass Ash das zu verstehen schien. Sie nickte. »Er ist der Typ dafür, oder zumindest glaube ich das. Will sofort etwas unternehmen, ist frustriert, weil er das nicht kann. Er lechzt nach konkreten Antworten. Und das wäre auch in Ordnung – wenn ich recht hätte. Aber ich kann noch nichts mit Gewissheit sagen. Bis ich das kann oder mir zumindest einigermaßen sicher bin, würde ich die meisten Spekulationen lieber für mich behalten.«

Nach einem Augenblick erwiderte Ash bedächtig: »Die Gefahr dabei ist deine Isolation, Riley. Wenn du alles für dich behältst und der Mörder auch nur argwöhnt, dass du etwas wissen könntest, bringt ihn das vielleicht auf den Gedanken, dich auszuschalten, um die Bedrohung zu beseitigen oder wenigstens zu verringern.«

»Ich weiß«, sagte sie.

»Und du bist bereit, so ein Risiko einzugehen?«

»Für gewöhnlich schon.«

Für gewöhnlich – aber nicht immer. Da Bishop im Allgemeinen, auch wenn sie es ihm nicht erzählt hatte, wusste, was bei ihren Ermittlungen vorging. In ihrem Leben. Himmel, in ihrem Geist. Andere Teammitglieder wussten es ebenfalls oft, denn, hey, ein Geheimnis innerhalb einer Gruppe von Paragnosten zu bewahren war schwierig.

Aber diesmal nicht.

Da Bishop und die anderen Mitglieder der Einheit offenbar mit ihren eigenen anstrengenden Fällen beschäftigt und zudem über das ganze Land verstreut waren, fehlte das Gefühl der Verbundenheit, das sie seit ihrem Eintritt in die SCU empfunden hatte.

Oder es lag an ihr, weil sie von ihren gedämpften oder abhandengekommenen Sinnen abgeschnitten war. Wie auch immer, diesmal kam Riley ihre an sich schon risikoreiche Arbeit gefährlicher vor denn je.

Diesmal fühlte sie sich allein.

Wirklich allein.

»Ich weiß nicht, ob ich bereit bin, das Risiko einzugehen«, sagte Ash in nachdenklichem Ton und fügte fast sofort hinzu: »Genauer gesagt, ich bin mir sicher. Ich bin nicht bereit, dich aufs Spiel zu setzen, Riley.«

»Ash …«

»Ja, ich weiß, dass dein Beruf gefährlich ist, egal, unter welchen Umständen. Normalen Umständen, für dich. Ich weiß ebenfalls, dass du durch die Armee und das FBI bestens ausgebildet bist, was bedeutet, du kannst mit fast jeder Situation fertigwerden. Zweifellos einschließlich dieser. Und ich weiß, dass du auch ohne mich an die dreißig Jahre sehr gut durchgekommen bist.«

Er lenkte den Hummer auf den Parkplatz vor dem Café, stellte den Motor ab und schaute Riley eindringlich an. »Aber ich bitte dich, bei dieser Ermittlung, an diesem Ort und Zeitpunkt, nur dieses eine Mal ein paar deiner Regeln zu brechen und mit mir darüber zu reden, was da vorgeht.«

»Es gibt nie nur ein einziges Mal«, murmelte sie. »Brich eine Regel, und bevor du dich versiehst, versinkt das Leben im Chaos. Du rennst mit Scheren in der Hand herum, malst außerhalb der Linien, stützt deine Ellbogen auf dem Tisch auf. Anarchie.«

»Hör auf mit den Ausflüchten. Hör zu, ich kann private Vertraulichkeiten von meiner beruflichen Verantwortung trennen.«

»Ich bin mir nicht sicher, ob ich das kann«, gestand sie.

»Aber ich. Vertrau mir, Riley.«

Riley verabscheute den Schachzug, griff jedoch trotzdem auf eine praktische Ausrede zurück, die sie mit ungezwungenem Ton vorzubringen versuchte. »Es ist nicht fair, irgendwas von mir zu verlangen, wenn ich am Verhungern bin und nicht richtig denken kann. So willst du doch nicht gewinnen, oder?«

»Ich bin bereit«, sagte Ash, »auf jede Weise zu gewinnen. Hast du das noch nicht gemerkt?«

Er drängte sie nicht zu einer Antwort, was gut war, da Riley keine hatte.

Stattdessen stieg er aus dem Auto, und als Riley ebenfalls ausstieg, kam sie zu der beunruhigenden Erkenntnis, dass sie sich irgendwann entscheiden musste, ob sie Ash vollkommen vertrauen wollte – und dass sie diese Entscheidung ohne die Hilfe der Zusatzsinne treffen musste, auf die sie sich ihr ganzes Leben lang verlassen hatte.

Blindes Vertrauen.

Sie war sich nicht sicher, ob sie dazu fähig war.

11

Riley beschloss, sich dem Pearson-Haus zwanglos zu nähern, vom Strand her. Nachdem sie diese Entscheidung getroffen hatte, kehrte sie nach dem Mittagessen mit Ash in ihr Haus zurück, tauschte die Schultertasche gegen eine Gürteltasche aus, gerade groß genug für ihre Waffe, den Ausweis, zwei Energieriegel und die Hausschlüssel, fand eine Sonnenbrille, hinter der sie die Vielzahl ihrer Unsicherheiten wenigstens einigermaßen verbergen konnte, und machte sich zu einem scheinbar zwanglosen Spaziergang am Strand auf.

»Zwanglos« am Strand bedeutete, dass sie ihre Waffe außer Sichtweite trug. Zumindest redete sie sich das ein.

Einschätzungssache. Manchmal trage ich die Waffe an der Hüfte, und manchmal verstecke ich sie. Das ist sinnvoll. Oder?

Ihr Schwanken war sowohl uncharakteristisch als auch unprofessionell – und beängstigend. Riley schob die Gedanken von sich, redete sich erneut ein, dass die Dinge klarer werden würden.

Irgendwann.

Auch andere Leute kamen an den Strand, da es nach zwei war und daher für die Sonnenanbeter angeblich eine gefahrlosere Zeit. Einige nickten und lächelten, als Riley vorbeikam, aber niemand sprach sie an – was eine Erleichterung war, da die Gesichter ihr fremd waren.

Außerdem war sie mehr damit beschäftigt, die Strandhäuser zu mustern, denn niemand hatte ihr genau gesagt, wo das Pearson-Haus war, nur dass es sich »ein Stück von deinem Haus den Strand entlang« befand.

Jake war so sauer auf sie gewesen, als sie die Brandstätte zusammen mit Ash verlassen hatte, dass sie ihn nicht hatte fragen wollen. Und bei Ash war sie damit beschäftigt gewesen, zu überlegen, wann er seine Forderung wiederholen würde, dass sie ihm in allem vertrauen sollte, und hatte ihn daher zu fragen vergessen.

Ja, ja, ich bin schon ein toller Cop.

Statt die Forderung zu wiederholen, hatte er beiläufig über Nebensächliches geplaudert, und Riley war zu dem unangenehmen Schluss gekommen, dass er einfach warten würde, bis sie das Thema von sich aus anschnitt.

Entweder kannte er sie gut genug, um zu wissen, dass sie es nicht leiden konnte, wenn man ihr Ultimaten stellte und sie in die Ecke drängte, oder er war absolut davon überzeugt, dass sie sich ihm früher oder später anvertrauen würde.

Sie fand beide Möglichkeiten beunruhigend.

»He, Riley!«

Sie blickte auf, blieb aber stehen, wo sie war, kurz über der Hochwassermarke. Ein Mann winkte ihr zu, um sie auf sich aufmerksam zu machen, und kam mit schnellen Schritten über den Plankenweg, der von einem der Häuser zum Strand führte, auf sie zu.

Das Pearson-Haus? Riley wusste es nicht. War sie schon in dem Haus gewesen? Sie erinnerte sich nicht. Das Haus, das sie im Blick hatte, kam ihr nicht bekannter vor als die anderen in der ordentlichen Reihe individuell gestalteter, aber grundsätzlich ähnlicher Häuser entlang des Strandes: große Terrassen, viele Fenster, farbenfrohe Strandhandtücher, die über den Geländern zum Trocknen hingen. Nichts machte dieses eine Haus erinnerungswürdiger.

Aber der Mann …

Ich kenne dich. Dein Gesicht ist mir irgendwie bekannt.

Wie andere Gesichter auch. Kein schlechtes Gesicht, eher schmal, mit hervortretenden Knochen. Es passte zu seinem dünnen Körper, der momentan mit einem alten T-Shirt bekleidet war, das den Namen einer Rockband aus den Siebzigern trug, und ein paar ausgebeulten, zu langen Shorts.

Wenigstens trägt er keine Radlerhose …

Riley bemühte sich, diesen belanglosen Gedanken abzuschütteln und sich auf den Mann zu konzentrieren, der unbeholfen durch den tiefen Sand am Ende des Plankenwegs auf sie zustolperte.

Anfang bis Mitte vierzig, schätzte sie. Ziemlich groß, dunkles, in keinem erkennbaren Stil geschnittenes dickes Haar und sehr helle Haut, die bereits die ersten rosa Flecken eines Sonnenbrands zeigte.

Bereits? Weiß ich, dass er erst seit kurzem hier ist, oder habe ich das aus Ashs Bemerkung geschlossen?

»Sonnencreme«, sagte sie, als er sie erreichte. »Am Strand kannst du dir einen Sonnenbrand holen, ehe du es dich versiehst. Das liegt an der netten Brise, die vom Meer weht.« Sie überlegte immer noch, hatte aber bisher keinen Namen zu diesem vage bekannten Gesicht gefunden.

Er verzog den Mund. »Ja, das sagt Jenny auch dauernd. Außerdem sagt sie, man könnte zu leicht Witze über einen sonnenverbrannten Satanisten machen.«

»Ganz genau.« *Satanist? Oh, Mist. Aber wenn er so offen davon spricht …*

»Außerdem hab ich heute schon Sonnenblocker aufgetragen. Darüber könnte man erst recht Witze machen, wenn man es recht bedenkt. Aber egal. Riley, was hört man da über eine Leiche, die gestern gefunden wurde? Der Mann wurde geopfert?«

»Dir muss ja klar sein, dass ich über die Einzelheiten

nicht offen mit Zivilisten reden kann. Die Ermittlung läuft noch« – *Dein Name, verdammt. Wie heißt du? Du heißt –* »Steve.« *So ein gewöhnlicher Name? Verdammt, ich wette, das war falsch.*

Aber offenbar nicht.

»Wenn er ermordet und über einem Altar innerhalb eines Salzkreises aufgehängt wurde, Riley, wissen wir beide, dass es ein Ritual war.«

Sie zog die Sonnenbrille herab und sah ihn über den Rand an.

»Nicht mein Ritual«, fügte er hastig hinzu. »Oder unseres. Komm schon, Riley, du weißt, dass wir so was nicht machen. Ich kenne niemanden, der das tut. Und ein Menschenopfer haben wir garantiert nicht erwartet, als wir hierher eingeladen wurden.«

Eingeladen?

»Ja, diese Sache«, sagte sie, tastete sich vorsichtig heran. »Diese Einladung.«

»Was ist damit?« Steve runzelte die Stirn. »Ich hab es dir erzählt, als wir Samstagnachmittag darüber geredet haben.«

»Seitdem ist eine Menge passiert.« Sie blieb unbestimmt.

Steve schien das nicht seltsam zu finden. »Das kannst du wohl sagen. Ich nehme an, der Sheriff hat dich jetzt offiziell in die Mordermittlung einbezogen, ja?«

Riley schob die Sonnenbrille wieder hoch, um sich dahinter zu verstecken. »Wie gesagt, Steve, es handelt sich um eine laufende Ermittlung.«

»Schon gut, schon gut. Also, nur, dass du's weißt, ich würde lieber mit dir reden als mit dem Sheriff. Er hält uns für eine Horde Verrückter – vermutlich gefährlicher Verrückter. Du weißt es besser.«

Tatsächlich?

In mildem Ton sagte sie: »Das kannst du dem Sheriff kaum vorwerfen. Ihr habt mit Leuten geredet. Über eure Anschauungen, euren Glauben.«

»Wir haben nichts zu verbergen«, beharrte Steve.

»Hm. Nichts zu verbergen zu haben, ist eine Sache. Rumzulaufen und den Leuten zu erzählen, dass ihr Satanismus praktiziert, wenn in der Gegend eigentümliche Dinge passiert sind, kann nur Ärger bringen.«

»Ja, das hast du gesagt, als wir uns am Samstag unterhalten haben.«

Riley wartete, hoffte, dass ihr Schweigen ihn zum Weiterreden bringen würde. Diese Technik hatte in der Vergangenheit oft genug funktioniert und tat es jetzt auch.

»Ich weiß, dass du mich gewarnt hast, Riley, aber, Himmel noch mal, ich wusste ja nicht, dass irgendein armer Kerl umgebracht werden würde. Wenn ich geahnt hätte, dass so was in der Luft lag, hätte ich meine Leute nie hergebracht. Bei unseren Ritualen geht es um Mitgefühl, das hab ich dir gesagt. Wir machen keine Zerstörungsrituale. Die dafür benötigte und angewandte Energie ist einfach zu negativ. Wir wollen nicht, dass das auf uns zurückfällt.«

»Selbst wenn es einen Feind geben würde, den ihr lieber ... aus dem Weg hättet?«

»Selbst dann. Und solche Feinde machen wir uns nicht. Wie ich dir sagte. Wir sind harmlos.«

»Na gut. Und wer hat euch hierher eingeladen?«

Steve warf ihr einen verwirrten Blick zu. »Das hab ich dir doch auch erzählt. Er sagte, sein Name sei Wesley Tate.«

Riley versuchte verzweifelt, in seinen Gesichtszügen zu lesen und verbale Hinweise aufzufangen. »Es fällt mir immer noch schwer, zu glauben, dass du deine Leute nur auf das Wort eines Fremden hin hierhergebracht hast, Steve.

Ich hätte gedacht, du wärst klüger. Du praktizierst seit – was? Zwanzig Jahren?«

»In etwa.« Er seufzte. »Ja, ich weiß, dass uns jemand hätte reinlegen können. Im besten Fall, um uns Geld abzuknöpfen, und im schlimmsten Fall eine Hassgruppe, die an uns ein Exempel statuieren wollte. Aber er klang so verdammt einnehmend und entgegenkommend, Riley. Da, wo wir vorher waren, wurde uns schwer zugesetzt, sie wollten, dass wir verschwinden, daher kam die Einladung nach Opal Island genau zum richtigen Zeitpunkt.«

Einem verdächtig richtigen Zeitpunkt.

Riley kreuzte im Geist die Finger und riet. »Aber um eine Einladung von einem Mann anzunehmen, den ihr noch nie gesehen hattet …«

»Ich weiß, ich weiß. Normalerweise würde ich das überhaupt nicht in Betracht ziehen, außer dass er genau wusste, welche Worte er benutzen musste. Ich meine, wir sind keine geheime Bruderschaft mit Codewörtern und solchem Scheiß, doch du weißt so gut wie ich, dass es …«

»Codewörter gibt?«, ergänzte sie trocken.

»Nun … ja. Zumindest die richtigen Wörter. Die richtigen Namen. Er kannte Leute. Er wusste Bescheid. Und er hat uns ja nicht in sein eigenes Haus eingeladen oder um irgendwas gebeten. Nur vorgeschlagen, dass wir uns mal Opal Island und Castle anschauen sollten, weil die Leute hier locker wären und es sogar Gleichgesinnte gebe.«

»Und habt ihr die gefunden?«

»Nein. Aber wir sind ja auch erst ein paar Tage hier. Wir haben es ein wenig in Umlauf gesetzt.« Er verzog das Gesicht. »Wie du sagtest, offensichtlich mieses Timing. Und ich muss dir eines sagen – wenn diese sogenannten Gleichgesinnten es mit Menschenopfern haben, dann haben wir nicht viel mit ihnen gemeinsam.«

»Wenn überhaupt«, fügte eine neue Stimme freundlich hinzu.

Riley blickte an Steve vorbei, erneut beunruhigt, dass sie das Näherkommen einer hochgewachsenen, dunkelhaarigen Frau nicht bemerkt hatte. Vor allem, da die Frau verblüffend schön war und eine starke, eindeutige Ausstrahlung hatte. Vermutlich Mitte dreißig und sowohl exotisch wie sinnlich, mit einem kurvenreichen Körper und fast glühenden dunklen Augen.

»Hallo, Riley«, sagte sie, als sie zu ihnen trat. Ihre Stimme war genauso sinnlich wie alles andere an ihr, tief und ziemlich kehlig. Und ihr nachtschwarzes Haar fiel ihr glatt und schimmernd bis auf die Hüften hinab.

In einem Lexikon alternativer Religionen sähe ihr Foto neben jeder gewünschten Glaubensrichtung echt aus.

Sogar in einem sehr knappen Badeanzug. Vielleicht vor allem in einem sehr knappen Badeanzug.

Riley fischte in ihrem Gedächtnis und zog einen Namen heraus. »Hallo, Jenny.«

»Nach diesem Mord ist ja wohl wirklich die Scheiße am Dampfen«, sagte Jenny und schüttelte den Kopf. »Bist du gekommen, um Steve das zu sagen? Dass wir packen und verschwinden sollten?«

Obwohl die Stimme der anderen Frau ungezwungen klang, war die Frage auf eine seltsame Weise, die Riley nicht bestimmen konnte, eine Art Herausforderung. Sie war sich dessen sicher, auch wenn sie nicht verstand, was dahintersteckte.

Wenigstens … glaube ich, dass ich mir sicher bin.

»Ich habe mir nach dem Mittagessen bloß die Beine vertreten«, sagte sie in mildem Ton. »Steve war derjenige, der mit mir sprechen wollte.«

»Sollten wir packen und verschwinden?«, fragte Jenny.

»Dazu kann ich nichts sagen. Aber es hat einen Mord gegeben, und viele Anzeichen deuten auf das Okkulte hin. Daher wäre ich an eurer Stelle vorsichtig. Würde vielleicht nahe beim Haus bleiben. Und vorerst meine Anschauungen für mich behalten.«

»Falls du an unserer Stelle wärst.«

Riley nickte. »Wenn so etwas passiert, werden die Leute hypernervös. Dinge entwickeln sich lawinenartig. Also würde ich mich für eine Weile zurückhalten. An eurer Stelle.«

»Verstehe.« Jenny lächelte. Sie hakte sich bei Steve unter und tätschelte Riley mit der anderen Hand die Schulter. »Mach dir keine Sorgen. Uns wird nichts passieren.«

… das Kerzenlicht warf tanzende Schatten rund um den Raum und ließ die Samtvorhänge und Seidenroben schimmern. An der Wand über dem Altar hing ein umgekehrtes Kreuz aus einem metallischen Material, das ebenfalls das Licht auffing. Unter dem Kreuz befand sich das übliche Podium und darauf der Altar.

Sie war nackt. Den Kopf durch ein Kissen gestützt, lag sie in der Mitte des rechteckigen Podiums, die Kniekehlen ihrer weit gespreizten Beine an den längeren Rändern. Ihre Arme waren nach beiden Seiten ausgestreckt, und jede Hand hielt einen silbernen Kerzenleuchter mit einer schwarzen Kerze.

Die Kerzen brannten.

Ihr Körper war bleich, ihr langes schwarzes Haar umrahmte ihre kühne Nacktheit, ohne etwas verbergen zu wollen. Die aufgerichteten Brustwarzen ihrer üppigen Brüste hatten ein künstliches Blutrot, und während Riley zusah, trat der in eine Robe gekleidete Zelebrant – der Mann, der die Zeremonie leitete – zwischen die gespreizten Beine des

Altars und tauchte seinen Daumen in eine Silberschale, malte dann mit der widerlichen Flüssigkeit ein umgekehrtes Kreuz auf die bleiche Haut ihres Unterleibs.

Rot. Blut.

Der Raum roch nach Weihrauch und Blut, und Riley musste durch den Mund atmen, um nicht zu husten.

Durfte nicht husten.

Durfte sich nicht verraten.

Sie lugte durch die schmale Öffnung in den Vorhängen, suchte nach irgendwas Bekanntem an den in Roben gekleideten Anwesenden. Größe, Körperbau, eine Geste – alles, was ihr helfen konnte, wenigstens einen davon zu identifizieren. Aber es war umsonst. Sie waren auf unheimliche Weise formlos, ihre Gesichter von Kapuzen verhüllt.

Sie sangen mit leisen Stimmen, in Latein, und sie konnte nur ein paar Worte auffangen.

Mit einem erstickten Keuchen und wild klopfendem Herzen fuhr Riley hoch.

Ein schwarze Messe.

Das war es, was sie gesehen hatte, Teile einer satanischen Zeremonie, bekannt als schwarze Messe.

Gesehen?

Wann gesehen? Wo gesehen?

Sie war im Bett, merkte sie. In ihrem eigenen Bett, in ihrem eigenen Schlafzimmer im Strandhaus. Mondlicht strömte durch die Spalten der Jalousien an den Fenstern. Als sie vorsichtig den Kopf drehte, sah sie Ash neben sich schlafen. Dann schaute sie zur Uhr auf dem Nachttisch.

Fünf Uhr dreißig.

Mittwoch?

Nein, das stimmte nicht. Das konnte nicht stimmen. Sie war am Strand gewesen, hatte mit Steve und Jenny gesprochen, und das war nicht später als etwa um drei Uhr am Dienstagnachmittag. Und danach …

Hier. Jetzt. Aufgewacht im Bett neben Ash.

Mehr als zwölf Stunden später.

Sie unterdrückte ihre Panik und schlüpfte aus dem Bett, ohne ihn zu wecken. Auf dem Boden fand sie eines ihrer Schlafshirts, zog es über und schlich sich aus dem Schlafzimmer.

Wie gewöhnlich brannten mehrere schwache Lampen im Wohnbereich des Hauses, und die Jalousien waren fest geschlossen. Letzteres verriet ihr nur, dass sie alle Jalousien wie üblich bei Einbruch der Dunkelheit geschlossen hatte. Riley mochte das ungeschützte Gefühl offener Fenster bei Nacht nicht, vor allem, da oft noch Leute spätabends am Strand spazieren gingen.

Ein Überbleibsel aus ihrer Militärzeit, wo es keine gute Idee war, zu sichtbar zu sein und ein zu gutes Ziel abzugeben.

Riley blieb stehen und streckte ihre Hände aus, betrachtete sie.

Nicht allzu zittrig, aber auch kaum ruhig. Genau so, wie sie sich innerlich fühlte.

Sie ging in die Küche, um sich einen Energieriegel zu holen und ein Glas Orangensaft. Die Fernbedienung lag auf der Frühstückstheke.

Riley stellte den Fernseher an und schaltete dabei gleichzeitig den Ton stumm. Sie hoffte, sie würde auf CNN das Datum bestätigt finden, und fluchte leise, als nur die Werbung für ein Diätprodukt auf den Schirm kam. Wie passend.

Sie holte ihren Saft und den Energieriegel, trug dann beides zu dem kleinen Tisch in einer Ecke des Wohnraums, wo es aussah, als hätte sie an ihrem Laptop gearbeitet.

Aussah? Großer Gott. Warum erinnere ich mich nicht daran?

Es wäre leicht, in Panik zu geraten.

Sehr leicht.

Sie setzte sich und drückte auf eine Taste, um den Computer aus dem Stand-by-Modus zu holen. Als sich der dunkle Bildschirm erhellte, überprüfte sie als Erstes Zeit und Datum, nur um sich zu bestätigen, dass es tatsächlich sehr früh am Mittwoch war.

Und so war es.

Sie hatte mehr als zwölf Stunden verloren.

Aber es gab Verlieren … und es gab Verlieren.

So, wie es aussah, war sie funktionsfähig geblieben, hatte sogar gearbeitet. In einem Fenster war ein FBI-Bericht über neueste okkulte Aktivitäten in den USA, während ein anderes Fenster den Anfang eines offenbar von ihr geschriebenen Berichts enthielt.

»Huch«, murmelte sie. »Seit wann schreibe ich … Oh.«

Die erste Zeile erklärte das sonst Unerklärliche: *Da ich keine Ahnung habe, wie die Langzeitwirkungen meiner momentanen Situation aussehen könnten, habe ich beschlossen, während der weiteren Ermittlungen ein schriftliches Tagebuch zu führen.*

Momentane Situation? Das war so vieldeutig formuliert, dass sie gefürchtet haben musste, jemand anderes könnte es lesen.

Vielleicht Ash, zum Beispiel, da sie anscheinend die meisten Nächte mit ihm verbrachte.

Jedenfalls enthielt der Rest des Eintrags nur nackte Fakten, beschrieb den Besuch im Sheriffdepartment am vorherigen Morgen, die Autopsieergebnisse des Mordopfers und Rileys Besuche mit dem Sheriff an den Brandstätten. Kein

Wort über ihren Spaziergang am Strand und das Treffen beziehungsweise Gespräch mit Steve und Jenny.

Andererseits hatte sie sich das ja vielleicht auch alles nur eingebildet. Oder es geträumt.

Wie die schwarze Messe, in der Jenny als Altar gedient hatte. Vielleicht hatte Riley das geträumt? Es war ihr mit Sicherheit unwirklich vorgekommen, zumindest in einem Sinne. Blut. Blut spielte keine Rolle bei einer schwarzen Messe, entgegen allgemeiner Ansichten. Bei der Zeremonie sollte es darum gehen, traditionellen christlichen Glauben und Feierlichkeiten zu verhöhnen, sie zu verdrehen und zu verfälschen. Blasphemisch, sicherlich, aus jeder konventionellen Sichtweise, aber weder gefährlich noch an sich böse, und Blut oder tatsächliche Opferungen gehörten nicht dazu.

Sollten wenigstens nicht dazugehören.

Riley sah sich in dem stillen, friedvollen Raum um, lauschte der auflaufenden Brandung am Strand und fragte sich, was real war. Wem sie trauen konnte. Was sie glauben konnte.

War sie tatsächlich Zeugin dieser Zeremonie gewesen?

Hatte sie es geträumt?

Mit einer Berührung ihres Nackens fand sie die Verbrennungen des Tasers. Die waren real. Der Mann, der in ihrem Bett schlief, war sicherlich real.

Obwohl die Anwesenheit von beidem in ihrem Leben verblüffend war.

Sie schlief nicht mit Männern, die sie kaum kannte, vor allem nicht während einer laufenden Ermittlung. Und ihre Ausbildung und Erfahrung machten es sehr unwahrscheinlich, dass sich jemand an sie anschleichen und mit einem Taserangriff ausschalten konnte. Ganz besonders in einer Situation, in der all ihre Instinkte und Sinne äußerst wachsam gewesen sein mussten.

Außer … außer derjenige, der sie angegriffen hatte, war schon die ganze Zeit bei ihr gewesen. Das war möglich, nahm sie an. Vielleicht mehr als möglich. Jemand, dem sie vertraute, hätte nahe genug herankommen können, um sie zu überraschen, zu überrumpeln.

Hübsche kleine Theorie. Das Problem war nur, sie zu beweisen, herauszufinden, wer derjenige sein könnte, und das beides zu schaffen, ohne ihr eigenes Unwissen darüber zu verraten.

Niemand war bisher freiwillig damit herausgerückt, wo sie Sonntagnacht oder mit wem sie zusammen gewesen war. Zumindest soweit sie sich erinnern konnte, verdammt.

Ich weiß letztlich nur, dass ich mit einem Taser lahmgelegt wurde. Dass ich mit demselben Blut beschmiert war, das wir im Magen des Opfers gefunden haben …

Verdammt. Wurde der Mann innerhalb der letzten zwölf Stunden identifiziert? Das war die Priorität. Aber ich hätte doch sicherlich eine Notiz in meinem blöden Bericht gemacht. Und was ist mit dem anderen möglichen Opfer? Hat man das schon gefunden?

Sie wusste es nicht. Konnte sich nicht erinnern.

Sie wusste nur, dass weitere zwölf Stunden in ihrem Leben verschwunden waren, und sie hatte nicht die geringste Ahnung, was sie während all der Zeit getan hatte. Sie legte den Kopf in die Hände und rieb sich langsam über das Gesicht.

»Riley?«

Sie hob den Kopf, sah Ash auf sich zukommen und hoffte, dass ihr Gesicht die zunehmende Panik nicht verriet, der sie sich nur allzu bewusst war.

»Es ist noch stockdunkel«, sagte sie zu ihm, äußerlich ruhig. »Ich hab dich doch nicht geweckt, oder?«

»Ich gewöhne mich allmählich an deinen nächtlichen

Arbeitseifer.« Er beugte sich hinunter, gab ihr einen leichten Kuss und fügte hinzu: »Der scheint meist nach ruhelosen Nächten aufzutauchen. Du hast dich ganz schön herumgewälzt.«

»Entschuldige.«

»Hat mich nicht gestört. Nicht allzu sehr.« Er lächelte. »Du gehst nicht mehr ins Bett, nehme ich an? Ich dusche und rasier mich rasch, dann mache ich Frühstück.«

Unwillkürlich sagte sie: »Du bist fast zu gut, um wahr zu sein, weißt du das?«

»Das versuche ich dir immer wieder beizubringen. Wenn du nicht aufpasst, wird jemand anders mich dir wegschnappen.« Er küsste sie erneut und verschwand in Richtung Dusche.

Riley blieb am Tisch sitzen, mit dem leise summenden Computer, und schaute Ash nach. Jetzt, in diesem Moment, fühlte sie sich sicher mit ihm – aber was bedeutete das? Dass sie ihm vertraute? Dass sie sich von ihm nicht bedroht fühlte? Oder bloß, dass sie mit einem eher südlich vom Gehirn liegenden Teil ihrer Anatomie dachte und fühlte?

Konnte sie ihren Gefühlen überhaupt trauen – irgendeinem von ihnen –, wenn ihre Sinne und ihr Gedächtnis, gelinde gesagt, unzuverlässig waren? Wenn sie mehr als zwölf Stunden verlieren konnte, ohne Warnung und anscheinend ohne äußeren Anlass?

Es muss einen Grund geben, einen Auslöser. Es muss einfach. Ich muss es nur herausfinden.

Leicht gesagt. Nicht so leicht getan.

12

Riley verzehrte den Energieriegel und trank den Saft aus, in der Hoffnung, sie würden den Nebel aus ihrem Kopf vertreiben, war aber kaum erstaunt, als das nicht geschah. Sie schien nicht denken zu können, außer um sich Fragen zu stellen, auf die es keine Antworten gab. Noch nicht.

Ich muss funktionstüchtig gewesen sein. Ganz normal – sonst hätte Ash sicher eine Bemerkung gemacht. Doch ich kann mich nicht daran erinnern, was ich gesagt oder getan habe. Und verlorene Stunden und eine ruhelose Nacht, die in einem Traum – oder einer Erinnerung – an eine Art schwarze Messe gipfeln, können bestimmt nichts Gutes bedeuten.

Die Panik stieg wieder in ihr auf, kalt und scharf und nicht länger etwas, das sie abstreiten konnte. Die Sache war außer Kontrolle, sie war außer Kontrolle, und sie hatte bei einer Mordermittlung nichts zu suchen. Die richtige Entscheidung, die sichere und vernünftige Entscheidung wäre, nach Quantico zurückzukehren.

Heute. Jetzt.

In dem Moment durchbrach etwas im Fernsehen ihre Panik und weckte ihre Aufmerksamkeit, und sie griff nach der Fernbedienung, um den Ton anzuschalten.

Bishop. Er tauchte so gut wie nie in die Nachrichten auf, tat alles, um sich nicht fotografieren oder filmen zu lassen, und hielt sich bei Ermittlungen immer zurück. In was zum Teufel war er jetzt verwickelt, das ihn in die nationalen Nachrichten brachte?

»… der leitende Agent wollte keinen Kommentar zu den laufenden Ermittlungen abgeben, aber Beamte der Bostoner Polizei bestätigten vor wenigen Minuten, dass das neueste Opfer des Serienmörders, der die Stadt seit Wochen terrorisiert, tatsächlich die einundzwanzigjährige Annie LeMott ist, Tochter von Senator LeMott. Der Senator und seine Frau haben sich mit der Familie zurückgezogen, während Polizei und FBI-Agenten weiter rund um die Uhr arbeiten, um den Mörder von Annie LeMott dingfest zu machen.«

Die CNN-Sprecherin ging zum nächsten Thema über, mit flotterer Stimme, da sie über etwas weniger Tragisches berichtete.

Riley drückte wieder auf stumm und wandte sich ihrem Laptop zu. Sie brauchte weder die Erinnerung an kürzliche Ereignisse noch ihre Sinne, um zu wissen, was sie als Nächstes tun musste. Innerhalb von zwei Minuten las sie den detaillierteren Bericht über den Bostoner Serienmörder. Und dieser Bericht erklärte ihr vieles.

Bishop steckte hüfttief in eigenen Ermittlungen. Er verfolgte einen besonders gewalttätigen Mörder, der bisher mindestens ein Dutzend Morde auf dem Gewissen hatte. Zwölf bekannt gewordene Opfer in weniger als einundzwanzig Tagen, alles junge Frauen, alle äußerst blutig abgeschlachtet.

Kein Wunder, dass in Boston der Teufel los war. Kein Wunder, dass über diese grausige Mordserie in den nationalen Nachrichten berichtet wurde.

Und kein Wunder, dass Bishop Rileys Versicherung hingenommen hatte, sie könne mit der Situation hier fertigwerden, selbst wenn sie versäumt hatte, sich zu melden. Sie bezweifelte, dass er in den letzten paar Wochen viel Zeit zum Schlafen oder Essen gehabt hatte, ganz zu schweigen davon, sich um seine Hauptagenten Sorgen zu machen

– Leute, die er selbst als Teamleiter ausgesucht hatte, weil sie hochintelligente, fähige Agenten mit all der erforderlichen Sachkenntnis und Initiative waren, um unabhängig von ihm und dem FBI zu agieren, wenn notwenig und so lange wie notwendig.

Nur war es … für gewöhnlich nicht notwendig.

Mit diesem Gedanken im Kopf blieb Riley online und klickte sich in eine zugangsgeschützte Datenbank der SCU in Quantico ein, überwand die verschiedenen Sicherheitsbarrieren und prüfte nach, wo sich die restliche Einheit befand.

Du lieber Himmel.

Chicago, Kansas City, Denver, Phoenix, L.A. und Seattle plus zwei kleinere Orte in der Region der Golfküste, von denen sie noch nie gehört hatte. Die Einheit war im wahrsten Sinne über die Landkarte verstreut, Arbeitskraft und Ressourcen dünner verteilt, als sie es je gekannt hatte. Und jedes Team arbeitete auf höchster Risikostufe, angefangen von Mord bis zu möglichen Terrordrohungen – Letzteres Ermittlungen, zu denen die Einheit erst seit kurzem als Berater hinzugezogen wurde.

Soweit Riley das erkennen konnte, war sie die einzige Agentin, die ohne ein Team, einen Partner oder sonstige Verstärkung arbeitete. Aber sie war auch die Einzige, die ganz inoffizielle Ermittlungen wegen ein paar Merkwürdigkeiten aufgenommen hatte – nicht wegen Mord oder anderer Schwerverbrechen.

Damals. Jetzt war die Situation definitiv hochgradig gefährlich. Und hier allein auf sich gestellt zu sein, war sowohl eine sehr schlechte Idee als auch anscheinend unvermeidlich.

Außer sie stieg aus. Kehrte nach Quantico zurück. Niemand würde ihr das vorwerfen, nicht unter den gegebenen

Umständen. Himmel, wenn – falls – sie Bishop von diesem neuesten Vorkommnis erzählte, würde er sie zweifellos zurückbeordern, ohne ihr auch nur Zeit zum Packen zu geben.

Riley merkte, dass sie an den Verbrennungen im Nacken fummelte. Sie zwang sich aufzuhören, fluchte leise und klinkte sich aus der SCU-Datenbank aus.

Sie konnte nicht aussteigen. Konnte nicht abhauen.

Sie musste es *wissen*. Musste herausfinden, was vorging.

»Dann tun wir halt so, als ob«, flüsterte sie. Das konnte sie, konnte es sogar am besten. So tun, als ob.

So tun, als sei alles normal. So tun, als fehlte ihr nichts.

So tun, als sei sie nicht zu Tode verängstigt.

Der Sheriff sagte zu Ash: »Dir ist natürlich klar, dass du mit dieser Ermittlung gar nichts zu tun haben solltest. Mit diesem Teil wenigstens. Dein Teil beginnt, wenn wir diesen Hurensohn geschnappt haben.«

Ash lehnte sich auf seinem Stuhl am Konferenztisch zurück und zuckte die Schultern. »Ich habe mich auch in der Vergangenheit schon lange vor dem Prozessstadium eingeschaltet, wie wir beide wissen.«

»Nicht bei Mord, Ash.«

»Wir hatten bisher noch keinen Mord, seit ich hier Staatsanwalt bin. Und nicht, seit du Sheriff bist. Ich wette, wenn wir einen gehabt hätten, dann hätten wir zusammengearbeitet. Ich mag zwar kein Polizist sein, aber ich habe Erfahrung mit Ermittlungen – einschließlich Mordermittlungen. Und du bist ein zu guter Polizist, um das zu ignorieren.«

Leah schaute zu Riley, interessiert daran, wie sie auf all das reagierte, und war nicht besonders überrascht, dass Riley anscheinend in das Lesen der Berichte über das wenige vertieft war, das sich seit dem vergangen Nachmittag ergeben hatte.

Viel war es nicht. Teams waren über Opal Island und Castle ausgeschwärmt, waren buchstäblich von Haus zu Haus gegangen auf der Suche nach der Identität des Mordopfers. Bisher hatte die Suche nur drei vorübergehend vermisste Teenager und einen vorübergehend abhandengekommenen Ehemann ergeben (Erstere hatten alle nach einer ausgiebigen Party ihren Rausch ausgeschlafen, und Letzterer war auf einem Golfplatz in der Nähe entdeckt worden), aber keinen seit irgendwann am Sonntagabend vermissten Mann.

Leah hatte die Berichte mehrfach gelesen, in die Riley jetzt so vertieft war, und fragte sich, was die Bundesagentin daran so interessant fand. Andererseits, dachte sie, war es vielleicht nicht so sehr das Interesse als die Weigerung, sich in die »Diskussion« der beiden Männer hineinziehen zu lassen.

»Ich nehme jede Hilfe, die ich kriegen kann«, sagte der Sheriff. »Aber hast du denn keine Gerichtstermine?«

Ash schüttelte den Kopf. »Diese Woche überhaupt nicht, und nächste Woche kaum. Außer es passiert etwas Unerwartetes. Selbst der Papierkram ist abgearbeitet.«

»Also langweilst du dich und willst die Zeit totschlagen, was?«

»Jake, es ist deine Ermittlung. Wenn du willst, dass ich meine Nase nicht da reinstecke, dann sag es.«

Das war keine echte Herausforderung, dachte Leah. Und doch war es das. Wenn Jake Ashs Hilfsangebot ablehnte, wäre das unklug. Ash hatte mehrere Jahre lang als stellvertretender Bezirkstaatsanwalt in Atlanta gearbeitet, und was die Gerüchteküche auch immer behauptete, niemand bezweifelte, dass er in der Zeit beachtliche Erfahrungen bei

Mordermittlungen gemacht hatte. Mehr Erfahrung, als Jake hatte, wenn man es recht bedachte.

Diese Art erfahrener Hilfe abzulehnen, könnte etwas sein, an das die Wähler sich bei der nächsten Wahl erinnern würden, vor allem, wenn sich die Situation verschlimmerte. Außerdem würde es Jake entweder unsicher oder eifersüchtig auf seine Autorität bedacht erscheinen lassen.

Oder nur schlicht eifersüchtig, Punkt.

Daher war Leah nicht sehr überrascht, als ihr Chef die angebotene Hilfe annahm, wenn auch mit wenig Takt oder Dankbarkeit.

»Solange klar ist, wer hier das Sagen hat, habe ich kein Problem damit, wenn du uns aushilfst, Ash.«

»Das ist selbstverständlich klar.«

»Na gut.« Jake schaute zu Riley. »Hast du irgendwas gefunden, das uns anderen entgangen ist?«

»Ich glaube nicht, dass es dir entgangen ist«, erwiderte sie ruhig. »Das Blut im Magen des Opfers enthielt Glycerin.«

»Ein Gerinnungshemmer, ja. Hab ich gesehen. Und ein Zusatzmittel in allen möglichen Sachen, von Frostschutz bis zu Kosmetika, daher nicht sonderlich schwer zu bekommen. Was bedeutet, dass es so gut wie unmöglich zu verfolgen ist.«

Leah fragte: »Und was bedeutet es dann? Dass Glycerin in dem Blut war?« Sie gab nur ungern ihr Unwissen zu, vor allem, da der Sheriff sie – zu ihrem Erstaunen – als Assistentin bei diesem Fall gewählt hatte, aber sie fühlte sich nicht weniger als Polizistin, weil ihr das Spezialwissen fehlte, und sie wollte Bescheid wissen.

Jake antwortete ihr. »Jemand wollte nicht, dass das Blut zu schnell gerinnt.«

»Ich kapier immer noch nicht«, beschwerte sich Leah.

Riley sagte: »Was vermutlich bedeutet, dass das Blut, welches das Opfer getrunken hat – entweder freiwillig oder unter Zwang –, nicht frisch war. Jemand hat es für diesen Zweck aufbewahrt. Vielleicht seit einer ganzen Weile.«

Leah verzog das Gesicht. »Ein Eimer Blut. Igitt.«

»War es so viel?«, fragte Ash.

»Mindestens ein Liter«, antwortet Riley. »Das ist viel mehr, als in irgendwelchen Ritualen verwendet wird, die ich kenne.«

»Und mehr, als jemand hätte schlucken können, ohne etwas davon wieder hochzuwürgen, hätte ich gedacht«, meinte Ash.

Riley schaute erneut in den Bericht des Gerichtsmediziners. »Einige kleine Abschürfungen in der Speiseröhre. Ich wette, da wurde ein Schlauch benutzt. Wahrscheinlich, als das Opfer bewusstlos war. Die haben ihm das Zeug direkt in den Magen geschüttet. Und ich bezweifle, dass der Mann danach noch lange genug lebte, um es wieder hochzuwürgen.«

»Was sollte das Ganze dann?«, wollte Jake wissen. »Erst füllen sie ihm den Bauch mit Blut und dann enthaupten sie ihn – warum?«

»Ich weiß es nicht«, antwortete Riley. »Aber es muss einen Grund gegeben haben. Blut bei einem Ritual bedeutet Leben, Macht. Menschliches Blut noch mehr als Tierblut.«

Leahs Gedanken gingen in eine andere Richtung. »Soll das heißen, dass die Sachen, die ich gehört habe, wahr sind? Bei okkulten Ritualen wird tatsächlich menschliches Blut verwendet?«

»Bei manchen seltenen schwarz-okkulten satanischen Ritualen, ja. Doch der Spender – oder die Spender – geben nur eine kleine Menge ihres Blutes, freiwillig oder als Teil der Zeremonie. Für gewöhnlich durch einen Stich in den Finger oder einen Schnitt in die Handfläche. Das ist eher symbolisch gemeint. Niemand wird völlig ausgeblutet.«

»Aber diesmal schon? Ich meine, abgesehen von dem Mann, den wir im Wald gefunden haben?«

Riley runzelte leicht die Stirn, während sie auf die vor ihr liegende und jetzt geschlossene Mappe blickte. »Wie schon gesagt – in seinem Magen war mindestens ein Liter. Alles von derselben Blutgruppe und daher wahrscheinlich vom selben Spender, obwohl dazu eine DNA-Untersuchung nötig wäre. Doch wenn es alles von derselben Person stammte, ist das ein ziemlich hoher Blutverlust.«

»Zu hoch?«, fragte Leah.

»Du meinst, ob jemand, der so viel Blut verloren hatte, weiterleben konnte? Klar. Der menschliche Körper enthält fünf oder sechs Liter Blut, je nach Größe und Gewicht. Einen Liter zu verlieren wäre zwar eine ernste Sache, aber nicht unbedingt tödlich, vor allem, wenn es ein ritueller Aderlass war und keine traumatische Verletzung.«

»Allerdings wurde am Tatort noch mehr verspritzt.« Jake nickte, als Ash ihn anblickte. »Wir haben zwei Blutgruppen gefunden, das meiste stammt vom Opfer, einiges jedoch offensichtlich von demselben … Spender … wie das Blut im Magen. Es lässt sich kaum feststellen, wie viel es insgesamt war, da auch der Boden eine Menge aufgesogen hat. Ich schätze, es waren alles in allem mehr als zwei Liter.«

»Was alles sehr auf ein weiteres Mordopfer deutet, das wir noch finden müssen.«

»Vielleicht.« Riley saß immer noch stirnrunzelnd da. »Oder vielleicht auch nicht. Vielleicht war der Gerinnungshemmer nötig, weil es eine Weile gedauert hat, genug Blut zu bekommen, ohne den Spender zu töten. Oder die Spender. Man könnte über mehrere Tage verteilt täglich ohne große Gefahr etwas abzapfen, wenn man vorsichtig ist und weiß, was man tut.«

Ash fragte: »Dann suchen wir also nach jemandem mit Anämie?«

»In Ermangelung eines zweiten Opfers. Oder eher eines ersten.« Sie blickte den Sheriff an. »Habt ihr irgendein Muster in den Blutspritzern am Tatort gefunden?«

»Bisher nichts. Melissa sagt, das Computerprogramm sei noch nicht ganz durch, aber ihrem Gefühl nach werden wir da nichts finden.«

»War ein Versuch.« Riley zuckte die Schultern.

»Was hättest du erwartet, wenn ein Muster aufgetaucht wäre?«, fragte Ash.

»Na ja, wer auch immer dahintersteckt, scheint es sehr mit Zeichen zu haben. Daher hätte ich ein weiteres Zeichen oder Symbol erwartet.«

»Hier treffen sich Teufelsanbeter, oder?«, meinte Jake trocken.

»So was in der Art. Subtil sind sie nicht.«

»Sie?«, fragte Leah. Dann schüttelte sie den Kopf. »Natürlich – es muss sich um eine Gruppe handeln, oder?«

»Vermutlich. Viele Religionen werden individuell ausgeübt, aber für jedes größere Ritual braucht man mehr als einen. Oft sind es bis zu einem Dutzend Teilnehmer.«

»Mordkomplotte«, bemerkte Ash in neutralem Ton, »sind sehr selten.«

»Sie würden das nicht als Mord betrachten«, sagte Riley.

»Aber eine ganze Gruppe, die so ein gefährliches Geheimnis bewahrt ... Wie wahrscheinlich ist das?«

»Wenn sie Satanismus praktizieren, sehr wahrscheinlich. Oder wenigstens möglich. Ash, diese Gruppen können nur überleben, wenn sie ihre ... weniger konventionellen Aktivitäten für sich behalten. Und das lernen sie schon früh. Sie befinden sich einfach zu weit außerhalb der gesellschaftlichen Toleranz, ganz zu schweigen von Akzeptanz.«

Leah war leicht überrascht. »Sie brauchen gesellschaftliche Akzeptanz?«

»Wenn sie innerhalb der Gesellschaft leben, sicherlich. Ihre Religion ist nur ein Teil ihres Lebens. Sie kaufen ein, essen in Restaurants, gehen ins Kino und ins Theater, schicken sogar ihre Kinder zur Schule. Es ist überhaupt nicht ungewöhnlich für einige von ihnen, öffentliche Ämter zu bekleiden, vor allem auf lokaler Ebene. Also schweigen sie über ihre okkulten Praktiken im Allgemeinen.«

Ash runzelte die Stirn. »Aber du hast gesagt, dass diejenigen, nach denen wir in diesem Fall suchen, nicht sehr subtil sind. Absichtlich?«

»Vielleicht. Oder verzweifelt. Das war ein sehr zugänglicher Ort für ein Ritual«, erwiderte Riley. »Ganz besonders für ein großes Ritual mit Opferung. Wenn man das zu den offensichtlichen Brandstiftungen, all den Zeichen und Symbolen hinzurechnet … ist es entweder absichtlich unverhohlen oder sehr unvorsichtig. So oder so, jemand scheint in Eile zu sein. Hat es vielleicht zu eilig, um Fehler zu vermeiden.«

»Irgendeine Idee, worum es bei diesem großen Ritual gegangen ist?«, fragte Jake sie. »Du sagtest, diese Dinge verfolgten einen Zweck, stimmt's? Zu welchem Zweck wurde der Mann denn dann gefoltert und hinterher enthauptet?«

Riley schüttelte den Kopf über diese schon mehrfach gestellte Frage und wiederholte ihre vorherige Antwort. »Ich weiß es nicht. Noch nicht.«

Er nickte, als hätte er es erwartet. »Na gut, während du daran arbeitest, werde ich die Gruppe im Pearson-Haus überprüfen lassen. Denn soweit ich weiß, sind sie die Einzigen in der Gegend, die Satan huldigen.«

»Zumindest offen«, murmelte Riley.

Er ging nicht darauf ein. »Sobald die Hintergrundüberprüfung abgeschlossen ist, wahrscheinlich innerhalb der nächsten zwei Stunden, will ich mit der Bande reden? Bist du dabei?«

»Das möchte ich mir nicht entgehen lassen.«

»Na gut«, sagte Ash, sobald sie im Konferenzraum allein waren, »ich habe getan, worum du mich gebeten hast. Habe dafür gesorgt, dass ich in die Ermittlungen einbezogen werde. Magst du mir jetzt erzählen, warum das eine Rolle spielt?«

Riley bekam einen Schreck, und ihre Gedanken rasten. Sie konnte sich nicht erinnern, ihn darum gebeten zu haben, und war, nachdem sie nach zwölf fehlenden Stunden aufgewacht war, zu beschäftigt gewesen, um zu fragen oder sich auch nur zu wundern, warum er sie ins Sheriffdepartment begleitet hatte.

Sie zweifelte nicht daran, dass er die Wahrheit sagte, hatte jedoch keine Ahnung, weshalb sie ihn darum gebeten hatte. Außer …

»Riley? Schau, ich bilde mir ja nicht ein, dass du mich brauchst, um dir die Hand zu halten, aber …

»Genau genommen«, sagte sie langsam, »könnte es tatsächlich darum gehen. Sozusagen.«

Er wartete, die Brauen zu einer stummen Frage erhoben.

Riley zögerte nur einen Moment. »Jake sagte, die Hintergrundüberprüfungen, auf die er wartet, würden zwei Stunden dauern. Es gibt etwas, das ich in der Zwischenzeit selbst überprüfen möchte. Und ich glaube, ich sollte das nicht allein tun.«

»Gehen wir«, sagte er.

Erst als sie auf dem Parkplatz in seinem Hummer saßen, stellte er die offensichtliche Frage.

»Wohin?«

Riley atmete tief durch. »Zu der Lichtung, auf der die Leiche gefunden wurde.«

Er runzelte die Stirn. »Ich weiß, dass Jake das Gebiet abgesperrt hat und bewachen lässt, aber du hast doch schon gesehen, was es da zu sehen gibt. Oder?«

»Mit den Augen, ja.«

Dafür brauchte er keine Erklärung. »Und dabei ist es dir nicht gelungen, irgendwas hellseherisch aufzufangen, hast du gesagt.«

»Ist es auch nicht. Nur waren da eine Menge Leute um mich herum. Jetzt könnte es anders sein.«

»Könnte?«

»Ich muss es versuchen, Ash.« *Weil ich noch mehr Zeit verloren habe und weil das vielleicht was verändert hat. Vielleicht.*

Er betrachtete sie einen Moment lang eindringlich, dann ließ er den Motor an. »Es ist nicht an mir, nach dem Grund zu fragen.«

»Solang du nicht losstürmst, um den Tod zu wagen«, murmelte sie. »Oder sogar durchs Tor der Hölle reitest.«

Ash lächelte. »Habe ich schon mal erwähnt, wie froh es mich macht, eine so belesene Geliebte zu haben? Dieses Zitat hätte ich sonst fast jedem, den ich kenne, erklären müssen.«

»Bücher und Fantasie helfen viel, wenn du als Militärgöre aufwächst.« Riley wühlte in ihrer Schultertasche nach einem Energieriegel. »Mein Kopf ist voll mit Fakten, Lyrik und viel zu viel sinnlosem Zeug.«

»Das nur so lange sinnlos ist, bis du es brauchst.«

Sie hielt mit dem Auspacken des Riegels inne. »Hast du das aus einem Glückskeks?«

»Mag sein.« Er schaute sie an. »Ich habe eine Frage. Warum ich, statt deinem Freund Gordon? Er weiß von deinen hellseherischen Fähigkeiten, oder?«

»Ja.«

»Warum hast du dann nicht deinen ehemaligen Armeekumpan als Verstärkung gewählt, wenn du mit irgendwelchen Schwierigkeiten rechnest? Womit ich mich nicht beschweren will, verstehst du. Bin nur neugierig.«

Riley hatte sich schon dieselbe Frage gestellt. Sie konnte nicht mit Sicherheit wissen, dass sie Ash aus diesem Grund gebeten hatte, sich in die Ermittlungen einzuschalten. Es war nur logisch, das anzunehmen. Weil sie von Anfang an gewusst hatte, dass sie den Status quo – ihre abhandengekommenen prognostischen Fähigkeiten – nicht einfach akzeptieren konnte, dass sie sich irgendwann einen Ruck geben, mit aller Kraft Zugang finden musste zu dem, was der Stromstoß des Tasers zerstört hatte.

Sie hatte keine Ahnung, was dann passieren würde. Aber die Logik sagte ihr ebenfalls, dass sie nicht allein sein sollte, wenn sie es versuchte. Und warum sie Ash Gordon vorgezogen hatte, war ebenfalls durch Logik zu beantworten.

»Gordon ist jetzt Zivilist«, sagte sie schließlich. »Er kann nicht offiziell in eine Mordermittlung einbezogen werden. Du schon.«

»Ah ja. Das ergibt einen Sinn.«

Ja. Weil es logisch war.

Sie war sich allerdings nicht sicher, ob sie das glaubte.

Das Problem war natürlich, dass sich Riley nicht erinnern konnte, warum sie Ash gebeten hatte, sich offiziell in den Fall einzuschalten. Vielleicht lag es an dieser Sache hier, weil sie vorhatte, mit äußerster Anstrengung Zugang zu ihren anscheinend abhandengekommenen Fähigkeiten zu finden, und jemand Vertrauensvollen bei sich haben wollte, falls sie dabei auf den Arsch fiel.

Vielleicht.

Oder es war etwas anderes. Etwas, das Riley aufgegangen war, als ihre Gedanken rasten, nachdem Ash ihr von einer Entscheidung erzählte, die sie anscheinend in diesen ihr fehlenden Stunden getroffen hatte.

Was war, wenn das wieder passierte? Wenn sie Dinge beschloss, Dinge tat, heute Entscheidungen traf, an die sie sich morgen nicht mehr erinnerte? Es war jetzt schon zum zweiten Mal geschehen. Hatte sie irgendwie erraten oder gewusst, dass ihr löchriges Gedächtnis und ihre beschädigten Sinne nur der Anfang ihrer Probleme wären? Was, wenn ihr Geist, ihr Gehirn mehr Schaden bei dem Angriff Sonntagnacht erlitten hatte, als sie einschätzen konnte?

Was dann?

Wieder verlangte die Logik, dass sie, falls sie vorhatte, auch unter diesen Umständen weiter an dem Fall zu arbeiten – und das hatte sie –, jemand Vertrauenswürdigen brauchte, der nicht nur die Wahrheit kannte, sondern in der Lage war, in ihrer Nähe zu bleiben und sie praktisch rund um die Uhr zu beobachten. Zu jedem anderen Zeitpunkt wäre die Wahl automatisch auf ein anderes Mitglied der SCU gefallen. Aber das war jetzt einfach nicht möglich.

Ihr Geliebter, der Staatsanwalt von Hazard County, war die beste Wahl, die ihr blieb.

Aber zu behaupten, dass diese Wahl Riley zuversichtlich stimmte oder sie sich dabei wohlfühlte, wäre eine Übertreibung gewesen. Zum einen war es ein sehr inoffizielles Verhalten während einer Ermittlung und völlig untypisch für sie. Zum anderen, und das war das eigentlich Lebenswichtige …

Kann ich ihm vertrauen? Ich fühle, dass ich das kann. Manchmal. Meistens. Aber nicht immer.

Zweifel, die sie nicht in Worte fassen konnte, nagten an ihr. Es war, als finge man eine Bewegung aus dem Augenwinkel auf, nur um nichts zu entdecken, wenn man direkt hinschaute. So fühlte sie sich gegenüber Ash, so, als ginge da mehr vor, als sie sehen konnte, wissen konnte, und das machte sie argwöhnisch.

Aber kann ich meinen Gefühlen trauen? Irgendeinem davon?

Und selbst wenn ich ihm vertrauen kann, wird er verstehen?

Kann er?

13

Sie hatte sich noch nicht entschieden, wie sie Ash die Situation erklären würde. Wie viel sie ihm erzählen sollte.

Soll ich ihm sagen, wie verwirrt ich bin? Soll ich ihm sagen, dass ich Angst habe? Soll ich ihm sagen, dass ich mich nicht an uns erinnern kann?

Sie wusste es nicht.

»Riley?«

Sie merkte, dass sie die leere Verpackung zusammengeknotet hatte, zwei Mal, und zwang sich, damit aufzuhören. »Ja?«

»Du hast mir nicht viel über deine Arbeit erzählt, zumindest nicht in Einzelheiten. Aber was du erzählt hast und was ich von dir weiß, sagt mir, dass du deine Fähigkeiten fast dein ganzen Leben lang benutzt hast. Ja?«

»Seit ich Kind war.«

»Und wir haben bereits darüber gesprochen, dass sowohl deine Militär- als auch deine FBI-Ausbildung und Erfahrung dich darauf vorbereitet haben, mit fast jeder Eventualität fertigzuwerden.«

Riley antwortete nicht, da es keine Frage war, und als er den Hummer in der Nähe des Hundeparks abstellte, drehte sie sich etwas zur Seite, um Ash anschauen zu können.

Ash stellte den Motor ab, erwiderte ihren Blick und nickte leicht.

»Da das so ist, muss ich dich fragen, was bei dieser Situation für dich anders ist.«

»Ich habe dir gesagt, dass ich mich während einer Ermittlung nie mit jemandem einlasse.«

»Ja, aber ich spreche nicht von uns. Ich spreche von dir.«

»Ash ...«

»Du hast Angst. Und ich will wissen, warum.«

Nach einem Moment erwiderte sie: »Ist das so deutlich zu erkennen?«

Er schüttelte den Kopf. »Wenn ich dich nicht so gut kennen würde, hätte ich nie das Geringste davon gemerkt. Du hast dich durch nichts verraten, was du gesagt oder getan hast, eigentlich. Du bist nur in den letzten Tagen ein wenig ... anders gewesen. Stiller. Langsamer in der Reaktion, beim Beantworten von Fragen. Und du hast dich jede Nacht herumgewälzt. Also nicht so wie sonst.«

»Und du hast das als Angst interpretiert?«

»Zuerst nicht. Ich kann mir vorstellen, dass dich sehr wenig verängstigt, und ich bin mir ziemlich sicher, dass du Dinge gesehen hast, bei denen mir die Haare zu Berge stehen würden. Also war Angst nicht die erste Möglichkeit, an die ich gedacht habe, als ich merkte, dass etwas nicht stimmt.«

Riley wartete.

»Aber dann dämmerte mir, dass trotz allem, was du mir erzählt hast, dein stark beschleunigter Energieverbrauch der letzten Tage doch ungewöhnlich war. Selbst während eines Falles. Und dass du entweder nicht wusstest, warum das passiert, oder verunsichert warst, weil du es nicht kontrollieren konntest. Kontrolle ist für dich ein wichtiges Thema, das wissen wir beide. Eine Eigenschaft, die wir gemeinsam haben.«

»Was dich auf den Gedanken gebracht hat, dass ich vermutlich Angst hatte.«

»Wenn man in seinem Leben etwas nicht kontrollieren kann, ist Angst möglich; das ist eine natürliche Reaktion, egal, welche Art Ausbildung man durchlaufen hat. Wenn man etwas in sich selbst nicht kontrollieren kann, ist Angst so gut wie unvermeidbar, besonders bei Menschen wie uns.«

»Ergibt einen Sinn«, wiederholte sie seine vorherige Bemerkung. »Und gut erkannt.«

»Zutreffend?«

Riley nickte widerstrebend. »Zutreffend genug. Es ist … ich habe so eine Situation noch nie erlebt.«

»In welcher Weise?«

Wieder zögerte sie, noch immer mit jagenden Gedanken, noch immer hin- und hergerissen zwischen Ungewissheit und Vorsicht, gab sich dann aber schließlich einen Ruck. Sie musste ihm vertrauen. Ihr blieb keine andere Wahl. »Die Verbrennungen an meinem Nacken?«

Seine Augen verengten sich. »Ja?«

»Stammen nicht von einem Lockenstab. Anscheinend wurde ich irgendwann Sonntagnacht von einem Elektroschocker … außer Gefecht gesetzt.«

»Du wurdest angegriffen?«

»Anscheinend.«

Ash atmete ein und langsam wieder aus. »Du hast das Wort zwei Mal benutzt. Anscheinend. Du weißt es nicht?«

»Ich kann mich nicht erinnern.«

Er kapierte schnell. »Der Stromschlag. Hat er sich auf dein Gehirn ausgewirkt?«

Riley nickte. »Auf mein Gedächtnis. Meine Sinne. Sämtliche Sinne, selbst die zusätzlichen. Seitdem taste ich mich durch. Um aufzuholen, mich zu erinnern. Um mir Dinge zusammenzureimen.«

»Himmel, Riley. Du erinnerst dich nicht, was du getan hast, mit wem du zusammen warst?«

»Nicht an vieles. Und es ist ein bisschen schwierig, die Dinge zusammenzusetzen, ohne zuzugeben, dass ich keine Ahnung habe, was passiert ist.«

»Und das höre ich erst jetzt?«

Sie antwortete in ruhigem Ton. »Stell dir vor, du wachst mit einem durchlöcherten Gedächtnis auf. Stell dir vor, dass du beim Aufwachen mit getrocknetem Blut verschmiert bist. Und dann stell dir vor, dass du, noch ehe du wieder richtig auf den Füßen stehst und dahinterkommen kannst, was passiert ist, zum Tatort eines grausigen Mordes gerufen wirst.« Riley gelang ein Schulterzucken. »Ich habe eine Weile gebraucht, mir über die Beteiligten klar zu werden, ganz zu schweigen von den Vorgängen. Daran arbeite ich immer noch.«

»Getrocknetes Blut an dir?«

»Das war der Teil der Nachricht aus Quantico, den ich Jake nicht erklären wollte: *Erster Test: menschlich.* Das Blut an meiner Kleidung war menschlich; mein Chef hat den Test angeordnet.«

Langsam sagte Ash: »Und der zweite Test ergab, dass das Blut dieselbe Blutgruppe hat wie der Spender. Also stimmte das Blut an dir mit dem aus dem Magen des Opfers überein?«

Riley nickte. »Ich habe keine Ahnung, wie es an meine Kleidung gekommen ist, aber die offensichtliche Möglichkeit wäre, dass ich dort war. Zu irgendeinem Zeitpunkt vor, während oder nach dem Mord war ich dort. Auf irgendeine Weise beteiligt.«

»Du hast niemanden umgebracht«, sagte er sofort.

»Das hoffe ich jedenfalls. Doch ich kann das Blut nicht erklären. Und bis ich das kann, scheint es mir keine gute

Idee, das alles Jake zu erklären. Vor allem, da er momentan nicht besonders glücklich mit mir ist.«

Ash runzelte die Brauen.

»Warte mal. Sonntagabend hast du – unerwartet – verkündet, du bräuchtest Zeit für dich, und hast mich weggeschickt. Was bedeutet, du wusstest, dass etwas passieren würde.«

»Oder dass ich allein etwas überprüfen wollte, ja, davon können wir ausgehen.«

»Aber du erinnerst dich nicht, wohin du wolltest oder warum?«

»Leider nicht.«

Er richtete den Blick nach vorne, starrte durch die Windschutzscheibe, während seine langen Finger auf dem Lenkrad trommelten. Dann schaute er Riley wieder an, diesmal mit einer gewissen Verärgerung. »Du bist nicht bloß hergekommen, um Urlaub zu machen, oder, Riley?«

Also habe ich ihm das nicht anvertraut. Warum nicht?

Verdammt, warum nicht?

»Riley ...«

»Es ist nie bloß ein Urlaub für mich. Nie.«

Mobile, Alabama
Vor 2 1/2 Jahren

Inzwischen hätte man Riley mit verbundenen Augen irgendwo im Südwesten oder entlang der Golfküste absetzen können, und sie hätte einen Küstenort oder eine an einem Fluss gelegene Stadt allein am Geruch erkannt. Allmählich hatte sie es satt. Dieser modrige, schlammige, leicht säuerliche Geruch erinnerte sie an Feuchtigkeit und Fäulnis und Blut.

Was eigentlich nicht überraschend war angesichts der vielen zerstückelten Leichen, vor denen sie in ansonsten hübschen Küstenstädten gestanden hatte.

Diesmal wartete Riley nicht darauf, dass der Mörder zuschlug. Sie hatte sich nicht nach Mobile treiben lassen und unter die Menschen gemischt, um in der Anonymität aufzugehen, während sie ihren Sinnen Zeit gab, sich anzupassen, was bis dato der Schlachtplan gewesen war.

Nach New Orleans konnte Riley nicht mehr ruhig abwarten. Ob es daran lag, dass dieser spezielle Mörder ihr beruflich den Fehdehandschuh vor die Füße geworfen hatte oder sie sich persönlich angegriffen fühlte, die Tatsache blieb bestehen, dass sie sich sicher war, es sei ihm irgendwie gelungen, ihren Geist zu berühren, mehr, als sie seinen berührt hatte.

Und das war für Riley eine verdammt starke Motivation, den Fall zu lösen und diesen Mörder so bald wie möglich hinter Gitter zu bringen.

Also benutzte sie trotz Bishops Warnung, trotz ihrer eigenen mulmigen Bedenken jeden Trick an Konzentration und Fokussierung, den sie in ihrem Leben gelernt hatte, um vom ersten Augenblick in dieser Stadt mit ihm in Verbindung zu treten.

So sollten ihre Fähigkeiten eigentlich nicht eingesetzt werden. Sie hatte sich schon zuvor mit anderen in Verbindung gesetzt. Bishop behauptete, ihre sekundäre oder Hilfsfähigkeit sei Telepathie, und da er selbst Telepath war, sollte er es wissen. Doch im Allgemeinen war Telepathie nur ein Echoimpuls auf ihrem persönlichen Radar, und ihr Hellsehen nahm die Form an, Informationen aus ihrer Umgebung und von anderen Menschen aufzufangen. Gegenstände oder Menschen zu berühren machte es leichter, aber nicht immer. Manchmal fing sie absolut nichts auf. Und bei ein paar erinnerungswürdigen Gelegenheiten war sie von Informationen völlig überhäuft worden, was sie mental durcheinandergebracht und körperlich erschöpft hatte – ein wirklich beunruhigendes Erlebnis, das sie nur ungern wiederholen wollte, jedoch weder kontrollieren noch vorhersagen konnte.

Kosmische Ironie. Eine nicht allzu sanfte Erinnerung des Universums, dass die Gaben nie ohne Bedingungen verliehen wurden.

Auf jeden Fall hatten ihre eigenen »Gaben« viel harmlosere Auswirkungen als das, was viele Paragnosten erlebten. Kein Schmerz, keine Desorientierung, keine Visionen, die sie aus dem Hier und Jetzt rissen. Meistens merkte sie nur, dass etwas in ihrem Geist hochstieg, auf und ab hüpfte, um ihre Aufmerksamkeit zu wecken, wie Strandgut auf einer Welle. Eine Tatsache, ein Gefühl, eine Gewissheit.

Darüber hinauszureichen, sich absichtlich zu öffnen, um von einem düsteren und abartigen Mörder etwas zu empfangen, war sowohl riskant als auch beispiellos, wenigstens was sie betraf.

Sie war sich nicht mal sicher, wie sie das bewerkstelligen sollte, außer sich zu konzentrieren, an diesen Schlächter zu denken und wie sehr sie ihn zur Strecke bringen wollte …

Willkommen in Mobile, kleines Mädchen.

Riley blieb abrupt stehen. Sie befand sich in einer Nebenstraße der Innenstadt von Mobile, nahe einer gut beleuchteten Straßenecke, wo an einem typischen Werktagsabend Menschen zu Fuß und in Autos vorbeikamen.

Die Passanten kümmerten sich nicht weiter darum, als sich Riley an einem Haus abstützte, eher um emotionalen als um körperlichen Halt zu finden.

Es gab keine Worte, um zu beschreiben, wie kalt und schleimig seine Gedanken in ihrem Kopf waren. Alles in ihr schreckte zurück, doch sie zwang sich, ruhig und schweigend dazustehen und ihre Umgebung auszusperren, bis sie nichts mehr sah, nichts fühlte, nichts hörte als diese Stimme in ihrem Kopf.

Diese Präsenz.

Ich wusste, dass du kommen würdest. Wusste, dass du mir folgen würdest.

»Wo bist du?«, flüsterte sie, merkte nicht mal, dass sie ihre Augen schloss, um sich besser konzentrieren zu können.

Ganz in der Nähe, kleines Mädchen. Näher als je zuvor.

»Wo?«

Spürst du meinen Atem in deinem Nacken nicht?

Sie zwang sich, stehen zu bleiben, ohne sich umzudrehen, das eisige Frösteln nicht zu verraten, das sie in der feuchtwarmen Nacht bis auf die Knochen frieren ließ.

»Wo bist du, du Dreckskerl?«

So schnell du auch warst, ich war vor dir hier. Ich habe auf dich gewartet, kleines Mädchen.

»Du gottverdammter …«

Ich habe dir ein Geschenk hinterlassen.

Riley riss die Augen auf und zuckte heftig zusammen, als wäre sie geschlagen worden. »Nein«, murmelte sie. »O nein …«

Sie würde ein weiteres Opfer finden.

Eine weitere verstümmelte Leiche. Eine weitere zerstörte Familie.

Sie hatte versagt.

Wieder.

Armes kleines Mädchen. Solcher Schmerz. Aber mach dir keine Sorgen.

Du bekommst noch eine Chance. Wir treffen uns wieder, Riley.

»Riley?«

Sie löste sich von der Vergangenheit, war bemüht, sich auf das Hier und Jetzt zu konzentrieren, und fragte sich, warum sie, wenn sie mit diesem Mann schlief, ihm den wirklichen Grund für ihre Anwesenheit auf Opal Island verschwiegen hatte.

Hatte sie ihm vor dem Taserangriff vertraut? Oder war da, zwischen den anderen verlorenen Erinnerungen, ein Grund, warum sie ihm erlaubt hatte, ihr Bett zu teilen, ohne ihre Wahrheiten mit ihm zu teilen?

Aber sie hatte bereits den Schritt gewagt, daher schob sie die Zweifel beiseite, atmete tief durch und antwortete ihm ehrlich.

»Gordon hat sich mit mir in Verbindung gesetzt, kurz bevor ich herkam. Die Brände, die Zeichen und Symbole, die auf Okkultes hindeuteten, beunruhigten ihn. Er hat genug von der Welt gesehen, genug Abgründiges, um zu wissen, dass hier etwas vorging und dass es schlimmer werden würde. Er bat mich, es zu überprüfen. Natürlich inoffiziell.

Als er anrief, hatte ich gerade einen Fall abgeschlossen, hatte genügend Urlaubstage angesammelt, und die Einheit hatte im Moment nicht zu viel zu tun. Also stimmte mein Chef zu. Keine formelle Ermittlung, nur ein Gefallen für einen Freund.«

»Warum hast du mir das nicht erzählt, Riley? Wir haben über die Brandstiftungen gesprochen, darüber, wie nervös die Leute wurden – selbst über die Möglichkeit okkulter Aktivitäten. Du hast mir erzählt, das Okkulte sei eine deiner Spezialitäten bei der SCU. Aber du hast nie erwähnt, das sei der Grund, warum du hierhergekommen wärst.«

Weil ich dir nicht genug vertraute? Weil ich befürchte-

te – oder wusste –, dass du etwas damit zu tun hast? Oder weil mir zum ersten Mal mein Privatleben mehr bedeutete als das berufliche und ich nicht wollte, dass sie sich vermischten?

Warum konnte sie nicht richtig denken? Warum wusste sie nicht, was sie von ihm halten sollte?

»Riley?«

»Ich weiß es nicht. Ich weiß nicht, warum. Ich erinnere mich nicht, Ash.«

Wieder verengten sich seine Augen. »Du erinnerst dich nicht? Soll das heißen, es geht nicht nur darum, dass du dich nicht daran erinnern kannst, was Sonntagnacht passiert ist?«

Sie nickte widerstrebend. »Als ich am Montag aufwachte, herrschte über das meiste, was in den letzten drei Wochen passiert ist, in meinem Kopf völlige Leere.«

»Das meiste?« Die Entschlossenheit des Anwalts, Dinge genau festzulegen.

»Fast alles«, gab sie zu. »Da waren Blitze. Gesichter. Erinnerungsfetzen, die sich wie Rauch auflösten, wenn ich sie festhalten wollte. Gordon und mein Chef mussten mir sagen, warum ich hier bin.«

»Dann hast du dich also auch nicht an uns erinnert.«

»Nein«, sagte Riley. »Ich habe mich nicht an uns erinnert.«

»Du hast mich zum Narren gehalten, weiß Gott«, sagte Ash.

Riley sah ihn einen Moment lang an, öffnete den Sicherheitsgurt und stieg aus dem Auto. Sie ging auf den Eingang des Hundeparks zu, nicht überrascht, dass er verlassen dalag. Nur ein Deputy hielt an dem Loch im Zaun nahe des Waldstücks gelangweilt Wache.

Morde machen die Menschen nervös. Bei grausigen Morden mit möglichen satanischen Elementen geraten sie nahezu in Panik. Riley konnte sich vorstellen, dass die meisten Hundebesitzer mit ihren Tieren inzwischen lieber an den Strand gingen.

»Riley …«

Als er sie am Arm packte und zu sich herumwirbelte, hätte sie sich fast gewehrt. Fast. Die Instinkte des Selbstverteidigungstrainings waren wenigstens noch sehr lebendig in ihr und saßen so tief, dass sie Teil von ihr waren. Noch bevor sie in den Kindergarten kam, hatte ihr Vater ihr beigebracht, wie man einen größeren Gegner über die Schulter wirft – und ihn überwältigt.

Sie war mehr als ein wenig überrascht, dass sie Ash nicht den Kopf abgerissen hatte. Sehr interessant. Wichtig? Sie wusste es nicht.

Sie blickte auf die Hand, die ihren Arm gepackt hielt, blieb reglos stehen und sprach nicht, bis er leise fluchte und sie losließ. Danach verschränkte sie bloß die Arme und wartete.

»Hör zu, wenn jemand das Recht hat, deswegen sauer zu sein, dann bin ich das wohl«, sagte er mit leiser Stimme, damit der einige Meter entfernt stehende Deputy ihn nicht hörte.

»Ach, wirklich?« Sie starrte ihn an, machte die leise Schärfe in seiner Stimme durch ihre eigene wett. »Jemand hat mich *angegriffen*. Er oder sie hat mir einen Elektroschocker an den Kopf gehalten und eine volle Ladung in mein *Gehirn* abgefeuert. Und nicht nur die übliche Taserladung, dazu gedacht, jemanden vorübergehend aus dem Verkehr zu ziehen. Das war eine wesentlich höher aufgeladene Waffe, Ash, eine Waffe, die höchstwahrscheinlich zum Töten gedacht war. Der Schlag hat mich nicht getötet, aber er hat mich zu Fall gebracht und mit Sicherheit mehr Schaden angerichtet, als nur mein Gedächtnis zu löschen. Also verzeih mir, dass ich für ein paar Tage so getan habe, als sei nichts passiert, während ich herauszufinden versuchte, wem zum Teufel ich trauen konnte.«

»Bisher«, sagte Leah zum Sheriff, »hat sich bei den Hintergrundermittlungen nichts Ungewöhnliches herausgestellt.«

Er schaute finster. »Was, nicht mal ein Strafzettel für Falschparken?«

»Das hab ich nicht gesagt.« Sie reichte ihm einen Ausdruck. »Drei von ihnen haben eine schlechte Kreditwürdigkeit.«

Er warf ihr einen Blick zu. »Versuchen Sie, witzig zu sein?«

»Sicherlich nicht.« Sie hockte auf der Armlehne eines seiner Besucherstühle und lächelte schwach. »Ich will damit nur sagen, dass keiner von ihnen vorbestraft ist. Ein paar Vorladungen vor die Zivilkammer – Scheidung, Sorgerecht, Grundstücksstreitigkeit –, aber absolut nichts Kriminelles. Soweit wir feststellen konnten, ist die Gruppe im Pearson-Haus sauber.«

Er grunzte. »Außer jemand hat einen falschen Namen angegeben.«

»Sie hatten Ausweispapiere«, warf sie ein.

»Und wie schwer ist es heutzutage, die zu fälschen? Himmel, man kann sich im Internet eine neue Identität kaufen.«

Geduldig sagte sie: »Die Papiere sahen alle echt aus.«

»Ja, ja.« Stirnrunzelnd blickte er auf den Bericht, den sie ihm gegeben hatte. »Grabt weiter.«

»Und wenn wir den Boden erreicht haben?«

»Dann grabt noch ein bisschen tiefer.«

»In Ordnung.« Sie erhob sich, hielt aber auf dem Weg zur Tür inne. »Sie wissen, dass wir, falls wir nichts finden und die nicht mit uns reden wollen, keine rechtliche Möglichkeit haben, sie wegen des Mordes zu befragen. Nichts, was wir bisher gefunden haben, bringt sie mit dem Tatort in Verbindung, und bevor wir nicht herausfinden, wer das Opfer war …«

»Das ist auch etwas, was ich nicht kapiere«, sagte Jake. »Wir hätten ihn inzwischen längst identifizieren müssen. Bei der Größe dieser County hatten wir Zeit, mit beinahe jedem zu reden – jedenfalls, an jede Tür zu klopfen.«

»Fast«, sagte sie. »Tim glaubt, dass unsere Teams gegen Abend damit durch sind. Zumindest mit jeder Tür auf der Insel und den meisten in Castle. Für die gesamte County werden wir noch ein paar Tage brauchen.«

»Wir brauchen mehr Leute«, murmelte er.

Sie zögerte, sagte dann: »Na ja, im Allgemeinen brauchen wir die nicht.«

»Erinnern Sie mich nicht daran, dass ich die Staatspolizei rufen könnte.«

»Daran muss ich Sie nicht erinnern.« Leah zuckte die Schultern. »Die würden sowieso erst mal nur Zeit verschwenden, bis sie auf dem Laufenden sind, bevor sie uns eine echte Hilfe wären. Ich bin mir sicher, Riley wird das wettmachen.«

»Ich mir nicht.« Bevor sie antworten konnte, fügte er hinzu: »Sind Riley und Ash immer noch im Konferenzraum?«

»Nein, sie sind vor einer Weile gegangen.«

»Wohin?«

»Haben sie nicht gesagt.«

Sein Stirnrunzeln wurde noch finsterer. »Finden Sie es heraus, verdammt.«

Leah stellte keine Frage oder widersprach, sondern nickte nur und verließ das Büro, um seinen Befehl auszuführen. Sie war schon lange genug einer von Jake Ballards Deputys, um die Zeichen einer aufsteigenden Wut zu erkennen, und obwohl er selten völlig ausrastete, war er dann kein schöner Anblick.

Sie kehrte an ihren Schreibtisch zurück, beinahe allein in der Einsatzzentrale, da praktisch jeder Deputy mit der Haus-zu-Haus-Befragung beschäftigt war. Leah versuchte es zuerst auf Rileys Handy und war kaum überrascht, dass sie nur die Voicemail erreichte.

»Ich weiß nicht, warum sie überhaupt ein Handy dabeihat«, murmelte sie vor sich hin, als sie auflegte, ohne eine Nachricht zu hinterlassen. »Das Ding scheint nie zu funktionieren.«

Ein Nachteil davon, Paragnost zu sein, hatte Riley ihr erklärt. Irgendwas wegen der elektromagnetischen Energie.

Soweit Leah das verstand, war Riley irgendwie ständig aufgeladen. Selbst ihre Kreditkarten mussten in einer speziellen Hülle stecken, und die von der SCU entworfenen Handyhüllen schützten nur teilweise und gelegentlich, weil die Telefone Signale senden und empfangen mussten, um von Nutzen zu sein.

Schwierig, nahm Leah an, etwas zu entwerfen, das ein Gerät vor elektromagnetischer Energie schützte, wenn dieses Gerät Energie brauchte, um zu funktionieren.

Sie kramte auf ihrem unordentlichen Schreibtisch herum, auf der Suche nach Ashs Visitenkarte mit dessen Handynummer, als der Deputy vom Empfang hereinkam.

»He, Leah – wir haben vielleicht was.«

Sie schaute zu Tim Deviney auf, hob die Brauen. »Ja? Von der Haus-zu-Haus-Befragung?«

Er nickte. »Einer der Mieter hat die Tür nicht geöffnet,

und die Nachbarn haben ihn seit dem Wochenende nicht mehr gesehen. Das Team war noch zwei Mal da, aber er hat nicht aufgemacht, und es gibt keine Spur von ihm.«

Leah runzelte die Stirn. »Ein einzelner Mieter? War er auf unserer ersten Liste?«

»Nein, der Vermieter dachte, der Mann käme mit seiner Familie, weil es eines der großen Häuser ist, daher hatte niemand eine Ahnung, dass er allein war.«

»Haben wir einen Namen?«, fragte sie.

»Ja. Tate. Wesley Tate.«

14

Nach einigem Zögern stieß Ash einen kurzen Seufzer aus. »Okay. Hab verstanden. Du hast mehr recht, sauer zu sein.« – »Vielen Dank.«

Sie sahen sich an, dann lächelte er. »Du hast also entschieden, dass ich derjenige bin, dem du trauen kannst?«

Mit Blick auf den sie beobachtenden Deputy senkte Riley erneut die Stimme. »Na ja, schließlich schlafe ich mit dir. Ich weiß nicht, ob du dir dessen bewusst bist, aber ich habe nicht die Gewohnheit, mit Männern zu schlafen, die ich kaum kenne.«

»Das hast du erwähnt.«

Ihre Augen verengten sich. »Kannst du mir sagen, warum ich bei dir eine Ausnahme gemacht habe?«

Sein Lächeln wurde breiter. »Weißt du, ich glaube, ich warte eine Weile, um zu sehen, ob der Teil deiner Erinnerung zurückkommt.«

»Mistkerl.«

»Ich sagte, du hättest mehr recht, sauer zu sein, was nicht heißt, dass ich nicht ebenfalls sauer bin. Du bist eine verdammt gute Schauspielerin, Riley. Mir mag zwar langsam aufgegangen sein, dass irgendwas nicht stimmte, aber ich wäre nie darauf gekommen, dass ich ein Fremder für dich bin.«

Sie räusperte sich.

»Kein total Fremder. Auch wenn mir mein Gedächtnis abhandengekommen ist, haben andere Teile von mir … Sagen wir mal, mir sind manche Dinge schneller wieder eingefallen als andere.«

»Ja, wir haben uns von Anfang an gut im Bett verstanden«, sagte er. »Ich wäre ernsthaft beleidigt gewesen, wenn du das vergessen hättest.«

»Das denk ich mir.«

»Ist ,ne Männersache.«

»So, so. Na gut, während du dir auf die Brust trommelst, gehe ich mal los und schaue, ob ich irgendwas am Tatort aufschnappen kann.«

Ash wurde wieder ernst. »Hör zu, ich muss mich nicht mit übernatürlichen Fähigkeiten auskennen, Riley, um zu erkennen, dass das keine gute Idee ist.«

»Vermutlich nicht, aber das ist die einzige, die ich im Moment habe.« Sie schüttelte den Kopf. »Gordon konnte mir nicht viel erzählen, weil ich ihm nicht viel erzählt habe. Ich mache mir während einer Ermittlung nie Notizen oder schreibe fortlaufende Berichte – das habe ich erst jetzt angefangen, falls mein Hirn verdrehter ist, als ich glaube –, daher habe ich keine Spur aus Brotkrumen, der ich folgen kann. Ich weiß nicht, was hier vorgeht. Ich weiß nicht, was ich in den vergangenen Wochen erfahren habe. Ich weiß nur, dass jemand mich angegriffen hat und ein Mann tot ist.«

»Und dein Chef hat dich ohne Verstärkung hiergelassen?«

Riley erklärte kurz, wie beschäftigt das restliche Team mit eigenen Fällen war, und fügte hinzu: »Bishop wollte mich nach Quantico zurückbeordern, aber ich habe es ihm ausgeredet. Ich muss ihm jedoch jeden Tag Bericht erstatten, und wenn ich mich heute bei ihm melde, möchte ich verdammt sicher sein, ihm einige Antworten liefern zu können. Andernfalls, wenn er hört, was gestern passiert ist …«

»Was ist gestern passiert?«

Mist.

Widerstrebend gab sie zu: »Ich habe ein paar weitere Stunden verloren.«

»Wie bitte?«

»Du hast richtig gehört. Diesmal etwa zwölf Stunden. Von gestern Nachmittag bis heute Morgen.«

»Gestern Abend schienst du völlig in Ordnung, Riley.«

»Muss wohl so sein. Auf jeden Fall scheine ich … funktionsfähig gewesen zu sein. Habe an meinem Laptop gearbeitet, mit diesem verdammten Bericht begonnen. Ich kann mich nur nicht daran erinnern.«

»Großer Gott. Kannst du mir erklären, warum du nicht in einem Krankenhaus bist?«

»Dort wüsste man nicht, was man mit mir anfangen soll, Ash. Die medizinische Wissenschaft weiß über das menschliche Gehirn kaum mehr, als nicht zu wissen, wofür der größte Teil benutzt wird. Und soweit die SCU feststellen konnte, ist das wahrscheinlich der Teil, den Paragnosten benutzen.«

Er runzelte die Stirn. »Soll das heißen, medizinische Untersuchungen würden keine organischen Ursachen für die Blackouts finden?«

»Das soll heißen, sie würden mir keine Informationen liefern, die ich nicht bereits habe. Und dass es nichts ist, auf das ein Arzt ein Pflaster kleben und mich mit einem Rezept nach Hause schicken kann.« – »Riley …«

»Hör zu, du musst mir in dem Punkt vertrauen. Welchen Schaden der Taser auch angerichtet hat, die Medizin kann ihn nicht beheben. Wenn ich Zugang zu meinen hellseherischen Fähigkeiten finde, mein Gehirn und meine Sinne so einsetze, wie ich es immer getan habe, kann ich die Sache vielleicht wieder geradebiegen. Vielleicht.«

»Keine Garantie.«

»Nein.«

»Es könnte alles noch schlimmer machen.«

»Das ist ebenso gut möglich«, gab sie zu.

»Hast du deswegen beschlossen, mir endlich die Wahrheit zu sagen? Weil du Angst hast, es könnte schlimmer werden, du könntest noch mehr Zeit verlieren? Sind das die Schwierigkeiten, die du erwartest?«

»Ich hoffe natürlich, dass es keine Schwierigkeiten geben wird. Aber wenn dem so ist, wenn ich mehr Zeit verliere, brauche ich jemanden, der mich im Auge behält.« Riley holte Luft und atmete langsam wieder aus. »Ich weiß wirklich nicht, was passieren kann, wenn es mir gelingt, Zugang zu meinen hellseherischen Fähigkeiten zu bekommen. Vielleicht nichts. Vielleicht ist dieser Sinn vollkommen verschwunden. Bisher ist es mir jedenfalls nicht gelungen, ihn einzusetzen.«

Ash zog sie in seine Arme.

Riley war ein wenig überrascht, aber sie merkte, wie sie ihre Arme um seine Taille schlang und dabei ein zittriges Gefühl der Erleichterung verspürte. Vielleicht war sie doch nicht so allein, wie sie gedacht hatte.

»Wir stehen das durch«, versicherte er ihr. »Und egal, was du glaubst, du bist sehr viel mehr als nur eine Paragnostin.«

»Willst du mich vorbereiten, falls ich meine Sinne tatsächlich verloren habe?«, murmelte sie.

»Das ist nur ein Teil von dir, Riley. Nicht das Ganze.«

»Wenn du das sagst.«

Er ließ seinen Arm um ihre Schultern gelegt, während sie durch den Hundepark zum Loch im Zaun gingen. »Vertrau mir auch darin. Außerdem mache ich mir sehr viel mehr Sorgen wegen dieser Blackouts.«

»Nicht nur du, Kumpel.«

Der am Zaun Wache haltende Deputy kannte sie anscheinend beide, nickte nur und tippte sich mit einem höflichen Murmeln an die Mütze, als sie vorbeikamen, doch sein schwaches Lächeln verriet deutlich genug, dass er die Umarmung mit Interesse und ohne Überraschung beobachtet hatte.

»Daraus schließe ich, dass alle über uns Bescheid wissen«, sagte sie trocken.

»Wir haben kein Geheimnis daraus gemacht. Warum sollten wir? Wir sind beide ungebunden und volljährig.«

»Ich ... neige bloß dazu, mein Privatleben für mich zu behalten, mehr nicht.«

»Eine weitere Frage, die dich beschäftigt?«

»Sagen wir, ein weiteres Zeichen, dass etwas anders war. Dass sich etwas verändert hat, nachdem ich herkam. Und es ist sehr frustrierend, nicht zu wissen, was das war.«

Ashs Arm legte sich fester um sie, doch er sagte nur: »Ich wette mit dir, dass es das wert war. Ich bezweifle stark, dass du in deinem Leben je einen Kampf verloren hast. Jedenfalls keinen, auf den es ankam.«

Riley hatte schon auf der Zunge, dass er diese Wette verlieren würde, aber inzwischen hatten sie die immer noch mit gelbem Band abgesperrte Lichtung erreicht, und Riley bemühte sich, alles andere aus ihrem Kopf zu verbannen.

»Was jetzt?«, fragte Ash.

»Jetzt«, antwortete Riley, »versuche ich, meine Arbeit zu tun. Warte hier, wenn's dir nichts ausmacht.«

Er protestierte nicht, schaute nur zu, wie sie sich unter dem Band hindurchduckte und auf die Felsen in der Mitte der Lichtung zuging. »Kann ich dir irgendwie helfen?«

»Na ja, wenn sich mein Kopf zu drehen beginnt und ich alles mit Erbsensuppe vollkotze, zieh bitte meinen Arsch hier raus.«

»Bitte sag mir, dass du nur Witze machst.«

Sie schaute über die Schulter zurück und lächelte ihn an. »Ja. Behalt mich einfach im Auge, okay? Wenn dir etwas merkwürdig oder falsch vorkommt, unterbrich die Verbindung.«

»Welche Verbindung?«

»Diese.«

Riley wandte ihren Blick den Felsen zu, atmete tief ein und konzentrierte sich darauf, alle Sinne zu öffnen, die sie besaß. Dann streckte sie die Arme aus und legte beide Hände fest auf den Stein, der als Altar gedient haben könnte.

In dem Moment, als ihre Hände den rauen Stein berührten, hatte sie unwillkürlich die Augen geschlossen. Obwohl die Blutspritzer zu rostigen Flecken verblichen waren, die man für natürliche Farbabweichungen im Gestein halten konnte, war ihr nur zu bewusst, was sie in Wirklichkeit waren, und es erforderte ihre gesamte Willenskraft, sich ihnen absichtlich zu öffnen.

Sie hatte eigentlich nicht damit gerechnet, dass etwas passieren würde, angesichts der allgemeinen Abwesenheit ihrer Sinne.

Doch fast augenblicklich merkte Riley, dass etwas passiert war. Als sei ein Schalter umgelegt oder eine Klappe geschlossen worden, war sie abrupt von völliger Stille umgeben.

Keine Vögel. Keine fernen Geräusche von Verkehr und Menschen.

Sie hörte nur noch ihren plötzlich flachen Atem.

Riley zwang sich, die Augen zu öffnen, prallte heftig vom Altar ab und stolperte zurück.

Der beißende Rauch des Feuers stach ihr in die Nase, der Gestank durch den Schwefel noch verstärkt. Hinter der vom Feuer erhellten Lichtung wirkte der Wald meilentief und uralt, ein undurchdringlicher Wächter der hier stattfindenden Zeremonie.

Die in Roben gekleideten Gestalten, die nicht weit entfernt um das Feuer tanzten, waren Riley vertraut, aber nur in Bewegungen und Gesten, dem leisen Singen in einer Sprache, die der größte Teil der modernen Welt vergessen hatte. Die Gesichter konnte sie nicht erkennen. Niemand schien ihre Anwesenheit zu bemerken.

Auf jeden Fall waren es nicht die in Roben gekleideten Zelebranten, die ihren faszinierten Blick festhielten, sondern der offene Sarg, der auf dem Felsaltar stand.

Rileys erster Gedanke war, wie schwierig es gewesen sein musste, diesen offensichtlich speziell angefertigten Sarg hierherzubringen. Und noch schwieriger, ihn beim Transport vor Beobachtern zu verbergen, so groß, wie er war. Aber dann erkannte sie, dass der Sarg, verziert und vergoldet, wie er zuerst wirkte, tatsächlich aus einer Art fester Pappe bestand. Er passte ziemlich genau auf den flachen Fels, von dem sie angenommen hatten, dass er als Altar dienen könnte.

Und jemand lag in dem Sarg.

Die Frau trug eine schwarze Kapuze, daher konnte Riley ihr Gesicht nicht sehen. Ansonsten war sie nackt, die Arme in der traditionellen Totenhaltung über der Brust verschränkt. Aber ihre Knie waren angewinkelt, die Beine gespreizt, in einer deutlichen, wenn auch obszönen Einladung für einen Liebhaber.

Am Fuße des Sargs, auf einem der kleineren Felsen, stand ein weiterer, mit einer Robe bekleideter Zelebrant, der statt einer Kapuze eine Totenkopfmaske trug. Seine Arme waren erhoben, und er sang ein bisschen lauter als die anderen, führte sie eindeutig an. Seine Robe war offen, und darunter war er nackt.

Außerdem war er sexuell stark erregt.

Riley trat einen Schritt zurück und dann noch einen, während sich in ihrem Kopf Gedanken und Fragen überschlugen. Das alles war falsch, und nicht nur in dem Sinne, dass die meisten Menschen zweifellos entsetzt über diese Szene gewesen wären. Es war falsch, weil die *Zeremonie* falsch war. Da waren vertraute Elemente, Dinge, die sie erkannte, das Singen, die Kerzen und der Weihrauch; sogar der Sarg hatte seinen Platz bei satanischen Zeremonien – aber nicht wie hier.

Es hätte vor allem eine Feier des Lebens sein sollen, der Stärke und Macht des Animalischen im Menschen. Und Sexualität spielte eine wichtige Rolle dabei, aber ... das hier war falsch.

Bevor sie sich über all das klar werden konnte, hob sie zum ersten Mal den Blick und sah zu ihrer Verblüffung einen nackten Mann über dem Sarg hängen.

Er schien bewusstlos zu sein.

Riley versuchte, einen klaren Blick auf sein Gesicht zu bekommen, doch als drei der Zelebranten sich vom Kreis um das Feuer entfernten und zum Altar kamen, konnte sie nicht anders, als zu beobachten, was sie da taten.

Mit einer seltsam anmutigen, akrobatischen Bewegung halfen zwei von ihnen dem Dritten, auf den höchsten Fels zu steigen, sodass er parallel zu dem hängenden Mann stand.

Die Gestalt hatte ein kurzes Schwert in der Hand, wie Riley es in dieser Art noch nie gesehen hatte, und die scharfe Klinge schimmerte im Feuerlicht.

Die anderen beiden Zelebranten gingen zu dem hängenden Mann, und jeder packte einen seiner Fußknöchel.

Dann bewegten sie sich langsam rückwärts vom Altar weg, zogen seine Füße zurück und hielten ihn hoch, bis sein Oberkörper über dem Sarg und der darin wartenden Frau hing.

Als sie erkannte, was geschehen würde, wäre Riley instinktiv beinahe vorgetreten, hielt in dieser unwillkürlichen Bewegung jedoch inne, nachdem ihr einfiel, dass es bereits geschehen war. Oder dass sie eine Vision hatte. Oder dass das Ganze ein Fantasieprodukt ihres durch den Taser desorientierten Hirns und ihrer Einbildung war.

Wie auch immer: Was sie sah, passierte hier nicht in Wirklichkeit. Sie konnte nichts anderes tun, als entsetzt zuzuschauen.

Das Singen wurde lauter, die Gruppe um das Feuer tanzte hektischer – und dann läutete jemand, den Riley nicht sehen konnte, dreimal scharf eine Glocke.

Und alles erstarrte.

Nur das knisternde, zischende Feuer bot für einen ewig scheinenden Augenblick noch ein Zeichen von Leben. Und dann sprach der Mann am Fuße des Sargs mit scharfer Stimme einen Satz in Latein.

Blut ist die Macht? Hat er das gesagt?

Der Mann auf dem obersten Felsen beugte sich vor, packte den Kopf des Mannes an den Haaren und zog ihn weit genug zurück, um die scharfe Klinge an die ungeschützte Kehle zu führen.

Der Mann am Fuße des Sarges sprach erneut, wieder in Latein, einen kurzen Satz, den Riley sich einzuprägen versuchte.

Blut ist das Leben.

Dann, mit einer durch die Kapuze über ihrem Kopf gedämpften und unidentifizierbaren Stimme, sprach die Frau im Sarg. Ihre Worte waren ebenfalls lateinisch, und ihr Ton war auf unheimliche Weise verführerisch.

Ich bringe … dieses Opfer dar … und rufe durch das ver-

gossene Blut … das vergossene Leben … die Macht der Dunkelheit … die Macht des Bösen an … meinem Willen zu gehorchen.

Die Glocke wurde noch dreimal geschlagen, und beim dritten Schlag wurde die Kehle des hängenden Mannes durchschnitten.

Blut schoss heraus, spritzte auf den Sarg und die Frau darin. Sie öffnete ihre Arme, streckte sie aus, als hieße sie das Blut willkommen oder lockte einen Liebhaber zu sich. Ihre Hüften hoben und senkten sich rhythmisch. Rote Ströme bedeckten ihre Brust und ihren Bauch und flossen über die Innenseiten ihrer Schenkel hinab.

Die um das Feuer versammelten Zelebranten nahmen ihr Singen und Tanzen wieder auf, diesmal noch enthemmter, mit erhobenen Stimmen, während das Blut des hängenden Mannes aus seinem schlaffen Körper lief.

Der Mann am Fuße des Sargs sang ebenfalls, seine Stimme wurde lauter, frenetischer, bis die Frau in Zuckungen geriet und einen orgiastischen Laut ausstieß, worauf er seine Robe abwarf, in den Sarg kletterte und ihren sich windenden Körper bestieg.

Riley hob sich der Magen.

Sie wollte die Augen schließen oder wegschauen, doch beides gelang ihr nicht. Sie konnte nur dastehen und zuschauen, wie der obszöne Akt stattfand, während das Singen der anderen Zelebranten zu Schreien wurde und das Blut des sterbenden Mannes weiter auf die beiden im Sarg spritzte und Riley der Geruch von Weihrauch und Blut in Augen und Nase drang.

Das hier war falsch. In so vieler Hinsicht falsch …

»Riley!«

Mit einem Keuchen öffnete sie die Augen, vorübergehend

verwirrt und leicht schwindelig, während sie sich auf der taghellen Lichtung umschaute. Kein Sarg. Keine in Roben gekleideten Zelebranten. Kein Opfer, das über dem Altar hing.

Sie konnte immer noch das Blut riechen.

»Riley, was in Gottes Namen …«

Erst da merkte sie, dass Ash die Arme um sie geschlungen, sie zweifellos vom Altar fortgezerrt hatte, und sie bemühte sich, die Kraft zu finden, auf den Füßen zu bleiben und sich zu ihm umdrehen zu können. Sie war dankbar, dass seine Hände sie weiter an den Armen hielten.

Sonst wäre sie bestimmt zu Boden gesunken.

»Was hab ich gemacht?«, fragte sie, erkannte ihre belegte, krächzende Stimme kaum wieder.

»Du bist weiß wie die Wand geworden«, erwiderte er grimmig mit gerunzelten Brauen. »Und hast etwas geschrien, das ich nicht richtig verstehen konnte. Als ich dich erreichte, hast du gezittert und …«

Er hob die Hand und berührte ihre Wange, zeigte ihr die Feuchtigkeit auf seinen Fingerspitzen. » … geweint.«

»Oh.« Sie betrachtete den Beweis für ihre Tränen. »Ich frag mich, warum ich das getan hab. Ich war entsetzt, aber …«

»Entsetzt worüber? Riley, was zum Teufel ist da gerade passiert?«

Sie blickte zu ihm auf, wünschte, sie würde sich nicht so schwach und ausgelaugt fühlen, so total verwirrt. »Ich … habe gesehen, was hier passiert ist. Zumindest glaube ich das.«

»Den Mord?«

»Ja. Außer …« Sie bemühte sich, klar zu denken. »Außer dass es so nicht richtig war. Er war vorher nicht gefoltert worden. Und es hätte kein Blut auf den flachen Altarstein spritzen können, weil etwas darauf lag, den Stein fast vollständig bedeckte. Und es war zu viel Krach, jemand hätte es hören müssen. Und es war ... falsch. Was sie gesagt haben, was sie getan haben. In zu vieler Hinsicht falsch.«

»Willst du damit sagen, dass du eine Art Vision hattest, Riley?«

»Ich glaube. Ich habe noch nie eine gehabt, nicht in dieser Art, aber einige der anderen aus dem Team haben über solche Visionen gesprochen und ... und ich glaube, dass es eine war. Doch es war falsch, Ash. Die Einzelheiten waren falsch. Die ganze Zeremonie war ... war wie etwas, das man in einem Horrorfilm sieht.«

Er schien zu verstehen, was sie meinte. »Aufgebauscht? Übertrieben?«

»In gewisser Weise. Als hätte sich jemand, der nicht genau weiß, was Satanismus ist, vorgestellt, wie es sein sollte. Oder Bescheid wusste und die Sache in etwas wirklich Böses verwandeln wollte.«

»Vielleicht eine der Randgruppen, die du schon erwähnt hast.«

Sie schüttelte den Kopf. »Ich weiß es auch nicht. Von so etwas habe ich noch nie gehört, das weiß ich jedenfalls. Ein tatsächliches Menschenopfer ist das absolute Böse. Wenn man dem noch eine bizarre Zeremonie hinzufügt, bei der man vom Blut eines sterbenden Mannes durchtränkt wird, während man in einem Sarg Sex hat, dann ...«

»In einem Sarg – großer Gott, Riley.«

»Glaub mir, es war genauso entsetzlich, wie es klingt. Und aus dem, was ich gehört habe, schließe ich, dass der Zweck des Rituals war, Macht aus der Opferung und dem Sex zu beziehen.«

»Macht wofür?«

»Ich habe absolut keine Ahnung. Aber es muss ein

Grund dahinterstecken, ein Bedürfnis nach übernatürlicher Macht.«

»Dasselbe wie bei den Brandstiftungen? Versuche, sich elementare Energie nutzbar zu machen?«

»Ja, und jede Menge davon. Ich kann mir nicht vorstellen, wozu jemand derartige Macht braucht …« Sie merkte, wie sie ein wenig zusammensackte, und dachte, ihre Energiereserven müssten wirklich auf dem niedrigsten Stand sein.

»Riley …«

»Mir geht's gut, Ash. Ich …«

Riley setzte sich keuchend im Bett auf, mit wild klopfendem Herzen. Fast sofort erkannte sie ihr Schlafzimmer, still und nur vom Mondlicht erhellt, das durch die Spalten der Jalousien drang. Ein rascher Blick zeigte ihr, dass Ash friedlich neben ihr schlief.

Der Wecker auf dem Nachtisch zeigte fünf Uhr dreißig.

Ach du lieber Himmel.

Sie schlüpfte aus dem Bett, fand ihr Schlafshirt auf dem Boden und zog es mit einem eisigen Gefühl eines Déjà-vu über.

Es konnte nicht schon wieder passiert sein.

Nicht schon wieder.

Sie ging ins Wohnzimmer und schaltete mit der Fernbedienung den Fernseher ein, wobei ihre Hände so sehr zitterten, dass sie kaum die kleinen Knöpfe auf dem Gerät drücken konnte.

CNN bestätigte ihre Befürchtungen. Es war Donnerstag.

Diesmal hatte sie fast achtzehn Stunden verloren.

15

Riley versuchte zu denken, doch ihre Energiereserven waren auf so niedrigem Stand, dass sie buchstäblich auf den Füßen schwankte. Sie ging in die Küche und trank Orangensaft direkt aus dem Karton, aß dann zwei Energieriegel, einen nach dem anderen, fast ohne zu kauen und ohne etwas zu schmecken.

Sie hatte das entsetzliche Gefühl, die Kontrolle vollkommen verloren zu haben.

Ich verliere nicht nur Zeit. Ich verliere mich selbst.

Sie aß den dritten Energieriegel und trank den Saft aus, während sie darauf wartete, dass die Kaffeemaschine ihre Arbeit tat, und als sie den Kalorien noch Koffein hinzugefügt hatte, fühlte sie sich etwas stabiler.

Zumindest körperlich.

Was passiert mit mir?

Ihre letzte Erinnerung war das Erlebnis auf der Lichtung und das kurze Gespräch mit Ash danach. Sie meinte, er hätte etwas zu ihr gesagt, sie etwas gefragt und dann …

Hier. Jetzt.

Sie konnte sich an keinen Auslöser erinnern, kein bestimmtes Wort oder eine Handlung, die sie als Grund für diese … Blackouts ausmachen konnte. Im einen Moment hatte sie ein völlig normales Gespräch mit jemandem geführt – so normal, wie Gespräche bei ihrem Arbeitsbereich sein konnten –, und im nächsten Moment waren Stunden vergangen.

Zu viele Stunden.

Riley nahm den Kaffee mit an den Tisch, auf dem ihr Laptop stand. Wieder war es offensichtlich, dass sie hier gewesen war, während des größten Teils dieser neuerlich fehlenden Zeit gearbeitet hatte. Aber es gab einen Unterschied zum vorherigen Tag.

Sie musste ein Passwort eingeben, um an ihren Bericht zu kommen.

Sie konnte sich nicht daran erinnern, eines eingerichtet zu haben, hatte aber keine Schwierigkeit, zu entscheiden, wie dieses Passwort lauten musste. Denn es war immer dasselbe, ein Nonsenswort aus ihrer Kindheit, der geheime Name eines mythischen Königreichs, das sie als Zufluchtsort eines kleinen Mädchens aus der rauen Welt älterer Brüder und Armeestützpunkte überall auf dem Globus geschaffen hatte.

Sie tippte das Wort ein, ohne überrascht zu sein, dass es das richtige war.

Anscheinend gab es ein paar Wahrheiten in ihrem Leben, an die sie sich halten konnte.

Weniger sicher war sie sich, warum sie ihren Bericht mit einem Passwort geschützt hatte. Anfänglich hatte sie das nicht getan.

Oder vielleicht doch. Vielleicht erinnere ich mich daran auch nicht.

Sie hoffte, der Bericht würde wenigstens einige ihrer Fragen beantworten, doch sie fand nur Einzelheiten, an die sie sich tatsächlich erinnern konnte. Die Fahrt zum Büro des Sheriffs, das Treffen mit Jake, Leah und Ash. Die Anmerkung, dass sie selbst Ash gebeten hatte, sich in die Ermittlung einzuschalten, in erster Linie, weil sie befürchtete, noch mehr Zeit zu verlieren, und jemand Vertrauensvollen brauchte, der sie im Auge behielt.

Aha, das war also tatsächlich ich. Verdammt.

Riley zuckte zusammen, als sie das Ende des sehr kurzen »Berichts« erreichte. Er endete sehr abrupt mit:

Rückkehr zum Tatort mit Ash. Erlebte eine sehr ungewöhnliche Variation von Hellsehen, die ich nur als eine Art Vision bezeichnen kann. Extrem schwarze Rituale, möglicherweise echt, aber viel düsterer und abstruser als alle, von denen ich je gehört habe. Es war mir unmöglich, die einzelnen Teilnehmer definitiv zu identifizieren, obwohl der Zweck des Rituals eindeutig darin lag, Macht zu gewinnen.

Aber wofür? Ich weiß es nicht. Ich gebe nur äußerst ungern zu, dass mein Hirn nach wie vor von dem Taserangriff beeinträchtigt ist, doch es muss so sein, da es immer noch schwierig, manchmal sogar unmöglich ist, klar zu denken. Im einen Moment bin ich mir einer Sache, einer Person ganz sicher, und im nächsten zweifle ich, stelle infrage, bin besorgt.

Ich verstehe es nicht. Irgendwas passiert mit mir, ist mit mir passiert, über den Taserangriff hinaus. Die einzige Möglichkeit, die mir einfällt, so unglaublich es vielleicht klingt, ist …

»Mist«, murmelte Riley.

Der Eintrag brach ab, vermutlich, weil sie gestört worden war. Und aus welchem Grund auch immer, sie hatte den Satz nicht beendet, hatte nicht aufgeschrieben, welche Möglichkeit ihr eingefallen war.

Jetzt konnte sie sich nicht mehr erinnern, was es gewesen war.

Ob es die Möglichkeit überhaupt gegeben hatte.

»O Gott, ich verliere den Verstand.« Sie hob die Hände und rieb sich langsam über das Gesicht. Versuchte zu denken, versuchte zu begreifen.

»Ich hatte dich fragen wollen, ob es dir besser geht, aber es sieht nicht danach aus.«

Riley senkte die Hände, drückte automatisch eine Tastenkombination auf dem Laptop, worauf ein harmloser Bildschirmschoner erschien. Die Bewegung war so bruchlos und eingeübt, dass Ash sie wahrscheinlich gar nicht bemerkte.

Jetzt zweifle ich wieder an ihm. Warum?

»Guten Morgen«, sagte sie, leicht überrascht, dass ihre Stimme so normal klang. Selbst ein Chamäleon hat seine Grenzen, und Riley argwöhnte, dass sie ihre bereits vor Tagen erreicht hatte. Wenn nicht früher.

»Ich sollte mich wohl nicht wundern, dass du so früh auf bist.« Ash kam zu ihr an den Tisch. Er beugte sich hinunter und gab ihr einen leichten Kuss. »Aber gestern Abend hatte ich den Eindruck, dass du eine Woche lang schlafen würdest. Oder drei.«

»Ich … brauchte nur ein bisschen Ruhe.«

»Du brauchtest eine Menge davon. Und brauchst sie immer noch.« Er betrachtete sie mit leichtem Stirnrunzeln.

»Ich weiß, dass ich schrecklich aussehe«, brachte sie hervor, da ihr aufging, dass sie sich bei ihrer plötzlichen Flucht aus dem Schlafzimmer nicht mal mit den Fingern durch die Haare gefahren war.

»Du siehst nie schrecklich aus. Aber du siehst besorgt aus.«

»Ich bin besorgt.« Sie holte Luft. »Ash, ich hatte schon wieder einen Blackout.«

»Wie bitte?«

Sie nickte. »Ich erinnere mich an nichts, seit ich gestern auf der Lichtung die Vision hatte. Das sind diesmal über achtzehn Stunden.«

Ash zog einen Stuhl neben ihrem heraus und setzte sich. Seine Stirn war noch immer gerunzelt. »Riley …«

»Ich dachte, ich hätte mehr davon in den Bericht geschrieben, aber da steht nur, woran ich mich sowieso erinnere. Das Treffen mit Jake und Leah im Konferenzraum des Sheriffdepartments. Dann unser Besuch des Tatorts, damit ich versuchen konnte, etwas aufzufangen. Und dann diese merkwürdige Vision. Ash, ich habe keine Visionen, nicht solche, und ich verstehe sie nicht. Ich verstehe nicht, was mit mir passiert. Himmel, ich weiß nicht mal, ob ich mich bei Bishop gemeldet habe …«

»*Riley.*« Er bedeckte ihre ruhelosen Hände mit seinen. »Wovon redest du?«

»Ich versuche dir zu sagen …« Sie brach abrupt ab, blickte in sein zweifelndes Gesicht und merkte, wie ein Frösteln sie überlief. »Gestern«, brachte sie heraus. »Gestern Morgen. Ich habe dir von dem Angriff Sonntagnacht erzählt.«

Er nickte. »Ja, das hast du.«

»Und – die Blackouts? Die verlorene Zeit?«

Ashs Finger schlossen sich fester um die ihren. »Schatz, du hast nie etwas von Blackouts oder verlorener Zeit gesagt. Davon höre ich zum ersten Mal.«

Es war immer noch früh, kurz vor acht. Riley saß zusammengerollt auf einem der bequemen Korbstühle auf der Terrasse ihres gemieteten Hauses und hoffte, der helle Sonnenschein des wärmer werdenden Tages würde irgendwas gegen die Kälte in ihrem Inneren tun.

Die heiße Dusche hatte nicht geholfen, auch nicht Ashs ausgezeichnetes Frühstück. Wobei ihr nicht aufgefallen war, was sie aß; es war nur Brennstoff, um die Energie zu erzeugen, die sie so verzweifelt brauchte.

Und sie war sich nicht mal sicher, ob das noch funktionierte.

Sie schaute hinaus auf das Meer, ihr Blick gelegentlich

abgelenkt durch die Hundebesitzer, die ihre Hunde ein letztes Mal frei laufen ließen, bevor die »Hundesperre« sie für den größten Teil des Tages vom Strand verbannte.

So ein netter, angenehmer Sommermorgen, erfüllt von netten, angenehmen Aktivitäten. Normalen Aktivitäten. Normalen Menschen. Sie bezweifelte, dass irgendeiner von *ihnen* dabei zuschaute, wie die Welt, die sie kannten, aus den Angeln geriet.

»Hier.« Ash setzte sich auf einen Stuhl neben sie und reichte ihr einen großen Becher Kaffee. »Selbst in der Sonne zitterst du immer noch.«

»Danke.« Riley trank ihren Kaffee, war sich bewusst, dass Ash sie beobachtete, wartete. Schließlich seufzte sie und drehte ihren Stuhl ein wenig, um Ash anschauen zu können. »Also gut. Wie weit waren wir gekommen?«

»Wir hatten das Treffen im Büro des Sheriffs durchgesprochen. Daran scheinst du dich deutlich erinnern zu können.«

Sie nickte.

»Gut. Und ich nehme an, du erinnerst dich an den größten Teil des Gesprächs, das wir danach führten; warum du mich gebeten hattest, mich offiziell in die Ermittlung einzuschalten. Da hast du mir endlich von dem Angriff Sonntagnacht erzählt. Dass es dein Gedächtnis ein wenig und deine Sinne stark beeinträchtig hätte. Du sagtest, du bräuchtest jemanden, dem du vertrauen kannst, um dich im Auge zu behalten, falls der Angriff mehr Schaden angerichtet hatte, als du bereits wusstest.«

Riley versuchte ihre wenigen »Erinnerungen« zu sortieren, wobei sie sich erneut fragte, welchem Wissen oder scheinbaren Wissen sie trauen konnte. »Ich habe dir nicht erzählt, dass ich das meiste der letzten drei Wochen vergessen hatte?«

Ash machte ein verwundertes Gesicht. »Nein, das hast du nicht gesagt. Du konntest dich nicht an den Angriff oder die Stunden davor erinnern. Du konntest dich nicht erinnern, warum du losgezogen bist oder wo du in dieser Nacht warst. Das hast du mir erzählt. Mehr nicht.«

»Oh.«

»Riley, willst du mir damit eröffnen, dass du dich an *nichts* aus den letzten paar Wochen erinnerst?«

»An dies und das, aber …« Sie seufzte. »Verdammt, in meinem Kopf hatten wir dieses Gespräch bereits geführt. Ich konnte mich nicht an uns erinnern, aber sobald du mich berührt hast, wusste ich, dass wir ein Liebespaar waren, ich spürte, was zwischen uns war, und dass es das Einzige in dieser verdammten, abstrusen Situation war, dessen ich mir sicher sein konnte. Also sei nicht sauer, dass ich dir etwas vorgespielt habe, denn das habe ich nicht, nicht dort, wo es darauf ankommt. Ich hab mich ein wenig durchgetastet, das schon. Aber ich hab nichts vorgespielt.«

»Du warst … sehr überzeugend«, sagte er schließlich.

»Da, siehst du, schon wieder wirst du sauer. Bitte lass mich die Rede nicht wiederholen, wie sehr mir das, was Sonntagnacht passiert ist, zugesetzt hat und wie ich mich bemühen musste, *alles* wieder einzuholen, nicht nur uns.«

Trocken sagte er: »Entschuldige, aber beim ersten Mal war ich nicht dabei.«

»Warst du doch.« Riley schüttelte den Kopf. »Wenigstens habe ich es so in Erinnerung. Verdammt, es war – ist – so wirklich in meinem Kopf. Ich verstehe es nicht. Nichts davon.«

Ash betrachtete sie nachdenklich. »Tja, du zitterst immer noch ein wenig, aber du scheinst die ganze Sache auch sehr ruhig zu nehmen.«

Sie machte sich nicht die Mühe, ihm zu erklären, dass

man bei der SCU lernte, mit Unerwartetem fertigzuwerden, das einem ohne Warnung vor die Füße geworfen wurde.

Sonst hielt man die Arbeit bei der SCU nicht durch und war sehr schnell ausgebrannt.

Stattdessen sagte sie: »Ich bin nicht ruhig, ich bin wie gelähmt. Das ist ein großer Unterschied.«

»Vielleicht solltest du nach Quantico zurückkehren, Riley.«

»Nein.« Die Antwort kam sofort, ohne Nachdenken, und sobald Riley sich das sagen hörte, war sie von der Richtigkeit überzeugt. Sie war sich in vielem unsicher, war sich aber absolut sicher, dass sie hierbleiben musste. Das war wider alle Logik und Vernunft, ganz zu schweigen von ihrer Ausbildung, doch es war das, was sie empfand.

Und wie kann ich meinen Gefühlen mehr vertrauen als dem, was ich denke? Ist es ein echter Instinkt, der sich durch all die Verwirrung verlorener Erinnerungen und unzuverlässiger Sinne durchkämpft, oder nur dickköpfige Entschlossenheit, nicht aufzuhören, bevor die Arbeit erledigt ist?

Es konnte beides sein. Oder keines davon.

Ash forderte wieder ihre Aufmerksamkeit. »Schau, wir wissen beide – oder ich hoffe wenigstens, du weißt es –, dass ich dich nicht gehen lassen möchte. Ich habe alle mir einfallenden Argumente gesammelt, um dich zu bewegen, dich versetzen zu lassen, deine Arbeit vielleicht vom FBI-Büro in Charleston aus erledigen zu können. Aber du sagtest, du würdest dir überlegen, volle sechs Wochen Urlaub zu nehmen, daher dachte ich, mir bliebe noch ein wenig mehr Zeit, dich zu überzeugen.«

Vorübergehend abgelenkt – was kein Wunder war bei ihrem momentanen Gemütszustand – erwiderte Riley: »Sechs

Wochen? Ich sagte, ich würde überlegen, noch – was sind es jetzt? – weitere zwei Wochen zu bleiben?«

Er nickte. »Am Samstag bist du vier Wochen hier.«

»Das ergibt auch keinen Sinn«, murmelte sie. Am vergangenen Sonntagabend musste sie gewusst haben, dass Bishop und der Rest des Teams mit Fällen vollkommen überlastet waren. Sie mochte sich zwar nicht bei ihm gemeldet haben, hatte aber die Angewohnheit, sich über die Einheit auf dem Laufenden zu halten, wo immer sie war, und sie konnte sich keine Situation vorstellen, in der sie erwogen hätte, ihren »Urlaub« zu verlängern, wenn sie wusste, wie stark überdehnt die Ressourcen der SCU waren.

»Vielen Dank«, sagte Ash.

Riley schüttelte den Kopf. »Es hat nichts mit uns zu tun. Bishop ermittelt momentan wegen eines Serienmörders, der in Boston sein Unwesen treibt und täglich in den nationalen Nachrichten ist, und ich hätte gewusst, dass die anderen Teams genauso beschäftigt sind. Die SCU ist zurzeit bis an ihre absoluten Grenzen beansprucht. Es wäre untypisch für mich gewesen, hierbleiben zu wollen, um eine eher geringfügige und inoffizielle Ermittlung durchzuführen.«

»Geringfügig?«

»Im Verhältnis, ja. Zumindest bis zu dem, was letzten Sonntag passiert ist. Bis dahin hatten wir an Gewalttätigkeit nur zwei Brandstiftungen. Niemand wurde verletzt, und zur Aufklärung dieser Fälle hätten Jake und seine Leute meine Hilfe nicht gebraucht. Warum hätte ich hierbleiben sollen, wenn ich wusste, dass ich anderswo dringend gebraucht wurde? Außer ...«

Ash schaute sie eindringlich an. »Außer?«

»Außer ich wusste, dass Gordons Instinkte – wie unbedrohlich die Situation auch oberflächlich wirken mochte – richtig waren und hier etwas sehr Gefährliches vorging. Bist du sicher, dass alles, was ich gesagt habe, darauf hindeutete, es sei …«

»›Keine große Sache‹, waren deine genauen Worte, glaube ich.« Er runzelte die Stirn. »Wenn ich allerdings von deiner … Vorstellung … seit Sonntag ausgehe, könntest du mir das erzählt haben, während du etwas völlig anderes glaubtest, und ich hätte es nie gemerkt. Anscheinend.«

Sie seufzte. »Ich wusste, dass wir dieses Gespräch erneut führen würden.«

»Riley …«

»Ash, ich kann mich nicht dafür entschuldigen, dir in diesen ersten Wochen nichts anvertraut zu haben, weil ich nicht sicher bin, ob es überhaupt irgendwas anzuvertrauen gab. Oder wenn dem so war, warum ich beschloss, es für mich zu behalten. Und seit ich am Montag aufgewacht bin, habe ich die meiste Zeit damit verbracht, herauszufinden, ob mein Hirn und meine Sinne jemals wieder einen Zustand erreichen würden, den ich für mich als normal bezeichnen würde. Tut mir leid, wenn du sauer bist. Tut mir leid, wenn ich dich verletzt habe. Aber versetz dich doch nur mal für eine Minute an meine Stelle und denk darüber nach. Wenn du keine Ahnung hättest, warum du etwas Uncharakteristisches getan hättest – warum du eine Menge getan hast, was uncharakteristisch war –, wie schnell würdest du all deine Zweifel beiseiteschieben und dich einer Frau anvertrauen, mit der du unerwartet das Bett teilst?«

Nach einem langen Moment seufzte er und nickte. »Na gut, ich hab's verstanden.«

»Danke.« Halb zu sich gewandt, murmelte sie: »Ich wünschte, ich könnte sicher sein, dass wir das alles morgen nicht noch mal wiederholen. Der Ausdruck ›Déjà-vu‹ hat für mich eine völlig neue Bedeutung angenommen.«

»Du glaubst, es wird noch mehr Blackouts geben?«

»Ich weiß nicht, was ich glauben soll. Außer dass ich noch nie von so etwas gehört habe, wie ich es gerade durchmache. Blackouts und verlorene Zeit sind bei Paragnosten nichts Ungewöhnliches. Genau genommen kommen sie sogar recht häufig vor. Aber sie stellen sich im Allgemeinen als totale Bewusstlosigkeit oder radikal verändertes Verhalten dar.«

»Was meinst du damit?«

»Ich meine, wenn dir und allen anderen hier nichts Merkwürdiges an meinen Verhalten aufgefallen ist während der Zeit, die mir verloren ging, dann kann das nur bedeuten, dass ich diese Stunden gar nicht wirklich *verloren* habe. Ich war funktionsfähig. Ich war hier, habe ganz normale Dinge getan. Ich war ich. Aber dann hörten diese Erinnerungen und Erfahrungen für mich, aus welchem Grund auch immer, zu existieren auf. Ich habe die Wahrnehmung ihrer Realität verloren.«

»Warum klingt das für mich viel beängstigender?«

»Vermutlich aus dem Grund, weil es sich viel beängstigender anfühlt. Weil die Wahrnehmung der Welt unsere Realität *ist*. Und wenn ich das verloren habe, auch nur Teile davon, dann ... kann ich all dem, was ich denke oder fühle oder glaube, nicht mehr trauen. Vor allem jetzt. Es sind nicht mehr nur Löcher; mein Geist hat anscheinend damit begonnen, die Löcher, die leeren Stellen mit *Erinnerungen* zu füllen, die überhaupt nicht real sind.«

»Vorausgesetzt, du kannst mir glauben«, meinte er.

»Ich muss dir glauben«, erwiderte sie klanglos. »Ich brauche einen Verbündeten, an dem ich mich festhalten kann, der mich verankert. Und das bist du. Weil du das Bett mit mir teilst. Weil ich dir, bevor das alles anfing, schon derart vertraute. Für mich ist das nie eine oberflächliche Sache, falls ich das noch nicht erwähnt hatte. Sex. Und da du mein Geliebter bist, muss das bedeuten, dass ich dir innerhalb weniger Tage nach unserem Kennenlernen absolut vertraute. Ich kann mich vielleicht nicht erinnern, warum, aber ich muss es glauben. Ich muss mich daran festklammern. Du bist meine Rettungsleine, Ash.«

»Ich wünschte, du klängest ein wenig glücklicher darüber.«

Riley bemühte sich entschlossen um einen leichteren Ton. »Tja, was soll ich sagen? Da ist diese Sache mit der Kontrolle, erinnerst du dich? Ganz egal, wie glücklich ich bin, ich will mein Boot immer selbst steuern.«

»Ich bin der Kapitän meiner Seele«, murmelte er.

»Genau. Wir sind alle nicht Herren unseres Schicksals, aber das hält uns nicht davon ab, zu versuchen, es zu sein.«

»Darüber haben wir beide schon debattiert.«

»Haben wir?« Riley schüttelte den Kopf. »Dann kann ich mir vorstellen, dass es wieder passieren wird. Jedenfalls, wenn du aussteigen willst, dann lieber jetzt als später.«

»Ich steige nicht aus, Riley.«

»Hab ich auch nicht erwartet. Dachte nur, ich sollte es dir anbieten.«

»Registriert. Und abgelehnt.«

Sie merkte, dass sie lächelte. »Ich hab so eine Ahnung, dass ich mir eine ziemlich gute Rettungsleine gesucht habe. Und man braucht nichts als gesunden Menschenverstand, um zu wissen, dass ich eine brauche. Es könnte schlimmer werden, Ash. Viel schlimmer.«

Nach kurzem Nachdenken fragte er: »Ist das alles auf den Taserangriff zurückzuführen?«

»Ich wüsste nicht, was es sonst sein könnte.«

»Du hast mal etwas gesagt … Riley, könnte es der Einfluss eines anderen Paragnosten sein?«

»Theoretisch? Ja. Energie zu Energie. Elektromagnetische Felder können manipuliert, elektronische Impulse gekappt oder umgeleitet werden. Sogar erzeugt werden. So funktioniert das Gehirn, und es kann durch viele äußerliche Faktoren beeinflusst werden. Aber soweit ich weiß, sind wir nie einem Paragnosten mit der Fähigkeit begegnet, den Geist eines anderen Paragnosten auch nur in geringem Maße zu beeinflussen. Nur, wenn eine direkte Blutsverwandtschaft besteht.«

»Was in diesem Fall nicht möglich ist.«

Riley schüttelte den Kopf. »Meine Brüder sind über die ganze Welt verstreut, und meine Eltern leben in Australien. Und keiner von ihnen hat prognostische Fähigkeiten.«

»Es besteht also keine Möglichkeit, dass ein nicht mit dir verwandter Paragnost das tun könnte?«

»Meiner Kenntnis nach nicht. Mein Gedächtnis verändern? Neue Erinnerungen schaffen? Selbst in der Theorie ist die schiere Menge an Energie, die für so etwas erforderlich wäre … fast unvorstellbar.«

Verbrannte Häuser. Ein Blutopfer. Nein … nicht nur ein Blutopfer … ein Menschenopfer. Wie viel dunkle Energie würde das erzeugen?

Einen Augenblick lang meinte Riley, am Rande ihrer Gedanken etwas zu erfassen, aber dann entschlüpfte es ihr.

»Würdest du es merken, wenn dein Geist beeinflusst wird?«

»Vielleicht. Vermutlich.« Bestimmt würde sie das. Bestimmt. Es verursachte ihr Gänsehaut, etwas anderes anzunehmen, die Möglichkeit in Betracht zu ziehen, dass ihre Handlungen nicht die eigenen waren, ihre Erinnerungen und sogar ihre Gedanken von jemand anderem geformt wurden.

Da war es viel weniger beängstigend, zu glauben, dass

ein simpler Stromschlag die Schaltkreise in ihrem Gehirn durcheinandergebracht hatte.

Trotzdem …

Könnte das der Grund sein, warum ich meine Energie so schnell verbrauche? Weil mein Geist einen Angriff abwehrt, den ich nicht mal bewusst wahrnehme? Ist das überhaupt möglich?

»Bist du dir deswegen so sicher, dass es der Taserangriff war?«

»Ich halte das für wahrscheinlicher.« *Ich hoffe es jedenfalls.* Sie rieb sich die Stirn. »Wobei ich allerdings nicht sonderlich klar denken kann. Aber ich weiß, dass das Gedächtnis auch im besten Fall eine verzwickte Sache ist. Wenn du dem einen Stromschlag von unbekannter Stärke und Dauer hinzufügst, muss das Gehirn ja völlig durcheinandergeraten. Vor allem das eines Paragnosten, in dessen Gehirn zu jedem gegebenen Zeitpunkt eine das Normale weit überschreitende elektrische Aktivität stattfindet.«

Ash schüttelte den Kopf. »Das geht über meinen Verstand.«

»Über meinen auch«, räumte Riley ein. Sie zögerte, fügte dann hinzu: »Ich muss mich bei Bishop melden. Weil es das Richtige ist und weil von allen Menschen nur er verstehen könnte, was in meinem Kopf passiert.«

»Du klingst zweifelnd.«

»Überhaupt nicht. Ich frage mich nur, wie viele Teller selbst er jonglieren kann, bevor einer davon zu Boden kracht.«

16

Und du hast überhaupt keine Erinnerung daran, was du während dieser beiden Blackouts getan oder gesagt hast?« Aus Bishops ruhigem Ton hätte niemand geschlossen, dass er entweder etwas an der Situation ungewöhnlich fand oder selbst mitten in einer unglaublich intensiven Ermittlung steckte. In diesem Moment schien er durchaus in der Lage zu sein, mit einer Vielzahl von Aufgaben zu jonglieren.

»Nein«, antwortete Riley. »Es ist, als wäre ich ohnmächtig geworden und Stunden später wieder aufgewacht.«

»Was ein Unterschied zu dem ersten Gedächtnisverlust ist, direkt nach dem Taserangriff«, gab er zu bedenken.

Es dauerte einen Moment, aber dann begriff Riley. »Als ich am Montagmittag aufwachte, waren Erinnerungsfetzen da. Unsichere, teilweise sehr dünne, aber sie waren da.«

»Ja. Ein plausibler physischer Effekt nach einer vorübergehenden Unterbrechung der elektrischen Aktivitäten des Gehirns. Wie eine Energieexplosion, die eine Streuung, eine … Fragmentierung der Erinnerungen auslöste. Du konntest die Erinnerungen nicht wieder zusammensetzen, aber alle Teile, alle Erlebnisse waren noch da.«

»Nur die Erinnerungen?«

»Das musst du mir sagen.«

Riley hatte den Hörer vom Festnetzanschluss des Strandhauses am Ohr und schaute abwesend aus dem Fenster, das zum Meer hinausging. Ash saß draußen auf der Terrasse, wartete geduldig, seinen grübelnden Blick aufs Wasser gerichtet. Sie fragte sich, was er dachte, was er fühlte.

Sie hatte keine Ahnung.

Sie holte Luft und antwortete Bishop. »Nein, nicht nur die Erinnerungen. Mehr. Sinne. Emotionen. Selbst die normale Fähigkeit, in Gesichtern zu lesen, zu erkennen, was das Gegenüber denkt und fühlt. Das ist alles wie zersplittert, fern.«

»Aber nicht das Wissen. Nicht die Ausbildung. Dazu hast du immer noch Zugang.«

»Ich denke schon«, sagte sie vorsichtig.

»Dann wette ich, dass noch alles da ist, Riley.«

»In Teilen.«

»Du kannst die Teile wieder zusammenfügen.«

»Ja? Wie?« Sie befürchtete, dass ihre Stimme genauso zittrig klang, wie sie sich fühlte.

»Den Anfang hast du bereits gemacht. Du warst in der Lage, deine hellseherischen Fähigkeiten am Tatort zu benutzen.«

»Aber nicht auf eine Weise, wie ich sie je zuvor benutzt habe.«

»Es besteht zumindest die Möglichkeit, dass der Elektroschock das für immer verändert hat.«

Sie merkte, dass sich ihre kurzen Nägel in die Handfläche bohrten, und zwang sich, die Faust zu öffnen. Während sie auf die roten Male blickte, fragte sie langsam: »Dazu gibt es einen Präzedenzfall?«

»So in etwa. Elektromagnetische Felder wirken sich auf uns aus, Riley. Praktisch auf uns alle. Aber in welcher Weise, hängt vom Einzelnen ab. Sie können unvorhersehbare Nebenwirkungen haben, die von sehr milder Desorientierung bis zur radikalen Veränderung unserer Fähigkeiten reichen. Aber ein direkter Stromstoß ins Gehirn … Bei dem einzigen ähnlichen Fall, den ich kenne, ging es um ein Medium zweiten Grades, das versehentlich einen Stromschlag bekam. Sein Herz setzte aus, aber er wurde wiederbelebt.«

»Und? Sieht er immer noch die Toten?«

»Er konnte sie auch davor schon sehen, sie jedoch kaum hören. Jetzt sieht er sie in Technicolor und hört sie so deutlich, wie du mich hörst. Die ganze Zeit, wenn er den Schutzschild senkt. Es hat ein Jahr gedauert, bis wir ihm beigebracht haben, wie er ihn errichten kann.«

»Als lebte man mitten in einer lärmenden Menge, die nur man selbst sieht und hört.«

»Ja. Nicht sehr angenehm.«

»Er gehört nicht zum Team.«

»Nein. Vielleicht eines Tages, doch jetzt noch nicht. Im Moment ist er noch zu sehr damit beschäftigt, so was Ähnliches wie ein normales Leben zu führen.«

Riley hätte am liebsten weiter über die Probleme anderer geredet, konzentrierte sich aber widerstrebend auf die eigenen. »Also … könnte der Schock von diesem Taser mein Hellsehen verstärkt oder so weit verändert haben, dass ich tatsächlich Visionen erlebe.«

»Möglich ist es.«

»Diese Möglichkeit hast du vorher noch nicht erwähnt. Oder? Himmel, ich kann mich nicht mal erinnern, ob ich mich gestern gemeldet habe.«

»Hast du, kurz. Und mir ist absolut nichts Ungewöhnliches bei dem Gespräch aufgefallen, also bist du während dieser fehlenden Stunden offensichtlich funktionsfähig. Und was die Diskussion über eine mögliche Veränderung deiner Fähigkeiten angeht, nein, darüber haben wir nicht gesprochen, nicht im Einzelnen.«

»Hast du gedacht, dass es passieren könnte?«

»Ganz ehrlich?« Zum ersten Mal schlich sich eine gewisse Müdigkeit in seine Stimme. »Hier ist so viel los, dass ich nur wenig Zeit hatte, über Möglichkeiten anderswo nachzudenken.«

»Ja, ich hab dich in den Nachrichten gesehen. Sieht nach einem schwierigen Fall aus.«

»In der Tat. Aber alle Teams sind momentan mit schwierigen Fällen beschäftigt. Einschließlich dir. Riley ...«

»Ich weiß, ich sollte nach Quantico zurückkehren. Doch die Antworten sind hier, Bishop. Außerdem ist mindestens ein Mensch gestorben, und es ist möglich, dass es noch ein weiteres Opfer gibt. Und ich bin in die Sache verwickelt. Irgendwie bin ich darin verwickelt. Ich kann dem nicht einfach den Rücken zukehren.«

»Ein unbekannter Angreifer hat es geschafft, eine ausgebildete Agentin zu überrumpeln und dir Sonntagnacht einen schweren Schlag zu versetzen.«

»Reib's mir nicht auch noch unter die Nase«, murmelte sie.

Bishop überhörte es. »Du weißt nicht, ob es als tödlicher Angriff gemeint war, doch alle Anzeichen deuten darauf hin. Deine Erinnerungen und Instinkte sind, gelinde gesagt, unzuverlässig, und du verbrennst Energie in einem viel größeren Maße, als für dich normal ist. Du hast in den letzten achtundvierzig Stunden zwei Blackouts gehabt und dabei mehr als die Hälfte dieser Zeit verloren. Du hast Träume und Visionen von anscheinend extremen schwarz-okkulten Ritualen, die, wie wir beide wissen, äußerst selten sind. Und du hast keine Verstärkung.«

»Worauf willst du hinaus?«, fragte sie absichtlich schnippisch und sich überhaupt nicht sicher, ob er ihr das durchgehen lassen würde. Für gewöhnlich tat er das nicht.

»Riley.«

»Na gut, es ist verrückt. Ich bin verrückt. Vermutlich.

Außerdem habe ich Angst, falls dir das entgangen sein sollte.«

»Ist es nicht«, sagte er. »Das spüre ich selbst ohne Telepathie. Je schlimmer die Situation wird, desto schnippischer wirst du.«

Riley runzelte die Stirn. »Bin ich so leicht zu durchschauen?«

»Das ist ein Abwehrmechanismus. In deinem Fall, ein Überlebenswerkzeug.«

»Wie in ›Lasst doch das arme kleine verrückte Blondchen am Leben, die ist offensichtlich völlig durchgeknallt und daher harmlos‹?«

»Das ist ein Teil davon. Und eine andere Art … Schutzfärbung. Wenn du über eine Situation lachst oder sie auf die leichte Schulter nimmst, dann kann es ja nicht so schlimm sein, nicht wahr? Beruhigt die anderen und führt dazu, dass sie dich nicht einengen.«

Rileys Blick kehrte zu dem Mann zurück, der draußen auf der Terrasse wartete. »Ich glaube nicht, dass es diesmal funktionieren wird.«

»Sicher nicht mit allen. Wenn Ash Prescott deine Rettungsleine ist, musst du absolut offen und ehrlich mit ihm sein.«

Riley war nicht überrascht, dass Bishop ihre speziellen Unsicherheiten aufgefangen hatte. Sie war sich nicht mal sicher, ob er nicht aus der Entfernung ihre Gedanken las. »Ich hab ihm gesagt, er sei meine Rettungsleine. Aber … glaubst du, dass es dazu kommen wird?«

»Gut möglich. Du hast zwei Blackouts in zwei Tagen erlebt, Riley, der zweite länger als der erste. Das allein deutet darauf hin, dass sich dein Zustand verschlechtert, statt sich zu verbessern.«

»Ja, das habe ich auch schon befürchtet. Aber das Gehirn

ist doch dazu geschaffen, sich selbst zu regenerieren, oder? Neue Verbindungen herzustellen, wenn die alten zerstört sind?«

»Ja, mehr oder weniger. Was der Grund für meine Erwartung war, dass sich dein Zustand stabilisiert. Die Tatsache, dass das nicht der Fall ist, deutet auf eine Art fortgesetzter Schädigung hin.«

Riley überlegte einen Moment, versuchte, klar zu denken. Irgendwas flirrte da am Rande ihrer Gedanken, etwas, das sie nicht ganz erreichen konnte, und das war äußerst ärgerlich, weil sie glaubte, darin zumindest einen Teil der Antwort finden zu können.

Da war etwas … etwas, das ich erkannt habe? Das einen Sinn ergab?

Bishop fuhr fort: »Zudem ist es ausgesprochen beunruhigend, dass du während der Blackouts funktionsfähig warst.«

»Was du nicht sagst. Ash hat mich über den größten Teil der fehlenden Zeit ins Bild gesetzt, und soweit ich das beurteilen kann, habe ich mich normal verhalten.«

»Das wahrscheinlichste Szenario ist daher, dass du die Zeit durchlebt hast, dich vollkommen normal verhieltst und danach, aus unbekannten Gründen, die Erinnerung daran verloren hast. Oder jedenfalls keinen Zugang dazu findest.« – »So klingt es.«

»Und wir wissen nicht, was die Blackouts ausgelöst hat.«

»Wenn es einen Auslöser gab.«

»Blackouts werden meiner Erfahrung nach immer durch etwas ausgelöst. Beim zweiten Mal hast du deine Fähigkeiten benutzt, aber nicht beim ersten Mal. Erinnerst du dich an irgendwelche Gemeinsamkeiten direkt vor den Blackouts?«

Riley wollte schon verneinen, hielt jedoch inne und dachte sorgfältiger nach. »Direkt vor dem ersten Blackout sprach ich mit zwei Leuten aus der Gruppe der Satanisten hier auf der Insel, von der ich dir erzählt habe, Steve und Jenny. Als ich aus dem Blackout aufwachte, war es aus einem Traum, in dem ich die Feier einer schwarzen Messe beobachtete – mit Jenny als Altar.«

»Und der zweite Blackout?«

»Geschah nur Minuten, nachdem ich diese Vision am Tatort hatte. In der Vision waren die Zelebranten maskiert, doch die Frau hätte wieder Jenny sein können. Der Priester hätte Steve sein können. Ich kann es nicht mit Sicherheit sagen, aber …«

»Eine mögliche Verbindung.«

»Die einzige, die mir einfällt.« Mit einem Frösteln merkte Riley, dass es ihr immer schwerer fiel, sich zu konzentrieren. Sie verlor Energie. Schon wieder.

Verdammt, verdammt, verdammt …

Sie zwang sich, weiterzumachen. »Ash … kam auf den Gedanken, dass es einen weiteren Paragnosten geben könnte. Gordon auch. Jemand, der fähig ist, meinen Geist zu beeinflussen. Mein Gedächtnis.« *Und mir vielleicht Energie entzieht?*

»Könnte sein. Dein Verfall deutet darauf hin, dass da mehr am Werk ist als ein Taserstoß. Und wenn eine Kombination aus schwarz-okkulten Praktiken und echter prognostischer Fähigkeit da unten die Situation manipuliert, offensichtlich mit einigem Erfolg, kannst du nicht allein damit fertigwerden.«

»Bishop …«

»Niemand kann mit so etwas allein fertigwerden. Ein Paragnost mit dem Antrieb, dunkle Energie zu erzeugen, und der Fähigkeit, sie anzuzapfen? Mit der Fähigkeit, sie zu benutzen? Wir wissen, dass das Böse existiert, Riley, dass es eine echte, konkrete Macht ist.«

»Ja, aber ...«

»Eine Macht, für die du anfällig bist, vor allem jetzt. Deine natürlichen Abwehrkräfte sind geschwächt, so gut wie zerstört. Wie könntest du dich vor einem Angriff auf dieser Ebene schützen?«

Riley fiel keine Antwort ein.

Bishop wartete nicht darauf. »Schwarz-okkulte Praktiken können die perfekte Gelegenheit schaffen, negative Energie zu kanalisieren. Ob für einen Angriff, der kampfunfähig machen oder zerstören soll, oder um einen anderen Zweck zu erreichen. Du bist die Expertin für das Okkulte, du weißt besser als die meisten anderen, dass solche Rituale in den falschen Händen äußerst gefährlich sind. Ob absichtlich oder nicht, beherrscht oder nicht, sie erzeugen ein enormes Maß an negativer Energie – was durchaus eines der Dinge sein kann, die dir jetzt so zusetzen.«

Daran hatte sie noch nicht gedacht; so etwas war ihr noch nie passiert. Andererseits konnte sie die echten schwarzokkulten Rituale, deren Zeugin sie geworden war, an den Fingern einer Hand abzählen. Wozu sie nicht mal alle Finger brauchte.

»Verdammt.«

»Rechne mit dem Schlimmsten, Riley. Rechne damit, dass du da draußen einen sehr mächtiÏgen Feind hast. Der Taserangriff könnte erst der Anfang gewesen sein.«

»Ich weiß nicht, für wen ich in so kurzer Zeit derart bedrohlich geworden sein könnte, nicht in diesem Ausmaß.«

»Das ist die Antwort, nach der du suchen musst. Was auch immer mit deinen Fähigkeiten geschehen ist, deinem Gedächtnis, eines weißt du mit Sicherheit – dass du angegriffen worden bist.«

Das war, vielleicht seltsamerweise, genau das, was Riley hören musste, woran sie erinnert werden musste, und von jemandem, der die Situation mit kühler Logik betrachten konnte.

Sie fühlte sich ein wenig gefestigter, ein wenig zentrierter. Sie konnte es schaffen. Schließlich war sie Profi, eine erfahrene Ermittlerin. Ausgebildet in Selbstverteidigung und durchaus in der Lage, auf sich selbst aufzupassen. Mit profunden Kenntnissen über das Okkulte.

Sie konnte es schaffen.

Dessen war sie sich fast sicher.

»Du lässt mich also weitermachen?«

»Unter bestimmten Bedingungen, Riley.«

»Gut, aber …«

»Hör mir zu. Du hast Ash Prescott als Rettungsleine gewählt, und wir beide müssen darauf vertrauen, dass du wusstest, was du tatest. Bleib ihm nahe. Folge den Hinweisen, die du hast, such nach möglichen Verbindungen – und melde dich morgen wieder. Am Freitagabend. Genau, wie wir ursprünglich vereinbart hatten. Wenn es bis dahin keine Fortschritte bei den Ermittlungen gibt oder du wieder einen Blackout hast, und sei es auch nur für zehn Minuten, wirst du nach Quantico zurückbeordert.«

Diesmal hielt Riley ihre Einsprüche zurück. »Verstanden.« Sie kämpfte immer noch darum, ihre Konzentration aufrechtzuerhalten, und hoffte, dass er das nicht auffing. »Eine letzte Sache noch, Bishop. Der Serienmörder in Charleston. Du wolltest dir die Ermittlungsunterlagen anschauen?«

»Ja, hab ich. Du brauchst dir wegen John Henry Price keine Sorgen zu machen, Riley.«

Sie lehnte sich an den Tresen, zu erleichtert, um auch nur zu versuchen, das zu verbergen. »Bist du dir sicher?«

»Bin ich.«

»Schlimm genug, dass es ein Nachahmungstäter ist, aber ...«

»Befass du dich mit deinem Fall, Riley. Melde dich morgen Abend, früher, wenn sich etwas ändert. Und sei *vorsichtig.*«

»Bin ich.« Sie legte den Hörer auf und blieb noch einen Moment an den Tresen gelehnt stehen, stieß sich dann ab und holte sich einen weiteren Energieriegel, bevor sie hinaus auf die Terrasse trat, um mit Ash zu sprechen, wobei sie sich einzureden versuchte, dass sie wohl kaum spüren konnte, wie die Energie aus ihr abfloss, als hätte jemand den Stöpsel gezogen.

Bishop klappte sein Handy zu und blickte auf die offene Aktenmappe vor sich.

»Du hast sie belogen«, bemerkte Tony in neutralem Ton.

»Ich habe ihr Teile der Wahrheit vorenthalten.«

»Eine Lüge durch Unterlassung ist trotzdem eine Lüge, Chef.«

»Das«, sagte Bishop, »hängt davon ab, ob der Zweck die Mittel heiligt. In diesem Fall tut er das.«

»Und am Ende wird alles gut?«

Ohne direkt darauf zu antworten, sagte Bishop: »Riley muss sich sicher fühlen in dem Vertrauen auf ihre Rettungsleine.«

»Und eine Wahrheit zu viel kappt diese Leine?«

»In dieser Situation, vermutlich ja. Da ihre Fähigkeiten, Instinkte und Erinnerungen unzuverlässig sind, könnte der kleinste Zweifel sie veranlassen, sich von ihm zurückzuziehen. Sich sogar noch mehr abzukapseln. Sie sogar in noch größere Gefahr bringen.«

»Und dies würde nicht gerade ein kleiner Zweifel sein.«

»Nein. Nicht aus ihrer Sicht.«

»Auch aus meiner ist es ein wenig wackelig«, gestand Tony. »Ich habe was übrig für gute Zufälle, aber wenn mich die Zusammenarbeit mit dir etwas gelehrt hat, dann, dass wir dieses Glück für gewöhnlich nicht haben. Ein Zusammenhang zwischen zwei scheinbar unzusammenhängenden Dingen – oder Menschen – bedeutet für gewöhnlich nichts Gutes. Für irgendjemanden. Und dass es in diesem Stadium auch nur eine Verbindung zwischen John Henry Price und Ash Prescott gibt, ist mehr als unheimlich. Gelinde gesagt.«

»Price ist tot«, sagte Bishop und schloss die Akte.

»Hm. Außer dass in unserem Berufszweig tot nicht unbedingt für immer verschwunden heißt. Und ganz sicher nicht harmlos. Schließlich bringt irgendjemand diese Menschen in Charleston um.«

Bishop stand auf. »Wir sind nicht in Charleston, wir sind in Boston. Wo ebenfalls Menschen umgebracht werden.«

»Man könnte meinen, da sei irgendwas im Wasser«, meinte Tony.

»Könnte man. Ich bin im Verhörzimmer, knöpfe mir noch mal diesen sogenannten Zeugen vor.«

»Zu dumm, dass du nichts von ihm auffangen konntest.«

»Das hält mich nicht davon ab, es erneut zu versuchen.«

Tony wartete, bis Bishop die Tür des Konferenzraums erreicht hatte, ehe er fragte: »Chef? Du magst es nicht, wenn einer von uns allein hängen gelassen wird, oder?«

»Findest du, dass ich das mit Riley gemacht habe?«

»Das findest du selbst. Du fühlst, du hättest das getan.«

»Tony«, sagte Bishop, »manchmal ist die Zusammenarbeit mit einem Empathen …«

»... die reinste Hölle. Ja, ich weiß. Aber ich bin kein wirklicher Empath. Die Emotionen müssen schon sehr stark sein, dass ich sie auffangen kann.«

»Du bist nicht gerade hilfreich.«

Tony grinste schwach. »Natürlich bin ich das. Es ist meine Aufgabe, darauf hinzuweisen, dass Riley ein großes Mädchen ist – sozusagen. Sie kann auf sich aufpassen. Ich war damals im Fitnessraum dabei, erinnerst du dich? Sie hat sich dich und Miranda vorgeknöpft. Beide zusammen. Und euch beide fast überwältigt. Das würde ich ganz schön tough nennen.«

»Körperlich ohne jede Frage.«

»Aber hier geht es nicht um das Körperliche, was? Es geht um Wissen. Wer immer sie mit dem Taser ausgeschaltet hat, wusste, dass es auf andere Art nicht möglich war.«

»Ein Feind, der so etwas Elementares weiß, ist äußerst gefährlich.«

»Ein Feind, den man nahe bei sich halten sollte?«

Bishop antwortete nicht.

»Du hast sie nicht gewarnt.«

»Ich habe sie gewarnt.«

»Nicht ausdrücklich.«

»Sie weiß, dass sie dort einen Feind hat. Nichts, was ich ihr hätte sagen können, würde sie noch vorsichtiger machen, nur ...«

»Paranoid?«

»Nein. Gefährlich verunsichert gegenüber dem einen Menschen, der ihr helfen kann, die nächsten paar Tage zu überleben.«

»Hoffentlich findet sie heraus, wer das ist«, sagte Tony.

»Denn sogar aus meiner Perspektive wirkt er äußerst verdächtig, Chef. Sie alle. Wem wird sie wirklich vertrauen, wenn der kritische Moment kommt? Einem neuen Liebhaber mit einer blutigen Verbindung zu einem Serienmörder, der sie fast umgebracht hat? Einem alten Armeekumpel, der mehr als unaufrichtig zu ihr war? Oder einem Kleinstadtsheriff, der eigene Pläne verfolgt? Wen sucht sie sich als Überlebenshilfe aus? Wie trifft sie diese Entscheidung?«

»Sie hört auf ihre Instinkte.«

»Und?«

»Und achtet darauf, was sie ihr die ganze Zeit gesagt haben.«

Riley war mit dem einen Energieriegel fertig und aß einen weiteren, als sie zu Ash auf die Terrasse trat und sich wieder auf ihren sonnenwarmen Stuhl setzte.

»Was hat Bishop gesagt?«, fragte er.

Riley erwiderte, wobei sie das Gespräch zusammenfasste: »Er hält es für unwahrscheinlich – aber möglich –, dass ein anderer Paragnost Einfluss auf mich hat. Sehr viel wahrscheinlicher liegt es an dem Taserangriff. Er erwähnte einen Fall, bei dem ein Stromschlag die Fähigkeiten eines Paragnosten verändert hat. Wenn es das ist, was mit mir passiert, lässt sich nicht mit Sicherheit sagen, was in meinem Gehirn geschädigt oder verändert wurde, bis wir die Auswirkungen sehen.«

Sie beschloss, die Möglichkeit nicht zu erwähnen, dass sich die durch schwarz-okkulte Riten erzeugte negative Energie ebenfalls auf sie auswirken könnte, obwohl sie nicht genau wusste, warum sie das verschwieg.

An wem habe ich Zweifel? An mir? Oder an Ash?

»Es ist ein Wunder, dass es dich nicht getötet hat«, sagte er.

Riley begann, die leere Verpackung zu verknoten. »Ich versuche immer noch, herauszufinden, warum jemand sich anschleichen und mich ausschalten konnte. So was sollte nicht passieren, weißt du, nicht einer ehemaligen Soldatin, die dazu noch eine FBI-Ausbildung hat.«

Langsam sagte Ash: »Vielleicht brauchte sich derjenige nicht anzuschleichen. Vielleicht war er …«

»Bereits bei mir? Ja, der Gedanke ist mir auch schon gekommen.«

»Was dein Widerstreben erklären könnte, irgendjemandem zu trauen.«

»Ginge es dir nicht genauso?«

»Ich sag ja gar nichts dagegen.«

Sie beäugte ihn, zögerte, sagte dann: »Du kannst es ruhig wissen. Ich habe Gordon von dem Angriff am Sonntag und dem Gedächtnisverlust erzählt. Zumindest bin ich mir dessen ziemlich sicher, falls es keine weitere Erinnerung ist, der ich nicht trauen kann.«

Ash schien das nicht zu stören. »Ihr beide habt zusammen gedient und kennt euch seit Jahren; es ergibt Sinn, dass du ihm vor allen anderen vertraut hast. Weiß er von den Blackouts?«

»Nein, ich habe nicht mehr mit ihm gesprochen, seit die angefangen haben. Wenigstens …« Sie runzelte die Stirn. »Ich erinnere mich nicht, mit ihm gesprochen zu haben. Außer ich war am Dienstagnachmittag während der fehlenden Zeit bei ihm. Nachdem wir zu Mittag gegessen hatten, bin ich am Strand entlang zum Pearson-Haus gegangen und habe mit Steve und Jenny geredet – und das Nächste, woran ich mich erinnere, war der gestrige Morgen.«

Er runzelte ebenfalls die Stirn. »Ich habe dich am Dienstag gegen halb sieben abgeholt. Wir sind zum Essen gefahren und dann wieder hierher. Du wolltest im Internet recherchieren, und ich hatte mir Arbeit mitgebracht.«

»Ähm … ist das üblich für uns? Dass wir hier beide arbeiten?«

»Ich würde es nicht als üblich bezeichnen, aber wir haben es schon ein paarmal gemacht. Entweder hier oder bei mir.«

»Ich war bei dir?«

Ein kleines Lachen entfuhr ihm. »Natürlich warst du bei mir, Riley. Aber abends sind wir für gewöhnlich hier, weil meine Wohnung eher klein ist. Ich suche übrigens nach einer größeren.«

Sie beschloss, diese letzte Bemerkung zu ignorieren. »Also fehlen mir zwischen meinem Gespräch mit Steve und Jenny und dem Zeitpunkt, als du mich abgeholt hast, drei oder vier Stunden, die ich allein verbracht haben kann oder nicht. Ich könnte bei Gordon gewesen sein oder mit jemand anderem geredet haben.«

»Bei Gordon könntest du ja nachfragen.«

»Ja, ich rufe ihn an.« Riley schaute in ihren leeren Kaffeebecher und versuchte erneut, ihre Gedanken zu sammeln. Das schien ihr jeweils für kurze Zeit zu gelingen, aber dann zerstreuten sie sich wieder, und sie konnte beinahe spüren, wie sie abglitt, trotz der Kalorien, die sie seit ihrem Telefonat mit Bishop zu sich genommen hatte. Vor Minuten. Nur ein paar Minuten.

»Riley?«

»Gestern«, sagte sie schließlich, um Konzentration bemüht. »Nach dieser … Vision oder was immer es da auf der Lichtung war. Was haben wir gemacht?«

»Direkt danach? Wir sind wieder hierhergefahren.«

»Ach ja? Aber hatte Jake nicht vor, mit der Gruppe im Pearson-Haus zu reden?«

»Hatte er. Doch bei den Hintergrundüberprüfungen kam nichts heraus, was bedeutete, dass er keinen Anlass hatte, sie zu befragen, keine rechtliche Grundlage. Als er trotzdem anrief und fragte, ob er vorbeikommen könnte, wurde er höflich an ihren Anwalt verwiesen.« Ash zuckte die Schultern. »Keine überraschende Reaktion von einer Gruppe, die vermutlich an … neugierige Cops gewöhnt ist.«

»Das sind die bestimmt.«

»Kann ich mir vorstellen. Jake war jedenfalls frustriert, konnte aber nichts machen. Da auf dem Revier nichts mehr zu tun war und du in einer okkulten Datenbank recherchieren wolltest, von der du wusstest, verbrachten wir den Nachmittag und Abend hier. Kurz vor Sonnenuntergang haben wir einen Spaziergang gemacht, und davor habe ich dich in die Feinheiten der Zubereitung einer Spaghettisoße einzuweihen versucht, aber bis auf diese Pausen habe ich bis gegen Mitternacht im Fernsehen gezappt, und du warst im Internet. Du hast nicht darüber gesprochen, doch ich hatte den Eindruck, du würdest nach etwas Bestimmtem suchen.«

»Du weißt wohl nicht, ob ich es gefunden habe?«

»Dazu hast du dich nicht geäußert.«

»Klingt wie ein langweiliger Abend für dich«, sagte Riley, beunruhigt darüber, ohne zu wissen, warum.

»Ich wurde entschädigt.«

Riley war versucht, dieses interessante Thema weiterzuverfolgen, zwang sich aber zur Konzentration. »In all den Stunden hat sich überhaupt nichts Neues bei den Ermittlungen ergeben?«

»Riley, wir haben darüber geredet …« Ash schüttelte den Kopf. »Du hast recht, ich irre wie blind auf einem Minenfeld umher. Unsere Erinnerungen stimmen nicht überein.«

Halb zu sich selbst, sagte Riley: »Darin verbirgt sich sicher etwas Tiefgründiges, aber lassen wir das. Woran erinnere ich mich nicht?«

»Am späten Nachmittag rief Jake an und teilte uns mit, dass das Opfer identifiziert sei. Bei der Haus-zu-Haus-Befragung sind sie schließlich auf ein leeres Ferienhaus gestoßen, das eigentlich vermietet ist, und die dort gefundenen Fingerabdrücke stammten mit unserem bis dato namenlosen Opfer überein. Was bisher noch keine große Hilfe ist, da wir ihn mit niemandem auf der Insel oder in Castle in Verbindung bringen konnten. Bis gestern Abend waren Jakes Leute nicht mal in der Lage, die Familie des Mannes ausfindig zu machen. Du kannst dich an nichts davon erinnern?«

Diesmal machte sich Riley gar nicht erst die Mühe, darüber nachzudenken, woran sie sich nicht erinnerte; sie war zu sehr damit beschäftigt, sich zu konzentrieren. »Nein. Wer war er? Wie heißt er?«

»Tate. Wesley Tate. Ein Geschäftsmann aus Charleston.«

Gedanken stürmten auf sie ein, und Riley tat ihr Bestes, sie zu sortieren. Was war wirklich? Welche Erinnerungen konnte sie tatsächlich als ihre eigenen beanspruchen? »Er wohnte in Charleston?«

»Ja. Jakes Leute waren immer noch mit der Hintergrundüberprüfung beschäftigt, als wir gestern Abend telefonierten, daher weiß ich nicht viel mehr als das.«

»Er wohnte in Charleston, hatte aber beschlossen, hier Urlaub zu machen?«

»Ist mir auch aufgefallen. Wenn man in einer so schönen Küstenstadt wohnt, warum mietet man dann ein Ferienhaus auf einer nur fünfzig Meilen entfernten Insel?«

»Vielleicht hatte er zu Hause keinen Meeresblick.«

»Hier auch nicht. Das Haus steht nicht direkt am Meer, sondern drei Straßen entfernt.«

»Also war er nicht wegen des Ausblicks hier.«

»Das ist anzunehmen. Die Nachbarn sahen ihn Samstag ankommen, doch danach hat ihn niemand mehr gesehen. Merkwürdig ist auch, dass es ein großes Haus ist, nicht das übliche Ferienhaus für einen allein. Vor allem, da es auf der

Insel genügend kleinere Häuser und Ferienwohnungen zu mieten gibt. Der Vermieter hatte den Eindruck, dass Tates Familie oder eine Gruppe von Freunden später nachkommen würde.«

»Aber niemand ist aufgetaucht.«

»Bisher nicht.«

Riley trank den Kaffee aus und erhob sich, erleichtert, dass sie einigermaßen fest auf den Beinen stand. »Ich möchte mir Tates Ferienhaus anschauen. Danach sollten wir uns mit Jake und Leah beim Pearson-Haus treffen.«

Ash war ebenfalls aufgestanden. »Es gibt eine Verbindung zwischen der Gruppe und Tate?«

»Wenn ich meinem Gedächtnis trauen kann – ja. Eine bedeutende.«

»Gestern schienst du dich an keine Verbindung zu erinnern. Was ist, wenn diese Erinnerung auch unzulänglich wäre?«

»Eins nach dem anderen«, sagte Riley. »Das sehen wir dann schon.«

17

Sie rief Gordon aus dem Hummer an und benutzte dazu Ashs Handy, das sie in das Autoladegerät einstöpselte, bevor sie wählte.

»Spart Zeit«, erklärte sie Ash. »Deswegen habe ich meins gar nicht erst mitgebracht; ich scheine den Dingern Energie zu entziehen.«

»Das ist neu, nehme ich an«, sagte er ohne fragenden Ton.

»Sie halten bei mir in der Regel nie lange, aber es stimmt, dass sie so schnell leer werden, ist neu. Falls es so weitergeht, kann ich von Glück sagen, wenn uns der Hummer nicht stehen bleibt.«

Ash blickte auf die Batterieanzeige des Wagens und zuckte die Schultern. »Ich lass den Motor laufen.«

Riley hielt das Handy ans Ohr, und als Gordon abnahm, fragte sie ohne Einleitung: »Hab ich gestern mit dir gesprochen?«

Gordon, selbst unter extremen Bedingungen unerschütterlich, antwortete nur: »Nein. Hab dich seit Dienstagmorgen weder gesehen noch von dir gehört.«

»Verdammt.«

»Warum? Was ist passiert?«

»Ich erzähl's dir später.«

»Ja«, sagte Gordon. »Tu das.«

»Alles in Ordnung, ich bin bei Ash. Bist du heute Nachmittag zu Hause?«

»Ja.«

»Gut. Ich melde mich.«

Riley schaltete das Handy aus und schob es, immer noch ins Ladegerät eingestöpselt, in die Halterung zwischen den Vordersitzen. Dann lehnte sie sich automatisch davon weg.

»Iss noch einen Energieriegel«, schlug Ash vor.

Riley wühlte in ihrer Schultertasche nach einem von dem halben Dutzend, das sie mitgenommen hatte, und sagte bloß: »Es ist offensichtlich, oder?«

»Deine Hände zittern«, erwiderte Ash. »In der Kühlbox hinter dem Sitz sind ein paar Flaschen Orangensaft. Nach dem, was gestern am Tatort passiert ist, habe ich die Kühlbox lieber aufgefüllt.«

Sie schaffte es, eine Flasche herauszuholen, ohne nach hinten klettern zu müssen, und spülte den Energieriegel damit hinunter. »Das wird allmählich lächerlich.«

»Es wird beängstigend«, sagte Ash in ruhigem, fast beiläufigem Ton. »Ich weiß, du hast gesagt, es könnte schlimmer werden, aber …«

»Damit hattest du nicht gerechnet. Tut mir leid.«

Ash warf ihr einen Blick zu. »Ich kann mit allem fertigwerden, Riley. Du bist diejenige, um die ich mir Sorgen mache.«

Sie holte tief Luft und atmete langsam aus, versuchte, sich zu konzentrieren, ruhig zu werden. »Ich muss rausbekommen, was hier vorgeht. Ob hier wirklich schwarz-okkulte Riten praktiziert werden und warum. Warum Wesley Tate starb und ob ich in diesen Mord verwickelt bin. Warum ich angegriffen wurde. Selbst warum es mir schlechter geht statt besser, obwohl der Angriff auf mich Tage zurückliegt. Das passt alles irgendwie zusammen. Gehört alles zu einem Puzzle. Ich muss nur die einzelnen Teile finden.«

»Und sie dann zusammenfügen, damit sie einen Sinn ergeben.«

»Genau.« Riley griff nach einem weiteren Energieriegel. »Wofür mir noch etwa dreißig Stunden bleiben. Sonst wird Bishop mich morgen Abend zurückbeordern. Und ich werde den nächsten Monat damit verbringen, von Kopf bis Fuß durchgecheckt zu werden, angefangen mit meiner DNA, und muss mir die Tintenkleckse der SCU-Ärzte anschauen.«

»Aus den verschiedensten Gründen«, sagte Ash im Plauderton, »möchte ich ungern, dass das passiert.«

»Ich auch nicht.«

»Wie kann ich dir dann helfen?«

»Indem du aufpasst, dass ich konzentriert bleibe.«

»Ich werd mein Bestes tun.« Er bog mit dem Hummer in die kurze Auffahrt zu Wesley Tates Ferienhaus und parkte.

Da es sich nicht um einen Tatort handelte, war das große Haus nicht mit gelbem Band abgesperrt oder bewacht. Aber Riley hatte Jake trotzdem vorher angerufen, um seine Erlaubnis zu bekommen, sich das Haus anzuschauen, und hatte ebenfalls darum gebeten, dass er und Leah sich mit ihnen in etwa einer Stunde beim Pearson-Haus trafen.

Jake hatte beidem zugestimmt und Rileys Besuch mit dem Vermieter abgeklärt, daher wartete jemand aus dessen Büro mit den Hausschlüsseln auf sie.

Sie war ein gut aussehende Brünette, schick gekleidet, und Riley wusste in dem Moment, als ihr Blick auf Colleen Bradshaw fiel, dass sie eine jener »verfügbaren« Frauen in Ashs Leben war.

Es lag nicht so sehr an der Kleidung – viel ausgefallener, als es für die Insel üblich war. Immobilienmakler zeigten möglichen Mietern und Käufern Häuser, und Riley hatte genügend von ihnen gesehen, um zu wissen, dass sich die meisten während der Geschäftszeiten aus diesem Grund gut kleideten. Es lag nicht mal an dem warmen Lächeln oder

der Art, wie Colleen Ashs Arm drei Mal berührte, während er sie Riley kurz vorstellte.

Es lag daran, dass das Lächeln ihre eisigen grauen Augen nicht erreichte.

Diese Frau hasst mich.

Riley war leicht erstaunt, aber nicht beunruhigt. Sie hatte zu viel im Kopf, um sich Sorgen wegen Ashs früherer Geliebter zu machen.

Nicht allzu viele Sorgen.

»Jake bat mich, dir die Schlüssel zu geben«, sagte Colleen zu Ash und reichte sie ihm, als seien es kostbare Juwelen, die ihm ehrfurchtsvoll in die Hand gelegt werden mussten. Mit einem Streicheln seiner Handfläche.

Riley veränderte ihre Haltung ein wenig, um die Waffe an ihrer Hüfte sichtbarer zu machen. »Danke, Ms Bradshaw«, sagte sie in dem für Bankbeamte und Kellnerinnen bestimmten unbeteiligt höflichen Ton. »Wir sorgen dafür, dass die Schlüssel sicher in Ihr Büro zurückkommen, wenn wir hier fertig sind.«

»Ja, natürlich. War nett, Sie kennenzulernen, Agent Crane.«

»Gleichfalls. Oh – Ms Bradshaw? Haben Sie Wesley Tate kennengelernt? Mit ihm gesprochen?«

»Tut mir leid. Dieses Ferienhaus wird von einem anderen Angestellten verwaltet.«

»Verstehe. Vielen Dank.

»Nichts zu danken. Ash, wir sprechen uns sicher noch.«

»Bis später, Colleen.«

Sie sahen beide zu, wie die hochgewachsene Brünette sich – mit ziemlich unnötigem Getue, fand Riley – in ihren kleinen Sportwagen faltete und davonfuhr, und erst dann sagte Riley: »Wie lange lief das? Mit euch beiden?«

Ash schien nicht überrascht zu sein. »Ein paar Monate während des letzten Winters.«

»Offenbar war sie nicht diejenige, die Schluss gemacht hat.«

»Nein.« Ash hielt die Schlüssel hoch, die sie ihm gegeben hatte. »Sollen wir?«

»Ah. Du gehörst also nicht zu denjenigen, die sich über ihre Verflossenen verbreiten. Gut zu wissen.«

»Es gibt nichts zu verbreiten.« Er ging zu den Eingangsstufen von Wesley Tates Ferienhaus voran. »Eine gewisse Anziehung, aber nicht viel Gemeinsames.«

»Ein Funke, aber kein Feuer.«

»Genau.«

»Warum hasst sie mich dann?«

Ash lächelte schwach. »Hasst sie dich wirklich?«

»Unschuld steht dir nicht gut, Ash. Es wirkt völlig unnatürlich an dir.«

»Warum glaubst du, dass sie dich hasst?«

»Sagen wir einfach, ich war froh, diejenige mit der Waffe zu sein.«

Er blieb oben auf den Stufen stehen und schaute sie immer noch lächelnd an. »Eifersucht. Das ist ein neuer Zug an dir. Ich glaube, er gefällt mir.«

»Ich neige nicht zu Eifersucht. Und es gibt nichts, worauf ich eifersüchtig sein müsste. Oder?«

»Natürlich nicht.«

»Na dann.« *Was kümmert's mich, wenn diese Amazone eins achtzig groß ist und so angezogen, als sollte sie irgendwo an einer Straßenecke stehen? Na und? Warum nervt mich das so sehr?*

Warum denke ich überhaupt darüber nach?

»Okay, du neigst also nicht zu Eifersucht.« Ash schloss die Tür auf. »Sollen wir?«

»Ich neige wirklich nicht zu Eifersucht. Und außerdem sollst du mir helfen, meine Konzentration zu bewahren, schon vergessen?«

»Stimmt. Entschuldige.«

Ich bin Polizistin, und hier hat ein Mordopfer seine letzten Lebenstage verbracht. Zumindest …

»Wie lange war Tate eigentlich hier, bevor er umgebracht wurde?«, fragte sie und schlug sich die langbeinige Brünette aus dem Kopf.

»Nicht lange. Er kam Samstag an.« Ash war wieder ganz geschäftsmäßig.

»Himmel. Hatte er überhaupt Zeit, auszupacken?«

»Laut Jake befindet sich im Hauptschlafzimmer eine kleine Reisetasche für Kleidung, und im Bad steht Rasierzeug. Entweder hatte er nicht vor, lange zu bleiben, oder er wollte die Sachen kaufen, die er brauchte.«

Sie gingen durch die Diele in den großen Raum, eine Kombination aus Wohn- und Esszimmer, die ihrem Namen Ehre machte. Es war nicht nur ein riesiger, offener Raum, sondern auch teuer ausgestattet mit modernen Möbeln und den neuesten Geräten, einschließlich einem gewaltigen Plasmafernsehschirm und einem Kamin.

Erneut abgelenkt, deutete Riley auf den Kamin. »Wird so ein Ding hier überhaupt benutzt?«

»Wir haben ein paar kühle Nächte im Winter. Im Allgemeinen nicht viele, aber einige. Ferienhäuser mit Kaminen lassen sich im Winter offenbar besser vermieten.«

»Oh. Erscheint sinnvoll.« *Konzentrier dich, verdammt. Konzentrier dich.* Riley schaute sich in dem sehr großen Haus um, das eindeutig für ein Dutzend oder mehr Leute gedacht war. »Wie viele Schlafzimmer?«

»Sechs. Und sieben Bäder. Unter diesem und über diesem befindet sich noch jeweils ein Stockwerk.«

Stirnrunzelnd ging Riley zu einem der beiden Kühlschränke und öffnete ihn. »Das wird immer merkwürdiger«, sagte sie. »Er ist gefüllt.« Sie sah im anderen nach. »Der auch. Ich wette, die Speisekammer ebenfalls.«

»Ja. Jake sagte, der örtliche Lebensmittelladen hätte am Samstag eine große Lieferung gebracht, bevor Tate eintraf. War vorher vereinbart. Man kann über das Internet bestellen, und der Laden liefert, sobald die Reinigungskräfte das Haus nach dem letzten Mieter verlassen haben. Die verderblichen Sachen werden in den Kühlschrank geräumt und der Rest für den Mieter auf der Arbeitsplatte stehen gelassen.«

»Ich hatte keine Ahnung, dass so was geht.« Riley schloss die Kühlschranktür. »Ich habe einfach immer unterwegs angehalten und das eingekauft, was ich brauchte.«

»Hauptsächlich Tiefkühlpizza und Energieriegel. Ja, ich erinnere mich.«

»Wenn man nicht kocht, ist es das, was man kauft.« Wieder runzelte sie die Stirn. »Die Frage ist, warum hat sich Tate so viel liefern lassen? Mit dem, was da drin ist, kann man zwei Wochen lang ein Dutzend Leute oder mehr verköstigen.«

»Ich würde sagen, er erwartete noch andere. Und zwar für mehr als eine Mahlzeit oder zwei.« Ash musterte sie. »Fängst du hellseherisch etwas auf?«

»Ich habe es noch nicht versucht.« Da es ihr schon schwer genug fiel, sich zu konzentrieren, wollte Riley nur ungern ihren Schutzschild senken.

Vorausgesetzt, sie besaß überhaupt noch einen Schutzschild, was eher fraglich war.

»Wie willst du also vorgehen?« Ash beobachtete sie immer noch. »Ich kenne mich mit diesen Dingen nicht aus, aber ich schätze, der Mann hat kaum etwas von seiner eigenen … Energie … zurückgelassen, wenn man bedenkt, wie wenig Zeit er hier verbracht hat. Am Tag vor seiner Ankunft war eine Reinigungsmannschaft hier, und Jakes Spurensicherungsteam ist ordentlicher als die meisten und räumt hinter sich auf, daher dürfte hier alles blitzsauber sein.«

Riley fragte sich, ob er ihr einen Ausweg bot, weil er befürchtete, sie könnte versagen – oder befürchtete, sie könnte Erfolg haben.

Sie war sich nicht sicher, vor welcher Möglichkeit *sie* sich fürchtete.

»Wo ist das Hauptschlafzimmer?«, fragte sie.

»Das hat für gewöhnlich den besten Ausblick, also schätze ich, oben«, erwiderte Ash. Er ging voraus, fügte über die Schulter hinzu: »Ich will hier nicht die Glucke spielen, würde aber für alle Fälle lieber in deiner Nähe bleiben.«

»Dafür bin ich dir dankbar«, sagte Riley und meinte es durchaus ernst.

Das Hauptschlafzimmer war geräumig für ein Ferienhaus und verfügte sowohl über ein großes, sich anschließendes Bad wie auch über eine eigene Terrasse mit einem Ausblick auf das – ziemlich weit entfernte – Meer.

Riley aß einen Energieriegel und ging hin und her, betrachtete, berührte Dinge, versuchte vorsichtig ihre Sinne zu öffnen, von denen sie nicht wusste, ob sie mehr fertigbrachten, als gerade so zu funktionieren. Nichts kam. Keine Gerüche, keine Geräusche, keine spürbare Textur. Sogar der farbenfreudig eingerichtete Raum wirkte auf sie seltsam verwaschen.

Der merkwürdige Schleier war wieder da, eine Schicht von etwas Undefinierbarem, das sie von der Welt trennte. Und sie wurde dichter.

Riley war kalt. So kalt. Aber sie bemühte sich, nicht zu frösteln, bemühte sich, ihre Arbeit zu tun.

»Er war ordentlich«, sagte sie, schaute in einen Schrank, wo in gleichmäßigem Abstand ein Jackett und zwei Hemden hingen.

»Er hatte kaum Zeit, Unordnung zu machen«, gab Ash zu bedenken.

Riley öffnete eine Kommodenschublade und deutete auf mehrere Paar Socken und sauber gefaltete Unterhosen. »Er war ordentlich.«

»Na gut, dann war er halt ordentlich.« Ash hielt inne, sagte dann: »Wenn du weißt, dass es eine mögliche Verbindung zwischen Tate und den Leuten im Pearson-Haus gibt, warum verfolgst du dann nicht diese Spur, um Informationen zu bekommen? Warum setzt du dich dem aus, wenn es nicht nötig ist?«

Sie blickte ihn stirnrunzelnd an. »Mich dem aussetzen. Kommt es dir so vor, als sei es eine Anstrengung für mich?«

Ash erwiderte ihren Blick, trat dann zu ihr und drehte sie so um, dass sie in den Spiegel über der Kommode sehen konnte.

»Schau«, sagte er.

Einen Moment lang, nicht länger als einen Sekundenbruchteil, meinte Riley, eine andere Frau dort stehen zu sehen, wo Ash hinter ihr stand, ein eigentümliches Doppelbild, wie auf einem verwackelten Foto.

Dann war es verschwunden, und Riley sah sich selbst. Mit Ash hinter sich, seine Hände auf ihren Schultern.

Zuerst konnte sie nicht erkennen, was ihn so besorgt machte. Der seltsame Schleier, der die Farben verschwimmen ließ und ihre anderen Sinne betäubt hatte, lag zwischen ihr und dem Spiegel, genau, wie er zwischen ihr und der Welt lag.

Aber dann wurde der Schleier allmählich dünner. Und

Riley fühlte sich sonderbarerweise stärker, fester auf den Beinen. Im Spiegelbild beobachtete sie fasziniert, wie der Raum hinter ihr heller wurde, die Farben kräftiger. Ihre hellblaue, kurzärmelige Bluse und die Jeans, Ashs Khakihose und das dunkle Hemd, sogar seine lebhaften grünen Augen, alles wurde klarer, schärfer.

Nicht mehr fern.

Nicht mehr außerhalb ihrer Reichweite.

Sie betrachtete seine Hände auf ihren Schultern, und ihre zerstreuten Gedanken begannen, sich zu sammeln.

Verdammt, Bishop hatte recht. Wieder mal.

»Schau in dein Gesicht«, setzte Ash an. »Es …«

Riley hielt die Hand hoch, um ihn zum Schweigen zu bringen. »Warte. Nur eine Minute.« Trotz des Risikos, ihre Energiereserven weiter zu verringern, konzentrierte sie sich aufs Lauschen, versuchte, das Meer zu hören, das zu weit entfernt war vom Haus, um das Geräusch ohne weiteres durch die isolierten Wände und die dreifach verglasten Fensterscheiben zu vernehmen.

Fast augenblicklich, als sei eine Tür nur wenige Meter vom Strand entfernt geöffnet worden, hörte sie die Wellen, das rhythmische Aufklatschen des Wassers. Sie konnte fast die schaumige Brandung um ihre Fußknöchel spüren, die leicht fischige Salzluft riechen.

Ihr Spinnensinn war wieder da.

Sie dehnte ihn weiter aus, strengte sich stärker an …

… er war bereits tot, als sie die ansonsten verlassene Lichtung erreichte.

Rauch von den nur noch glühenden Überresten des Feuers ringelte sich hoch, und der Geruch nach Schwefel und Blut war fast überwältigend. Sie näherte sich der kopflosen Leiche nicht, aus der immer noch Blut tropfte, sondern um-

kreiste vorsichtig die Lichtung, die Waffe in der Hand und mit angespannten Sinnen.

All ihren Sinnen.

Sie fing nicht viel auf, nur schwache Eindrücke der dunklen Gestalten, die sich hier bewegt hatten, hier getanzt hatten, ihre Seelen verdammt hatten. Das nachklingende Echo von Gesang und Glocken, von Anrufungen in Latein.

Aber kein Gefühl von Identität, kein wirkliches Gefühl von Leben. Es war … seltsam. Als ob die Geister in ihrem Kopf nur das waren, unwirkliche Gestalten, heraufbeschworen wie ein Albtraum aus Bildern, der diesen Ort überlagerte.

Doch die Leiche war real. Der Mann war zweifellos hier gefoltert und getötet worden. Sie wusste, dass die Leiche beim Berühren noch warm sein würde.

Die blutbefleckten Felsen waren real. Das sterbende Feuer. Der Salzkreis, den sie am Boden gefunden hatte.

Um den Kreis zu weihen oder die zu schützen, die darin standen?

Sie wusste es nicht. Und je mehr Riley versuchte, ihre Sinne zu öffnen, desto stärker hatte sie das befremdliche Gefühl einer … Barriere. Die normalen Nachtgeräusche, die sie hörte, klangen gedämpft. Der scharfe Geruch des Schwefels verflog schneller, als sie erwartet hatte, viel schneller, als er das hätte tun sollen, und das Blut …

Sie konnte das Blut nicht mehr riechen.

Riley blickte rasch zu der Leiche, halbwegs überzeugt, dass auch die nur ein Gebilde ihrer eigenen Fantasie war. Aber der leblose Körper hing immer noch da.

Sie machte einen Schritt darauf zu und erstarrte, sich abrupt bewusst, dass sie zum ersten Mal den Kreis betreten hatte.

Den unberührten Kreis.

Vollkommene Stille umgab sie, und ihre Sehfähigkeit wurde schwächer. Sie versuchte, sich zu bewegen, konnte es aber nicht, konnte nicht mal ihre Waffe heben oder ein Geräusch von sich geben, und die Dunkelheit wurde zu etwas Fühlbarem, hüllte sie mit einer kalten Umarmung ein, der sie nicht entkommen konnte.

Ihr blieb kaum Zeit für die ersten schwachen Andeutungen des Begreifens, die sich durch den dunklen Nebel in ihrem Kopf kämpften.

Kaum Zeit, um auch nur ansatzweise zu verstehen, was mit ihr passierte.

Und dann wurde sie wie von einem Zug überrollt, heißer Schmerz, der durch ihre Nerven schoss, lodernde Flammen in ihrem Kopf, ihrem Gehirn. Für einen unendlich langen Augenblick spürte sie sich buchstäblich mit dem Boden unter ihren Füßen verbunden, durch einen Speer brennender Energie, der sich in die Erde bohrte.

Der ihre gesamte Kraft entlud, wie ein Blitzableiter …

»Riley.«

Sie merkte erst, dass sie die Augen geschlossen hatte, als seine Stimme sie zurück in das Zimmer holte, und als sie die Augen öffnete, begegnete sie seinem besorgten Blick im Spiegel. Und spürte seine Hände auf ihren Schultern, jetzt aber fester, als würden sie sie aufrecht halten.

Mit einiger Mühe riss sie sich zusammen. »Tut mir leid. Aber, Ash …«

»Schau in dein Gesicht, Riley.«

Sie erkannte, dass sie nur in seins gesehen hatte, und wandte sich ihrem zu.

Die vorherige Kälte kehrte verstärkt zurück.

Ihr Gesicht wirkte … ausgemergelt. Nicht so sehr, als wäre sie gealtert, sondern als würde sie verhungern.

Mit den Fingern tastete Riley die scharfen Wangenknochen und die Höhlungen darunter ab. Höhlungen, die Stunden zuvor noch längst nicht so ausgeprägt gewesen waren.

»Das ist nicht normal«, sagte Ash, seine Stimme zum ersten Mal rau.

»Nein ... es ist nicht *natürlich*«, verbesserte sie langsam.

»Worin besteht der Unterschied? Himmel, Riley, du verbrennst die Kalorien so schnell, dass du den Bedürfnissen deines Körpers nicht nachkommen kannst. Du musst aufhören, dich derart anzutreiben, aufhören, Fähigkeiten zu benutzen, die der Taser zerstört haben muss.«

Den Blick immer noch auf das abgezehrte Gesicht im Spiegel gerichtet, auf Augen, die sie mit einer fiebrigen, dem Frösteln, das sie verspürte, überhaupt nicht entsprechenden Intensität anstarrten, erwiderte Riley: »Ich glaube nicht, dass dem so ist. Das war vielleicht der Anfang. Der erste Schritt. Nur war es nicht dazu gedacht, mich aus dem Spiel zu nehmen. Es war nicht dazu gedacht, mich zu töten. Es war dazu gedacht, mich zu schwächen. Mich verletzlich zu machen.«

»Wovon sprichst du?«

»Vom größten Stück des Puzzles, Ash. Ich bin das Stück.«

Er drehte sie zu sich um, behielt die Hände auf ihren Schultern. »Wie kann das sein? Schatz, all dieser okkulte Mist begann schon Wochen vor deiner Ankunft. Wochen, bevor du überhaupt vorhattest, herzukommen.«

»Aber es war ein tolles Lockmittel, nicht wahr?« Sie kam darauf, noch während sie sprach, setzte langsam das zusammen, was ihr wie unzusammenhängende Fakten und Ereignisse vorgekommen war. Erinnerungsfetzen und unsichere Visionen. »Mögliche okkulte Aktivitäten in einem verschlafenen kleinen Badeort, nichts Gewalttätiges oder Bösartiges, unnötig, ein ganzes Team mit den Ermittlungen zu beauftragen. Nur eine Person. Nur mich. Nur die Expertin für das Okkulte aus der Einheit.«

Seine Hände packten ihre Schultern noch fester. »Gordon Skinner war derjenige, der dich hergerufen hat. Jemand, dem du vertraust. Richtig?«

»Ja. Und das muss ebenfalls ein Teil des Plans gewesen sein. Mich mit dem Wissen in eine Situation zu begeben, falls nötig einen verlässlichen Freund als Rückendeckung zu haben, hätte mich nicht zögern lassen, allein herzukommen.«

»Willst du damit sagen, er sei in die Sache verwickelt?«

»Nein.« Riley schüttelte den Kopf, hob dann die Hände und packte Ashs Handgelenke. Sofort fühlte sie sich ein wenig kräftiger. Ihr Kopf wurde klarer, Gedanken und Schlussfolgerungen fielen in rascher Folge an ihren Platz.

Sie hatte sich nicht geirrt.

Es geht um Verbindungen. Und dies ist eine Verbindung, die ich brauche, um diesen Fall zu lösen. Himmel, vielleicht brauche ich sie einfach zum Überleben.

»Nein, ich glaube nicht, dass Gordon daran beteiligt ist. Zumindest nicht willentlich. Wissentlich. Aber er könnte eine Schachfigur sein. Gesteuert, wie so viele andere Leute und Ereignisse gesteuert worden sind.«

»Riley ...«

»Ash, es ist nicht *natürlich*, was mit mir geschieht. Es sollte nicht geschehen. Die Schäden, die der Taser meinem Gehirn zugefügt hat, sollten sich von allein reparieren, selbst jetzt. Was bedeutet, dass noch etwas anderes hier ist, etwas, das mir zusetzt. Etwas, das von Anfang an hier war. Mir meine Kraft, meine Fähigkeiten raubt, mit meinen Erinnerungen, meinem Zeitgefühl spielt, dem, was wirklich ist und was nicht.«

»Was könnte so etwas bewirken?«

»Negative Energie. Dunkle Energie. Von jemandem erzeugt, beherrscht, kanalisiert, gelenkt.«

»Einem anderen Paragnosten? Du sagtest, das sei unwahrscheinlich.«

»Ich glaube nicht, dass es ein anderer Paragnost ist. Oder zumindest keiner, der mir bekannten Paragnosten ähnelt. Ich glaube, es ist jemand, der an sehr dunklen Orten nach genügend Macht gesucht hat, um das zu erreichen, was er erreichen wollte.«

»Und das wäre?«

Langsam sagte sie: »Was auch immer es ist, ich glaube, es hat ausschließlich mit mir zu tun. Ich hatte gerade einen Erinnerungsblitz. Wenigstens bin ich mir ziemlich sicher, dass es eine Erinnerung war. An Sonntagnacht. Wie ich die Lichtung erreicht habe und den dort hängenden Mann fand, bereits tot. Ich war allein. Aber ich hatte ein mulmiges Gefühl, meine Sinne schienen nicht richtig zu funktionieren. Und dann bin ich in den Kreis getreten.«

»Den Salzkreis?«

»Ja. Er war noch unberührt. Als ich darübertrat, in den Kreis … saß ich in der Falle. War gefangen. Ich konnte mich nicht bewegen. Konnte nicht hören. Alles wurde dunkel. Das war der Moment, in dem ich mit dem Taser angegriffen wurde. Ich hing fest wie eine Fliege im Harz und bekam absichtlich den Stromstoß.«

»Du hingst fest? Wie? Sprichst du von elementaren Kräften? Oder etwas Übernatürlichem?«

»Beides. Ich spreche von jemandem, der fähig ist, sich negative Energie nutzbar zu machen. Ein menschliches Wesen foltern und töten? Das ist absolut negativ. Leiden erzeugt

Macht. Gewaltsames Sterben erzeugt ein unglaubliches Maß an Macht. Zerstörung erzeugt immer etwas, um das zu ersetzen, was zerstört worden ist, selbst wenn es nur reine Energie ist. Verbindet man das mit einer schwarz-okkulten Zeremonie, die dazu gedacht ist, sogar noch mehr dunkle Energie zu erzeugen, hat man genug Macht, um selbst den stärksten Feind kampfunfähig zu machen.«

»Dich?«

»Ich bin diejenige, die in die Falle gegangen ist. Ich bin diejenige, die kampfunfähig aufgewacht ist.«

»Diese Einschätzung würde ich infrage stellen, aber egal. Du sagst, es wurde alles für diesen Zweck in Szene gesetzt? Um dich kampfunfähig zu machen und dir zu schaden? Durch den Einsatz von Energie?«

Sein Zweifel war deutlich zu erkennen, und Riley konnte ihm das kaum vorwerfen. Was sie da an Vermutungen äußerte, war unglaublich.

Ich wette, das war die Schlussfolgerung, zu der ich direkt vor den Blackouts gekommen war, was ich in dem Bericht erklären wollte, nämlich, dass jemand – so unglaublich das scheint – Energie absichtlich manipulierte, dunkle Energie, und dass das alles in Szene gesetzt wurde, um mich hierherzulocken. Und mich zu vernichten.

Aber es gab etwas, womit Rileys Feind nicht gerechnet hatte, dessen war sie sich fast sicher. Etwas, das sie gerade erst selbst zu verstehen begann.

Der Joker war Ash.

18

Riley …«

»Ash, das hat nichts mit Magie zu tun. Das ist nichts Unnatürliches, abgesehen davon, wie es eingesetzt wird. Es ist die … Verfälschung einer absolut menschlichen Fähigkeit, elektrische und magnetische Felder zu manipulieren. Das tun wir alle täglich im Kleinen. Unser Körper ist voll von elektrischen Impulsen, die die ganze Zeit zünden. Automatisch. Ohne zu überlegen. Aber in diesem Fall hat jemand eine Möglichkeit gefunden, dunkle Energie, negative Energie zu absorbieren und zu benutzen, sie sogar wieder für einen bestimmen Zweck nach außen zu richten.«

»Ist das denn überhaupt möglich? Energie von jemandem zu absorbieren? Von jemand anderem?«

Riley atmete tief durch. »Ich hoffe wirklich, du kriegst jetzt nicht das Gruseln. Schau dir mein Gesicht genauer an.«

Er kam der Aufforderung nach, und sein Stirnrunzeln vertiefte sich.

»Du siehst … dein Gesicht wirkt nicht mehr so dünn. Nicht mehr so ausgemergelt, wie noch vor ein paar Minuten. Was …«

Ash war alles andere als begriffsstutzig. Sein Blick fiel auf ihre Hände, die seine Handgelenke umklammerten – und er hatte verstanden.

»Warte mal. Du entziehst mir Energie? Uns?«

Froh, dass er Letzteres hinzugefügt hatte, nickte sie. »Da

bin ich mir ziemlich sicher. Ich fühle mich mit jeder Minute kräftiger. Das ist mir noch nie zuvor gelungen. Und wir haben es versucht, glaub mir.«

»Wir?«

»Die SCU. Das ist eine der Methoden, wie Bishop Partner aufeinander abstimmt. Die Stärke des einen mit der Schwäche des anderen kombiniert. Meine Schwäche war immer, dass ich während eines Falls zu viel Energie verbrauche und dann erschöpft bin, manchmal in sehr kritischen Momenten. Also versuchte er, mich mit Teammitgliedern zu kombinieren, die … Energie übrig haben. Aber das hat nie funktioniert, weil ich keine anderen Quellen anzapfen konnte, selbst wenn es jemand war, dem ich vertraute, jemand, der zu teilen bereit war. Bishop sagte …«

»Was hat er gesagt?«

Riley zögerte. Doch wie unzuverlässig ihr Gedächtnis auch war, ihr Körper hatte es deutlich erkannt, und das bereits vor einiger Zeit.

»Er sagte, es gibt eine sehr seltene Art des Vertrauens, die er nur bei Geschwistern und Liebenden erlebt hat. Ein so tiefes und so absolutes Vertrauen, dass alle Barrieren, die Menschen voneinander trennen, verschwinden. Er hat diese Art Verbindung mit seiner Frau; sie teilen ihre Gedanken, ihre Fähigkeiten, alles, was sie sind. Wie die beiden Hälften einer einzigen Seele.«

Wieder holte sie Luft und fuhr dann fort. »Er sagte, ich würde das vermutlich finden, wenn ich mich verliebte. Und wenn das geschehe, dann würde ich auch eine erstaunliche Kraftquelle finden, die ich anzapfen könnte. Er und Miranda sind präkognitiv, und wenn er *vermutlich* sagt, kann man sich vollkommen darauf verlassen.«

Als Ash nicht sofort reagierte, fügte sie hastig hinzu: »Ich bin deswegen kein Energievampir oder so was, bloß …«

Ash küsste sie, lange, langsam und mit unglaublicher Intensität.

Als Riley wieder zu Atem kam, murmelte sie: »Wow.«

Er lächelte, aber seine Stimme war belegt, als er sagte: »Schatz, als wir zum ersten Mal zusammen im Bett waren, haben wir genug Hitze erzeugt, um einen kleinen Stern zu entzünden. Also glaub mir, wenn ich dir sage, dass ich verstehe, wie menschliche Wesen Energie erzeugen und kanalisieren können. Vor allem die richtigen menschlichen Wesen in der richtigen Kombination.«

Sie räusperte sich. »Mann, ich wünschte, ich könnte mich daran erinnern.«

»Ich erinnere dich heute Nacht daran. Wenn nicht früher.« Er küsste sie erneut, diesmal kurz, und fügte hinzu: »Ich bin mehr als bereit, dir die Energie zu geben, die du mir entziehst, besonders, wenn es dir hilft. Außerdem ist es nichts, was ich nicht entbehren kann, soviel ich merke.«

»Nein, du bist einer dieser Menschen, die Energie im Übermaß besitzen. Mehr, als du brauchst und je verwenden würdest.« Etwas, das sie am Tatort vom ersten Moment an in ihm gespürt hatte, Erinnerungen hin oder her, diese fühlbare Intensität, die von ihm ausging. »Du musst fast jeden Monat eine neue Uhr kaufen, weil sie immer stehen bleiben, und ich wette, du hast Probleme mit Geldautomaten und anderen Computern.«

»Genau so ist es. In beiden Fällen.«

»Manche Menschen erzeugen eine Menge Energie und können den Überfluss nicht wirklich produktiv kanalisieren. Andere verbrennen sie schnell. Sogar zu schnell.«

»Also passen wir perfekt zusammen. Ich verstehe nur nicht, warum du erst jetzt begriffen hast, dass du meine Energie anzapfen kannst. Verbessere mich, wenn ich mich irre, aber bis jetzt hatte ich den Eindruck, dass gerade ich dir Energie *entziehe*. Oder dass unsere Beziehung das tut.«

»Du irrst dich nicht.«

Sie dachte darüber nach. »Ich schätze mal, dass ich wegen meines Unbehagens, nicht die Kontrolle zu haben, unfähig war, deine Energie anzuzapfen, bewusst oder auch nur unbewusst, bis ich verzweifelt war. Bis meine Reserven so gering waren, dass es um das schiere Überleben ging. Du hast mir mein Spiegelbild gezeigt, und ich erkannte auf einer sehr primitiven Ebene, dass ich zugreifen musste – oder sterben würde.«

Mit einem angedeuteten Lächeln sagte er: »Hast du mal mit jemandem über diese Kontrollsache geredet?«

Sie konnte nicht anders als lachen, wenn auch nur kurz. »Ja. Außerdem ist es bei dir dasselbe. Es ist schwer, diesen Vertrauenssprung zu wagen.«

»Und sein Schicksal in die Hände eines anderen zu legen. Ja, ich weiß. Du warst ziemlich sauer deswegen.«

Riley musste wieder lachen. »Kann ich mir vorstellen. Aber das erklärt etwas von meinem uncharakteristischen Verhalten, nicht? Ich war noch nie verliebt.«

»Das hast du gesagt. Und mich finster angeschaut.«

»Hab ich nicht.«

»Hast du wohl. Finster. Wobei mir das egal war. Ich war auch noch nie verliebt und war deswegen am Anfang selbst ein bisschen reizbar. Du hast mich gefragt, wie bekannt unsere Beziehung hier in der Gegend war; ich glaube nicht, dass wir beide fähig waren, viel zu verbergen, und wir waren … ungestüm … von dem Moment an, als wir uns kennenlernten.«

»Von dem Moment?«

»Ja. Leider warst du da gerade mit Jake zusammen. Er hat uns einander vorgestellt.«

Riley zuckte zusammen. »Autsch.«

»Ja.«

»Tja, kein Wunder, dass er sich so ... schwierig gibt.«

»Ich habe versucht, nachsichtig zu sein«, gestand Ash. Sie grübelte einen Moment, schüttelte aber dann den Kopf. »Ich kann jetzt nicht darüber nachdenken. Wir begraben später das Kriegsbeil oder bauen Brücken für Jake oder was immer wir tun müssen.«

Mit der Fähigkeit des Anwalts, beim Thema zu bleiben, wenn nötig, sagte Ash: »Okay, zurück zu deinem Glauben, dass dein Energieverlust durch den Einfluss einer anderen Person verursacht wird.«

»Ja. Wenn ich damit recht habe – und das glaube ich –, dann ist der Zweck dieser gesamten rituell-okkulten Aktivität, einschließlich des Mordes oder der Morde, nicht so sehr eine Tarnung als ein Hilfsmittel.«

»Um dunkle Energie anzuzapfen und zu benutzen.«

Riley nickte.

»Aber ist das nicht immer der Zweck schwarz-okkulter Aktivitäten?«

»Das kann man so und so sehen. Meiner Erfahrung nach sind die meisten Teilnehmer mehr daran interessiert, alles, was auch nur entfernt an traditionelle Religion erinnert, zu verhöhnen wie hämische, ungezogene Kinder, und sich einzureden, es sei befreiend, sich wie Tiere zu verhalten.«

»Sich in Roben zu hüllen und in einem Sarg zu vögeln?«

»Ja, im Allgemeinen. Ohne das Menschenopfer.«

»Also stirbt für gewöhnlich niemand.«

»Praktisch nie. Es ist selten, dass jemand blutet. Die einzigen Ausnahmen, von denen ich weiß, waren Fälle, bei denen jemand eine Gruppe leitete oder auf andere Weise beherrschte, der wirklich das Böse in sich hatte. Wie bei sadistischen Mördertypen. Und einige haben Charles Manson nachgeahmt, haben ihre Anhänger dazu überredet, für sie zu töten, aber die meisten erledigen das Töten selbst. Es belustigt sie, sich in Roben zu kleiden und so zu tun, als riefen sie Satan herbei oder kanalisierten seine Macht, und das alles für den edlen Zweck, die Ignoranten zu erleuchten.«

Ash runzelte die Stirn. »Na gut. Wenn das Menschenopfer nur ein ... Nebenprodukt des Rituals zur Energieerzeugung war und wenn du nicht glaubst, dass Wesley Tate auf diese Weise getötet wurde, um einen Mord mit einem echten Motiv zu tarnen, dann ...«

»Wer er war, könnte vielleicht nicht so wichtig sein, wie ich zuerst geglaubt habe.« Nun war Riley diejenige, die ihre Stirn runzelte. »Aber er ist trotzdem ein Teil des Puzzles. Er passt an irgendeine Stelle, und nicht nur, weil er sein Blut für ein Ritual gegeben hat. Opfer werden ausgewählt. Ganz egal, wie geisteskrank ein Mörder ist, seine Logik ergibt in seiner eigenen Realität einen Sinn.«

»Unser nächster Schritt ist demnach das Gespräch mit der Gruppe im Pearson-Haus.«

»Sie sind die einzigen bekennenden Satanisten, von denen wir bisher wissen. Und selbst wenn sie die Vorbereitungen verpasst haben – was beunruhigend ist und mir nicht dabei hilft, die Teile zusammenzufügen –, waren sie auf jeden Fall rechtzeitig hier, um an dem teilzunehmen, was auch immer Sonntagnacht passiert ist.« Ihre Brauen zuckten.

»Was ist los?«

»Dieser Erinnerungsblitz, den ich hatte. Ich weiß nicht, wie zuverlässig der ist, da ich gerade erst meine Kraft zurückbekam, aber wenn es wirklich mit dem übereinstimmt, was mir Sonntagnacht zugestoßen ist, dann hatte ich, als ich auf die Lichtung kam, das merkwürdige Gefühl, dass die ganze Sache in Szene gesetzt worden war. Oder manipuliert wurde. Die Leiche war real genug, doch alles andere, selbst mein Empfinden, dass dort vorher eine Zeremonie stattgefunden hatte, kam mir unwirklich vor.«

Ash schüttelte leicht den Kopf, konnte ihr nicht folgen.

»Du hast es selbst gesagt. Mordkomplotte sind äußerst selten. Vielleicht war es keine Verschwörung. Welche okkulten Zeremonien hier auch stattgefunden haben oder nicht, sie sind alle ohne Mord abgelaufen.«

»Und der Mord fand später statt, ausgeführt von einem einzelnen Individuum?«

»Warum nicht? Die Satanisten haben ihren Spaß und ihr harmloses Ritual, tanzen singend um das Feuer, trinken eine Menge Wein und vögeln fröhlich herum, dann gehen sie nach Hause und schlafen sich aus. Der Mörder kommt später und zieht seine Sache durch, setzt das Ganze in Szene, damit es so aussieht, als hätte es zum Ritual gehört. Er benutzt den Ort und den Mord als Mittel, weitere negative Energie zu erzeugen, sowohl durch die Tat als auch durch Verängstigung der Bevölkerung. Und er hält uns auf Abstand, damit wir Zeit verschwenden, an den falschen Orten suchen, die falschen Fragen stellen.«

»Wie die Frage danach, wer ein Motiv hatte, Wesley Tate zu töten?«

»Vielleicht.«

Langsam sagte Ash: »Wenn der Mörder die Fähigkeit hat, die Energie von Orten oder Ritualen oder was auch immer anzuzapfen und sie zu kanalisieren, sie zu benutzen, dann muss irgendwas ihn dazu getrieben haben. Man wacht nicht einfach eines Tages auf und beschließt, dass es bessere Möglichkeiten gibt, Menschen zu vernichten, als mit Pistolen oder Messern.«

»Nein. Selbst wenn es eine natürliche Gabe ist, braucht

es Zeit und Anstrengung, um zu lernen, wie man sie beherrscht … Pure Energie zu kanalisieren macht wirklich nicht viel Spaß. Man brauchte eine starke Motivation.«

»Vielleicht Hass?«

»Das«, sagte Riley, »würde vermutlich reichen.«

»Die eigentlich Frage ist daher also – wer könnte dich genug hassen, all das zu tun, um dich zu vernichten?«

»Ja«, sagte Riley. »Das ist die Frage.«

»Ich wette«, sagte Jake zu Steve, »die Spurensicherung wird nachweisen, dass zumindest einige Mitglieder Ihrer Gruppe auf der Lichtung waren. Vorläufige Tests der Bodenproben deuten sowohl auf Sperma wie auch Vaginalsekret von verschiedenen … Spendern hin. Was, hat Satan euch nicht mal erlaubt, eine Decke mit zur Party zu bringen?«

»Sheriff«, erwiderte Steve ruhig, »was auch immer wir am Samstagabend gemacht haben, jeder aus diesem Haus war weit vor Mitternacht im Haus. Wir haben gegen elf eine Pizzalieferung bekommen. Ich bin sicher, das kann von dem Restaurant und dem Jungen, der die sechs großen Pizzas gebracht hat, bestätigt werden.«

»Na und? Wesley Tate starb zwischen zwei und sechs Uhr morgens, was bedeutet, ihr hattet alle genug Zeit, eure Pizzas zu essen und zur Lichtung zurückzukehren.«

»Ich habe nicht behauptet, dass wir auf der Lichtung waren.«

»Das werden wir ja bald genug herausfinden, nicht wahr? Denn Rileys Aussage, dass Sie mit Wesley Tate vor Ihrer Ankunft hier gesprochen haben, zusammen mit Ihren eigenen Aussagen gegenüber Anwohnern, dass Sie und Ihre Gruppe Satanismus praktizieren, reichen dem Richter, um eine Vollmacht auszustellen, die Sie alle zur Teilnahme an einem DNA-Test zwingt.«

Als Steve Riley einen gekränkten Blick zuwarf, sagte sie: »Tut mir leid, Steve, aber der Mann ist tot. Wir müssen herausfinden, wer ihn ermordet hat und warum. Wir werden es herausfinden. Wenn ihr, du und deine Leute, nichts damit zu tun habt, ist jetzt der Moment, uns davon zu überzeugen.«

Jenny mischte sich ein. »Ich finde immer noch, dass wir unseren Anwalt dabeihaben sollten.«

Nachdenklich betrachtete Riley die dunkelhaarige Frau. Außer Steve war sie das einzige Mitglied der Gruppe, das irgendwas zu sagen hatte. Die anderen zehn – fünf Männer und fünf Frauen –, die in dem großen Raum des Ferienhauses saßen, blieben stumm und ziemlich ausdruckslos.

Sie waren eine recht gemischte Gruppe, im Alter von Mitte zwanzig bis kurz vor der Rente, sahen aber ansonsten in ihren farbenfrohen Shorts, den dünnen Tops und dem leichten Sonnenbrand der meisten wie alle anderen Sommergäste auf Opal Island aus.

Riley fing eine allgemeine Beunruhigung im Raum auf, was in dieser Situation kein Wunder war, aber nichts, das ihren Argwohn gegenüber der gesamten Gruppe weckte.

Jenny jedoch … Jenny war anders.

Jenny hatte Angst.

… nicht das, was ich wollte. Wie könnte es auch sein? Aber … ich wusste es nicht. Ich dachte, sein Geist hätte sich endlich geöffnet, dass er … Ich dachte, er hätte sich verändert.

Interessant. Und es verriet Riley eine Menge. Doch bevor sie das weiterverfolgen konnte, machte Jake erneut Druck, entschlossen, Antworten auf seine Fragen zu bekommen, nachdem es jetzt eine greifbare Verbindung zwischen diesen Leuten und dem Ermordeten gab.

»Menschen, die nichts zu verbergen haben, brauchen keinen Anwalt«, sagte er. »Nichts für ungut, Ash.«

»Keine Ursache.« Ash saß etwas hinter Riley am großen Esszimmertisch, die Stühle so gedreht, dass sie die im Wohnzimmer verteilte Gruppe vor sich hatten, und nur er und Riley wussten, dass die Hand, die zwanglos auf ihrer Schulter ruhte, weder zwanglos noch besitzergreifend, sondern eine notwendige Verbindung war.

Und eine lebensnotwendige Kraftquelle für Riley.

Leah, die auf der anderen Seite des Tisches saß, bemerkte den Kontakt mit einem Lächeln; Jake wirkte jedes Mal, wenn er in ihre Richtung schaute, gereizter.

Er verbirgt seine Gedanken nicht sehr gut. Es passt ihm definitiv nicht, dass ich mit Ash zusammen bin. Aber ob das an mir oder an Ash liegt, kann ich nicht richtig erkennen ... Warum denke ich eigentlich über diesen Scheiß nach?

»Ich glaube, Jenny hat recht«, sagte Steve, jetzt ebenfalls deutlich beunruhigt. »Warum gehen Sie nicht und holen sich diese Vollmacht, Sheriff, und wir lassen unseren Anwalt kommen, und dann sehen wir weiter.«

Riley brauchte nichts von Jake aufzufangen, um zu wissen, dass er kurz davor stand, etwas Hitziges und Unnötiges zu sagen, daher kam sie ihm zuvor.

»Steve, ich habe dir und deiner Gruppe versprochen, dass ihr nicht belästigt werden würdet, und ich werde dafür sorgen, dass das nicht geschieht. Aber wir müssen wissen, was ihr wisst. Wesley Tate war derjenige, der euch angerufen hat, ja?«

»Ja.«

Ohne auf Jakes beleidigte Körpersprache zu achten, weil er nun nicht mehr im Mittelpunkt der Aufmerksamkeit stand, fuhr Riley fort, Steve ruhig zu befragen.

»Aber du hast dich nie mit ihm getroffen?«

»Nein.«

»Warum warst du dann überhaupt bereit, mit ihm zu sprechen? Du musst viele Anrufe von neugierigen Reportern bekommen haben und von anderen Leuten, die euch Schaden zufügen wollten. Wieso war der Anruf von Tate anders?«

»Ich hab's dir schon gesagt. Er kannte Leute.«

»Was für Leute?«

»Verdammt, Riley, du kannst nicht von mir erwarten, dass ich das beantworte. Manche von denen praktizieren nicht offen.«

»Tja, ich frag mich, warum wohl?«, murmelte Jake.

Sofort erwiderte Steve: »Wegen misstrauischer Menschen wie Ihnen, Sheriff. Und das, obwohl in diesem Land angeblich Religionsfreiheit herrscht.«

Bevor Jake sich auf eine sicherlich hitzige und leidenschaftliche Debatte einlassen konnte, überraschte Riley die meisten anderen im Raum mit einer ruhigen Frage.

»Wie lange bist du geschieden, Jenny?«

Jenny erbleichte unter ihrer Bräune. »Wie bitte?«

»Du hast mich schon verstanden. Wesley Tate war dein Exmann, nicht wahr?«

Steve griff nach der Hand seiner Partnerin. »Sie muss das nicht beantworten.«

»Sei doch kein Idiot, Steve.« Riley behielt einen sachlichen Ton bei. »Eine Verbindung wie diese würde bei einer gründlichen Überprüfung mit Sicherheit herauskommen, also warum wollt ihr versuchen, sie zu verbergen oder zu leugnen? Außerdem wurden sie rechtskräftig geschieden, stimmt's? Demnach würde sie von seinem Tod nicht profitieren. Und wenn sie bereits so lange geschieden sind, wie ich glaube, sind alle alten Kränkungen und Verbitterungen zweifellos vergeben und vergessen. Jenny hatte kein Motiv, Wesley Tate zu ermorden.«

Zumindest ... glaube ich das. Konzentrier dich, verdammt.

Steve runzelte die Stirn, griff aber nicht ein, als Jenny schließlich sprach.

»Wir wurden vor mehr als zehn Jahren geschieden«, sagte sie mit gewisser Erleichterung in der Stimme. »Waren weniger als fünf Jahre verheiratet. Er konnte meinen ... untraditionellen Lebensstil nicht akzeptieren.«

In Gedanken an ihren Traum – oder an ihre Erinnerung – von dieser Frau als nacktem Altar bei einer Zeremonie, die von traditionell so weit entfernt war, wie es nur ging, konnte ihm Riley das kaum vorwerfen. Doch sie sagte nur: »Und seither? Irgendwelche Kontakte mit ihm?«

»Nicht viel. Er machte es sich zur Gewohnheit, um Weihnachten herum anzurufen, nur um nachzufragen, wie es mir ging.«

»Feiern Satanisten Weihnachten?«, fragte Jake sich laut, entweder zu gefesselt von dieser Frage oder sauer, weil ihm das Verhör aus den Händen genommen worden war, um sich darum zu kümmern, dass er vom Thema abwich.

»Nicht so wie Christen«, erwiderte Steve kategorisch.

Riley brachte sie wieder auf das Eigentliche zurück. »Warum hat er sich dann plötzlich aus heiterem Himmel mit euch in Verbindung gesetzt?«, fragte sie Jenny.

»Er sagte, dass er uns helfen wollte. Es hatte ein paar ... Vorfälle gegeben, wie Steve dir erzählt hat, in dem Ort, wo wir wohnten, nicht weit von Columbia. Kam in die Lokalnachrichten. Wes hatte es gesehen, sagte er. Er machte sich Sorgen, dass es schlimmer werden würde, dass in der Gegend ein allgemeines Klima der Intoleranz herrschte. All dieses angeblich okkulte Zeug während des letzten Jahres hier im Südosten.«

Riley nickte. »Ja, wir haben einiges davon untersucht.« *Bishop hat mich ebenfalls daran erinnert. Aber das war alles Schwindel. Oder das meiste war Schwindel ...* »Tate machte sich also Sorgen um euch. Und?«

»Und er sagte, er kenne einen geschützten Ort. Er erzählte uns von diesem Haus, sagte, es sei angenehm und friedlich und hätte einen fantastischen Ausblick, und niemand würde uns hier belästigen. Er sagte, er wisse – mit Bestimmtheit –, dass in dieser Gegend Gleichgesinnte lebten.«

»Aber er nannte keine Namen.«

»Nein. Leider nicht.«

»Und keiner dieser Gleichgesinnten hat sich bisher mit euch in Verbindung gesetzt?«

»Nein.«

»Na gut«, meinte Riley. »Hat er gesagt, dass er sich hier mit dir treffen würde?«

»Er sagte, er würde vielleicht für einige Zeit auf die Insel kommen und dass wir uns dann vielleicht treffen und miteinander reden könnten«, erwiderte Jenny. »Aber das war alles recht oberflächlich, nichts fest Vereinbartes. Er sagte, er würde anrufen, wenn er käme. Er hat nicht angerufen.«

»Und du bist nicht auf den Gedanken gekommen, dass er der Mann sein könnte, der Sonntagnacht ermordet wurde?«

»Nein. Warum sollte ich?«

Wieder unterbrach Jake. »Also, entschuldigen Sie, aber Sie schienen weder erstaunt noch erschüttert, als wir Ihnen sagten, dass er es war.«

»Nicht jeder zeigt offen seine Gefühle, Sheriff.« Sie musterte ihn ziemlich anzüglich von oben bis unten und wandte verächtlich den Blick ab.

Riley verspürte den flüchtigen Wunsch, allein mit Ash

hergekommen zu sein, um mit diesen Menschen zu reden, erinnerte sich dann aber stumm an ihren inoffiziellen Status. Und sprach rasch weiter, bevor Jake explodieren konnte – worauf alle Anzeichen hindeuteten.

»Hast du wirklich geglaubt, dass er nach all diesen Jahren seine Meinung ändert?«, fragte sie Jenny.

Die Dunkelhaarige zögerte, lächelte dann schwach. »Nein. Eigentlich nicht. Ich wollte das glauben, aber es ist viel wahrscheinlicher, dass er herausfinden wollte, ob ich meinen Lebensstil immer noch ernst nehme. Er hat nie wieder geheiratet. Ich glaube, er hat uns nie wirklich aufgegeben.«

»Was«, warf Jake ein, »*Ihnen* ein Mordmotiv gibt.«

»Kaum«, erwiderte Steve. »Verstehen Sie, ich weiß, dass sich Jenny unserem Lebensstil verschrieben hat.«

»Vorausgesetzt, wir akzeptieren das«, sagte Riley, ohne Jake anzuschauen, »müsst ihr immer noch für eure Anwesenheit auf der Lichtung, auf der Wesley Tates Leiche Montagmorgen gefunden wurde, geradestehen. Ihr wart am Sonntagabend da, nicht wahr?«

»Falls wir da waren, dann nur, um ein Sonnenuntergangs-Weiheritual durchzuführen«, sagte er.

Riley wusste, dass solche Rituale von Gruppe zu Gruppe variieren konnten, aber sie fing genug von Steve auf, um mit ziemlicher Gewissheit sagen zu können: »Kein Feuer außer einer Kerze, schwarze Kleidung statt Roben. Salz, um einen Kreis zu bilden und darin zu singen. Es war im eigentlichen Sinne kein sexuelles Ritual, aber wenigstens drei Paare … gaben sich dem hin. Ihr hattet vorgehabt, den Steinaltar bei zukünftigen, aufwendigeren Ritualen zu benutzen, wolltet davor aber sichergehen, dass das Gebiet geweiht war.«

»Das war der Plan«, gab er zu. »Bis irgendein Wahnsinniger beschloss, dort ein menschliches Wesen zu opfern.

Glaub mir, ab jetzt werden wir sämtliche Rituale nur noch hier im Haus durchführen. Hinter geschlossenen Jalousien.«

»Sie haben die Erlaubnis bekommen, morgen ein Feuer am Strand anzuzünden«, erinnerte ihn Jake.

»Um Marshmallows zu rösten, Sheriff. Sie können gerne kommen, aber bringen Sie Ihren eigenen Stock mit.«

Riley entschied, dass Jakes Blutdruck nicht mehr viel aushalten würde, und stand auf. »Wir werden vielleicht später noch mal mit euch reden wollen«, sagte sie zu Steve. »Bis dahin würde ich euch erneut raten, euch nicht zu weit vom Haus zu entfernen.«

Steve runzelte die Stirn, nickte aber, und Jenny sagte nur leise: »Danke, Riley.«

19

Jake bewahrte Schweigen, bis sie ihre Fahrzeuge erreichten, dann polterte er los: »Himmel, Ash, kannst du deine Hände nicht mal fünf Minuten von ihr lassen?«

Ash, der Rileys Hand hielt, lächelte. »Das geht wirklich nicht.«

Leah hustete, um das aufsteigende Lachen zu kaschieren, und sagte dann hastig zu Riley: »Du glaubst nicht, dass sie was damit zu tun haben, nicht wahr?«

»Ich denke, das sollte uns weisgemacht werden, aber … nein.« Riley schüttelte den Kopf. »Ich glaube, der Mörder ist dieselbe Person, die Wesley Tate geraten hat, seine Exfrau und ihre Gruppe hierher einzuladen.«

Jake mischte sich ein. »Warte mal. Soll das heißen, es gibt hier in der Gegend noch eine weitere Gruppe von Satanisten?«

»Keine Gruppe. Das würde die Sache zu weit führen, schätze ich. Vielleicht zwei Leute, ein Team, aber wohl eher nur eine Person.«

»Die diese Gruppe als Ablenkung benutzt«, meinte Ash.

»Als Ablenkung wovon? Von einem anderen Grund, Tate zu töten?«

»Na ja«, wies Riley ihn hin, »es hat funktioniert. Ich meine, zuerst sind wir rumgelaufen und haben herauszufinden versucht, wer er war, und jetzt sehen die offensichtlichen Verdächtigen auch nicht mehr so richtig passend aus. Wir wissen alle, je länger es dauert, einen Mordfall zu lösen, desto kälter wird die Spur.«

Sie gedachte nicht, dem Sheriff ihre Vermutung einzugestehen, dass sie selbst der Angelpunkt der gesamten Situation war, das Ziel der Wut dieses unbekannten Täters. Was sie an Beweisen für diese Schlussfolgerung hatte, würde er höchstwahrscheinlich nicht verstehen und erst recht nicht akzeptieren.

»Verzögerungstaktiken?« Jake schüttelte den Kopf. »Warum wurde er dann über dem Altar hängen gelassen? Warum wurde seine Leiche nicht ins Meer geworfen oder vergraben? Da er nie als vermisst gemeldet wurde, hätten wir von seinem Verschwinden vermutlich erst erfahren, wenn neue Mieter in das Haus eingezogen wären. Und warum ihn foltern und enthaupten?«

»Es sollte wie ein okkultes Todesritual aussehen«, sagte Riley. »Was nicht heißt, dass es tatsächlich eines war.«

»Bisher haben wir über das Okkulte als Motiv nicht hinausgeschaut«, warf Ash in neutralem Ton ein.

Mit einem hörbaren Knurren in der Stimme gab Jake zurück: »Ich habe ein Motiv für dich. Es mag sich mit schwarzen Roben und Salzkreisen getarnt haben, aber ich habe einen toten Mann und seine Exfrau auf dieser Insel, und das kann kein Zufall sein. Hör zu, Ehepartner bringen sich gegenseitig ständig um. Und, ja, auch noch Jahre nach der Scheidung. Vielleicht hat er gerade ein Familienvermögen geerbt, und sie steht immer noch in seinem Testament. Vielleicht ist da irgendwie ein Kind drin verwickelt, und es geht um das Sorgerecht. Vielleicht ist der lächelnde Steve verdammt viel eifersüchtiger, als er zugibt.«

Riley schüttelte den Kopf. »Es ist deine Ermittlung, Jake. Ich glaube nicht, dass jemand aus dem Haus Wesley Tate ermordet hat.«

»Wer dann?«, brüllte Jake regelrecht.

»Ich weiß es nicht. Noch nicht.«

Er straffte die Schultern wie ein Mann, der aktiv werden will. Möglicherweise körperlich sehr aktiv. »Na gut. Es wird dir sicher nichts ausmachen, wenn ich bei den Hintergrundüberprüfungen ein wenig tiefer grabe.«

»Das halte ich für eine ausgezeichnete Idee. Denn es gibt in der Tat eine Verbindung zwischen der Gruppe, Wesley Tate und entweder Castle oder Opal Island.«

»Was für eine Verbindung?«, fragte Leah.

»Findet es heraus«, sagte Riley, »und wir haben ein sehr großes Stück des Puzzles.«

Jake bedeutete Leah, in den Jeep einzusteigen, und sagte dann zu den beiden anderen: »Und was werdet ihr in der Zwischenzeit tun?«

Riley wusste, dass Ash versucht war, etwas über nackte Körper und das Kamasutra zu erwähnen, und antwortete rasch: »Oh, uns umsehen. Herauszufinden versuchen, ob es tatsächlich noch weitere Anhänger okkulter Praktiken in der Gegend gibt.«

»Na dann viel Glück. Lasst mich wissen, wenn ihr etwas findet.«

»Machen wir.« Sie sah dem Jeep des Sheriffs nach und meinte dann mit erhobenen Brauen zu Ash: »Du warst mir ja eine große Hilfe.«

»Ich habe entdeckt, wie viel Spaß es macht, Jake zu nerven. Das ist wie ein neues Spielzeug.«

Sie musste lachen, fügte aber hinzu: »Hör damit auf, ja? Wenigstens bis wir geklärt haben, was hier vorgeht. Es lenkt so ab.«

Ernster erwiderte er: »Ja, du hast recht. Mir ist aufgefallen, dass du es nicht eilig hast, Jake zu erzählen, was deiner Vermutung nach hier wirklich vorgeht.«

»Ich habe ja auch keine Beweise dafür. Und es klingt so unglaublich bizarr, dass sich jemand die Mühe macht, mich herzulocken, nur um Verwirrung in meinem Kopf anzurichten. Je mehr ich darüber nachdenke, desto unwahrscheinlicher kommt es mir vor.«

Ash blickte zurück zum Haus, führte Riley dann zum Beifahrersitz des Hummers. »Vielleicht sollten wir unterwegs darüber reden«, meinte er.

Riley wartete, bis auch er eingestiegen war und den Motor angelassen hatte, bevor sie fragte: »Wohin unterwegs?«

»Sag du es mir. Wie geht es übrigens deinem Kopf? Du schienst da mehr Unterströmungen aufzufangen, wenn nicht sogar konkrete Gedanken.«

»Konkrete Gedanken«, bestätigte sie. »Jedenfalls die von Jenny. Schwach und verschwommen, aber wahrnehmbar. Also scheint sich der Kopf definitiv zu bessern. In jeder Hinsicht, bis auf Erinnerungen. Die Blackouts sind immer noch leere Stellen, und meine Zeit hier vor dem Taserangriff kommt mir nach wie vor weit weg und löchrig vor.«

Ash nahm ihre Hand und legte sie auf seinen Oberschenkel. »Energie ist also kein Problem mehr?«

»Nicht so sehr. Aber ich habe Hunger.« Sie dachte darüber nach. »Ich schätze, Nahrung ist nach wie vor Brennstoff für den physischen Heizkessel, aber deine Energie hilft bei den psychischen Dingen.«

»Solange es etwas bewirkt, ist es ja gut.« Er schaute auf die Uhr und legte den Gang ein. »Zuerst Mittagessen, würde ich sagen. Ich weiß, dass du heute Nachmittag mit Gordon sprechen willst. Was sonst noch?«

»Ich möchte mir diese Brandstätten noch mal anschauen. Irgendwas nagt da an mir.« Sie blickte ihn an und fügte, sich des harten Schenkels unter ihrer Hand sehr bewusst, trocken hinzu: »Zum Kamasutra kommen wir später.«

Ash lächelte. »Du kehrst wirklich allmählich in die Normalität zurück.« – »Weil ich wusste, was du dachtest?«

»Von unserer ersten Berührung an«, bestätigte er. »Du sagtest, es seien keine kompletten Gedanken, wie Unterhaltungen, nur allgemeine Eindrücke von dem, was mir so durch den Kopf ging.«

»Und du kannst das ertragen?«

»Es war sogar eine Art Offenbarung«, erwiderte er. »Und eine Erleichterung. Ich brauche nie zu erklären, was ich meine, wenn wir miteinander reden.«

»Das hat auch seine Schattenseite«, warnte sie ihn.

»Ja, weiß ich schon.«

Riley hob fragend die Brauen.

»Ich hatte mal einen dieser schweinischen Gedanken, die alle Männer gelegentlich haben. Wie du behauptest.«

»Muss schon ein sehr schmutziger gewesen sein, wenn ich dir das vorgeworfen habe. Im Allgemeinen bin ich daran gewöhnt. Das Armeeleben, du weißt. Und das Aufwachsen mit Brüdern.«

»Hm. Sagen wir nur, es führte zu einer … angeregten … Diskussion. Und tollem Sex danach.«

»Na, wenigstens sind wir nicht wütend aufeinander ins Bett gegangen. Meine Mutter beharrt darauf, dass es das Geheimnis einer glücklichen Beziehung ist. Geh nie wütend ins Bett.«

Ash lächelte, sagte jedoch: »Ich weiß, diese psychische Sache zwischen uns ist einseitig, aber ich muss weder ein Hellseher noch ein Telepath sein, um zu wissen, dass all diese leichtfertige Witzelei nur ein weiterer Teil deiner praktischen Tarnung ist, die du überstreifst, wie andere Leute ihre Socken. Was macht dir also wirklich zu schaffen?«

Riley blickte zu der Hand auf seinem Schenkel, für jeden außenstehenden Beobachter die beiläufige intime Berührung eines Geliebten, doch für sie eine Verbindung, die für ihr Überleben absolut ausschlaggebend sein könnte.

»Als ich nach dem Taserangriff aufwachte, war es, als hinge da ein Schleier zwischen mir und der Welt. Alles war ... gedämpft. Verblasst. Verschwommen. Sobald ich in der Lage war, deine Energie anzuzapfen, hob sich der Schleier.«

»Aber?«, drängte er sie.

»Als wir im Pearson-Haus waren, spürte ich zwei Mal, wie ich ... wegzugleiten begann. Selbst mit deiner Berührung, selbst mit all der Energie fiel es mir schwer, mich zu konzentrieren.«

»Hast du eine Ahnung, warum?«

»Das ist es, was mir Sorgen macht. Es fühlte sich wie etwas außerhalb von mir an.«

»Du hast doch Informationen aufgefangen, die außerhalb von dir waren. Wo ist da der Unterschied?«

»Es war nicht so sehr in meinem Kopf, wie die hellseherischen Teile von Jennys Gedanken. Es ... zog an mir.«

»Klingt wie eine Bestätigung deiner Theorie.«

»Ja. Was zwar gut und schön ist, nur wenn ich den Versuch spürte, dann hat die andere Seite ebenfalls das Versagen gespürt.«

»Du meinst, wenn da wirklich jemand ist, der deinen Geist, deinen Verstand zu manipulieren versucht ...«

»Dann versucht es derjenige nicht nur immer noch, sondern hat möglicherweise gemerkt, dass die Angriffe weniger erfolgreich sind. Dass ich aus irgendeinem Grund die Mittel habe, zurückzuschlagen. Und ich schätze, beim nächsten Versuch wird er Zähne und Klauen einsetzen.«

»Weißt du«, sagte Gordon nachdenklich, nachdem sie ihn auf den neuesten Stand der Dinge gebracht hatte, »ich wünschte mir inzwischen wirklich, dich nicht hierhergerufen zu haben, Babe.«

Riley zuckte die Schultern. »Ich habe einen Feind, so viel ist klar. Wenn es nicht hier, nicht auf diese Weise geschehen wäre, dann wäre es woanders und vielleicht auf andere Weise geschehen. Ich bin froh, dass es hier war, Gordon.« Sie nickte in Ashs Richtung.

»Tja, in der Hinsicht bin ich froh für dich. Solange ich dich kenne, hast du schon jemanden gebraucht, der neben dir im Geschirr läuft.« Er schaute zu Ash, fügte hinzu: »Sie zieht Ärger an wie ein Blitzableiter. Du kannst nicht behaupten, nicht gewarnt worden zu sein.«

»Mit Ärger wird sie meist allein fertig«, entgegnete Ash leidenschaftslos.

»Ja. Aber verstehst du, die Sache ist, ihr geht nie auf, dass sie vielleicht nicht alles, was ihr in den Weg kommt, allein bewältigen sollte. Es geht nicht nur darum, was sie tun kann, sondern auch, was sie tun sollte. Und das bedeutet manchmal, eine helfende Hand anzunehmen.«

»Hör auf, über mich zu reden, als wäre ich nicht da, Gordon. Außerdem habe ich jetzt ja Hilfe – euch beide.«

»Und es ist dir gelungen, uns beide für fast drei Wochen außen vor zu halten«, gab er zurück.

»Schon gut, schon gut. Aber jetzt seid ihr beteiligt, und ein bisschen Brainstorming könnte helfen. Hoffe ich.«

Sie saßen an einem Terrassentisch unter dem Schatten eines Sonnenschirms hinter Gordons Haus und in der Nähe seines Anlegestegs, wo sie sowohl unter sich waren als auch geschützt vor der heißen Nachmittagssonne.

Gordon spitzte die Lippen. »Schätze, du hast bereits eine Liste deiner Feinde aufgestellt?«

»Mehr oder weniger.« Sie hatte während des Mittagessens mit Ash darüber diskutiert. »Du weißt so gut wie ich, dass ich mir in der Armee einige Feinde gemacht habe, als ich mit Geheimdienstermittlungen zu tun hatte. Und seit ich in die SCU eingetreten bin, habe ich dazu beigetragen, ein paar wirklich üble Gestalten hinter Gitter zu bringen. Aber das ist es ja gerade – sie sind hinter Gittern. Oder tot.«

»Keiner läuft mehr frei herum?«

»Nach meinen Informationen nicht. Wir sind nach dem Mittagessen in mein Strandhaus zurückgefahren, damit ich im Internet die Datenbanken durchsehen konnte.«

»Was sie anscheinend davor schon getan hat, während eines der Blackouts«, fügte Ash hinzu.

Gordon runzelte die Stirn. »Du hast demnach schon eine Weile über Feinde nachgedacht.«

Riley nickte. »Sieht so aus. Laut meiner Protokolldatei habe ich nicht nur einmal die Aufenthaltsorte jedes Verbrechers, den ich in den letzten fünf Jahren mit hinter Schloss und Riegel gebracht habe, überprüft. Sie sind alle tot oder immer noch eingesperrt.«

»Vielleicht hättest du weiter zurückgehen sollen.«

Riley verzog das Gesicht. »Das würde mich bis zu meiner aktiven Dienstzeit in Übersee bringen, wo es überall Feinde gab. Aber ich bezweifle, dass sie es speziell auf mich abgesehen haben würden, wenigstens nicht in diesem Ausmaß. Was sie sahen, war die Uniform, nicht Riley Crane.«

»Dann ist es vielleicht nichts Persönliches.«

»Es fühlt sich persönlich an. Sehr persönlich. Sehr spezifisch für einen Angriff. Als hätte jemand herausbekommen, wie ich funktioniere, und absichtlich darauf abgezielt, mir meine sämtlichen Schutzschilde zu nehmen. Nicht nur die Gruselsinne, sondern auch meine Erinnerungen, das Gefühl für mich selbst. Gordon, jemand ist in meinen *Kopf* eingedrungen.«

»Bist du dir dessen sicher, Babe? Ich meine, nichts für ungut, aber Tatsache ist doch, dass dein Gedächtnis löchrig ist und deine Gruselsinne sich verabschiedet haben, als …«

»Sie sind wieder da, dank Ash. Noch nicht hundertprozentig, aber das wird allmählich.« Sie schenkte Ash ein rasches Lächeln, als er nach ihrer Hand griff.

»Und was sagen sie dir?«, fragte Gordon.

»Dass ich Teil des Puzzles bin. Vielleicht sogar der Grund, warum all das passiert. Dass jemand in meinen Kopf eingedrungen ist.«

»Und dazu schwarz-okkulte Energie verwendet hat?«

»Zumindest teilweise.« Riley runzelte die Stirn. »Ich habe versucht, an einen möglichen Feind mit dieser Art Wissen zu denken, weil das wirklich Spezialkenntnisse sind, die man nicht in einem Lehrbuch findet. Aber ich bin im Laufe meiner Ermittlungen nur zwei Anhängern schwarz-okkulter Praktiken begegnet, und beide sind tot.«

Ash sagte: »Du hast beim Mittagessen nur einen erwähnt. Beim letzten Mal, als du angebliche okkulte Aktivitäten untersucht hast, vor ein paar Monaten, und dabei auf einen Serienmörder gestoßen bist.«

Sie nickte. »Er war kein Paragnost, hatte aber gelernt, wie man dunkle Energie trotzdem auf verdammt effektive Weise kanalisiert. So weit, dass er in der Lage war, meine Sinne … zu vernebeln, um es mal so zu sagen.«

»Wozu dieser Feind anscheinend ebenfalls fähig ist«, wies Ash sie hin.

»Ja, aber abgesehen von der Tatsache, dass ich bei der Autopsie dieses Kerls dabei war, hatte er eine ganz andere Wirkung auf meine Sinne als das, was ich jetzt erlebe.«

»Vielleicht, weil er dich vorher nicht mit einem Taser angegriffen hat«, meinte Gordon.

Diese Möglichkeit ließ Riley innehalten. »Tja … könnte

sein. Wenn man mit der künstlichen Unterbrechung der elektrischen Aktivität des Gehirns beginnt, wird jeder zusätzliche Angriff extremere Auswirkungen haben. Andererseits …«

»Was?« Ash beobachtete sie eindringlich.

»Ich frage mich gerade, ob der Taser der ursprüngliche Angriff war. Wenn dieser ›Feind‹ über die Fähigkeit verfügt, dunkle Energie zu kanalisieren, hat er mich vielleicht von Anfang an beeinflusst. Mich irgendwie blockiert, abgelenkt. Meine Reaktionszeit verlangsamt, sogar meine Urteilsfähigkeit eingeschränkt. Vielleicht hatte ich deswegen das Gefühl, dass hier etwas nicht stimmte, trotz des Mangels an echten Beweisen für okkulte Aktivitäten – bevor wir Tates Leiche fanden.«

Gordon schüttelte leicht den Kopf.

»Ich habe deine Gruselsinne lange genug im Einsatz gesehen, um nicht an ihnen zu zweifeln, Babe, aber diesmal muss ich mich das schon fragen. Wenn du einen Feind hast, der tödlich genug ist, all das in Gang zu bringen, um dich herzulocken, und dann Wochen darauf verwendet, dir den Kopf zu verwirren und dein Leben durcheinanderzubringen, wie kannst du dann nicht wissen, wer er ist?«

»Ich dachte, ich wüsste es«, gab Riley zu. »Vor allem, seit ich von diesem Serienmörder erfuhr, den die Polizei in Charleston jagt. Aber er kann es nicht sein, deswegen habe ich ihn nicht erwähnt. Er ist tot.« *Bishop hat das gesagt, und ihm kann ich vertrauen.*

»Wer war dein Verdächtiger?«, fragte Ash.

»Der einzige andere Serienmörder, dem ich je begegnet bin, der ein Interesse am Okkulten hatte«, erwiderte Riley. »John Henry Price.«

Einen Moment lang dachte sie, es wäre nur ihre Hand, die plötzlich kalt geworden war, aber dann merkte sie, dass es Ash war, seine Hand, und als sie ihm ins Gesicht schaute, drang ihr die Kälte bis in die Knochen.

»Du kanntest ihn«, sagte sie.

»Immer noch kein Glück?«

Leah sah von ihrem Schreibtisch auf, überrascht, dass der Sheriff zu ihr gekommen war, statt sie in sein Büro zu rufen. »Bei den Hintergrundüberprüfungen? Nein, nichts Neues. Wir haben eine Bestätigung von Jenny Coles Ehe mit Wesley Tate – und ihrer Scheidung. Genau, wie sie gesagt hat.«

»Mist.« Jake blickte finster. »Es muss da noch mehr geben.«

»Tut mir leid, bisher nichts. Keiner aus der Gruppe war auch nur in der Nähe dieser Gegend, als die Brandstiftungen stattfanden, daher können wir sie nicht damit in Verbindung bringen. Bis jetzt ist bei all diesen Hintergrundüberprüfungen ebenso wenig herausgekommen wie bei den ersten. Zwei Beobachtungsgruppen, die okkulte Aktivitäten im Auge behalten, haben diese Leute auf ihren Listen, aber es ist nie etwas Gewalttätiges gemeldet und schon gar nicht nachgewiesen worden.«

Jakes Blick war immer noch finster. »Was ist mit der Hintergrundüberprüfung von Tate? Irgendein Grund, warum ihn jemand umbringen wollte?«

»Bisher ebenfalls nichts.«

»Gar nichts, oder nur nichts, was Sie als ausreichendes Motiv betrachten würden?«

Leah blinzelte. »Sheriff, soweit wir feststellen konnten, war Wesley Tate in der Geschäftswelt von Charleston durchaus angesehen und beliebt. Er ging nicht viel aus, es gab keine bestimmte Frau in seinem Leben, und die Frauen, mit denen er sich im letzten Jahr oder so getroffen hat, waren frei und offensichtlich ohne eifersüchtige Freunde, sowohl in der Vergangenheit als auch in der Gegenwart. Jeder mochte den Mann. Alle, mit denen wir gesprochen haben, waren echt entsetzt, dass er ermordet wurde – vor allem auf diese unheimliche und grausame Art.«

»Kein Interesse am Okkulten – trotz des *Lebensstils* seiner Exfrau?«

»Er war Baptist. Ein Diakon seiner Kirche, und jeden Sonntag auf der Familienbank.«

»Einschließlich der Jahre, in denen sie verheiratet waren?«

»Ja. Laut Freunden und Familie sagte er nur, sie sei ›nicht religiös‹, wenn ihn jemand danach fragte. Schien für ihn keine große Sache zu sein, soweit andere das beurteilen konnten.«

»Und sein Testament?«

»Schenkungen an Freunde und Familie, der größte Teil geht an Wohltätigkeitsorganisationen.«

»Sie machen Witze.«

»Nein. Ein halbes Dutzend Wohltätigkeitsorganisationen, denen er schon zu Lebzeiten gespendet hat, müssen sich jetzt das Vermögen teilen. Und, bevor Sie fragen, seine Exfrau war nicht erwähnt. Überhaupt nicht. Also sieht es so aus, als hätte Jenny Cole sich darin geirrt, dass er immer noch an einer Wiederversöhnung interessiert war.«

»Warum hat er sie dann hierher eingeladen? Und wenn man es recht bedenkt, wieso hierher? Er wohnte nicht in Castle oder auf Opal Island. Kein einziger Ferienhausvermieter hat ihn als früheren Mieter in den Büchern, stimmt's?«

»Das stimmt.«

»Also warum hier? Warum hat er Leute an einen Ort eingeladen, an dem er noch nie war?«

»Er könnte schon mal als Teil einer Gruppe hier gewesen sein«, überlegte Leah. »Hat vielleicht nie ein Ferienhaus auf seinen Namen gemietet.«

Jake grunzte. »Oder er hat seine Version Ihrer berühmten Nadelmethode benutzt, um über seine Zukunft zu entscheiden.«

Leah räusperte sich. »Das hätten Sie nicht hören sollen.«

»Ich höre alles. Was ist mit Tates Telefonunterlagen?«

»Sie bestätigen, was Steve Blanton uns erzählt hat. Tate hat in dem Haus angerufen, in dem die Gruppe außerhalb von Columbia wohnte.«

»Hat er jemanden hier in Castle angerufen? Auf der Insel?«

»Nicht, soweit wir feststellen konnten.«

Jake fluchte, nicht sonderlich leise.

»Tut mir leid, Sheriff, aber das ist eine Sackgasse.«

Ohne ein weiteres Wort drehte er sich um und ging in sein Büro zurück.

Auch nicht eben leise, murmelte Leah: »Vielen Dank, Deputy Wells, gute Arbeit. Mit all den entsetzten Menschen zu sprechen war sicher auch nicht die reinste Freude, aber nur so kommt man weiter.«

»Das hab ich gehört!«

Sie zuckte zusammen und griff hastig nach dem Telefon, verdrehte die Augen, als einer der anderen Deputys in der Einsatzzentrale sie angrinste.

Riley entzog Ash ihre Hand und wiederholte langsam: »Du hast ihn gekannt.«

»Nein. Und ja.« Sie wartete. Ash sah zu Gordon, richtete dann seinen eindringlichen Blick wieder auf Riley. »Ich hab dir erzählt, dass ich bei der Bezirksstaatsanwaltschaft in Atlanta ausgeschieden bin, weil ich deren Politik leid war.«

Eine Erinnerung, dünn und unvollständig, huschte ihr durch den Kopf, aber Riley bemühte sich nicht, sie festzuhalten. Sie wartete bloß.

»Das war nur ein Teil der Wahrheit. Ich bin auch ausgeschieden, weil ich einen Fall verloren habe, den ich hätte gewinnen sollen. Bevor er seine staatenüberschreitende Mordorgie begann, wurde John Henry Price in Atlanta wegen eines Mordes angeklagt. Er war schuldig. Ich konnte die Geschworenen nicht davon überzeugen.«

Diesmal tauchte die Erinnerung deutlich in Rileys Gedächtnis auf. »Ich habe deinen Namen nie gesehen. In den Fallunterlagen. Bloß die Anmerkung, dass Price nur einmal erwischt worden war, in Atlanta, vor mehr als fünf Jahren. Dass er vor Gericht gestellt und freigesprochen worden war.«

Sein Mund verzog sich. »Indizienbeweise, nicht so ungewöhnlich für einen Mordprozess. Aber sie reichten, dachte ich. Sie mussten reichen. Weil ich dem Mann in die Augen geschaut hatte … und es war, als würde man in die Hölle selbst blicken.«

»Ich weiß«, sagte Riley. »Ich habe ihn monatelang verfolgt. Ich habe die zerstückelten Körper seiner Opfer gesehen. Ich bin sogar in seinen Kopf eingedrungen. Oder – er in meinen. Wie auch immer. Ich bin mir nicht sicher, ob ich ihn, nachdem ich ihn endlich gestellt hatte, lebend gefangen genommen hätte, selbst wenn die Chance da gewesen wäre.«

Ash holte Luft und atmete langsam wieder aus. »Ich habe deinen Namen auch nie gesehen. Nur die Zeitungsberichte, dass er von einem FBI-Agenten erschossen worden wäre. Nachdem er all diese Männer umgebracht hatte. Männer, die ihm nie zum Opfer gefallen wären, wenn ich meine Arbeit richtig gemacht hätte.«

»Es war nicht deine Schuld. Er war gerissen. Und er war vorsichtig.«

»Und ein guter Staatsanwalt hätte ihn nicht davonkommen lassen.« Ash zuckte die Schultern. »Mit diesem Wissen muss ich täglich leben.«

Nach einem Augenblick streckte Riley die Hand aus und verschränkte ihre Finger wieder mit seinen.

Gordon, der ohne ein Wort zugeschaut und zugehört hatte, sagte langsam: »Bin ich der Einzige hier am Tisch, der nicht an Zufälle glaubt?«

Riley schüttelte den Kopf.

»Ich auch nicht«, sagte Ash. »Aber ich weiß nicht, worauf das hinauslaufen soll. Ich meine, wenn wir sagen, das alles hätte etwas mit Price zu tun.«

»Er ist tot«, beharrte Riley. »Man hat seine Leiche nie gefunden, aber er ist tot.« *Doch die Jagd nach ihm ist eine meiner stärksten Erinnerungen. Ich durchlebe diese Zeit immer wieder, wie Rückblenden. Dafür muss es einen Grund geben. Es muss.*

Gordon rieb sich kurz über das Kinn. »Du sagtest, er sei in deinen Kopf eingedrungen oder du in seinen. Das könnte doch nicht immer noch der Fall sein, oder?«

»Nein. Ich wüsste es, wenn dem so wäre. Die Einheit hatte schon mit Fällen zu tun, bei denen körperlose Energie – eine Seele, wenn du so willst – in der Lage war, in einen anderen Menschen einzudringen und sogar von ihm Besitz zu ergreifen.«

»Besessenheit?« Ash schüttelte den Kopf. »Ich dachte nicht, dass das möglich ist.«

»Bleib bei mir, und ich zeig dir all die unglaublichen Dinge.« Riley seufzte. »Besessenheit kann zwar durchaus real sein, aber in diesem Fall sehe ich sie nicht. Durch diese lange Verfolgungsjagd – egal, ob er nun in meinem Kopf oder ich in seinem war – habe ich ihn sehr, sehr gut kennengelernt. Price hatte eine so schwarze Seele, dass ich mir nicht vorstellen kann, wie er sie in einer anderen Person … verbergen könnte. Ohne sich selbst zu verraten.«

»Die Morde in Charleston?«, meinte Gordon.

»Ein Nachahmungstäter, laut Bishop.«

»Und er würde das wissen?«

»Würde er.«

»Na gut. Also bedeutet es vielleicht gar nichts, dass Ash und du beide eine Verbindung zu Price habt.«

»Ja. Und außerdem glaubst du an den Osterhasen.«

»Es sind schon seltsamere Dinge passiert«, erinnerte Gordon sie. »Das haben wir beide erlebt. Du sagst, Price ist tot und läuft nicht in einem anderen Körper verborgen herum, und das ist gut genug für mich.«

»Ich wünschte, es wäre auch gut genug für mich«, sagte Riley.

20

Vor 2 1/2 Jahren

Ich hab dich«, flüsterte Riley, den Blick auf ihre Beute gerichtet, während er rasch den holprigen Bürgersteig entlangging. Die Gegend heruntergekommen zu nennen, wäre eine beträchtliche Untertreibung gewesen. Diese dunklen Straßen nahe am Fluss waren schon vor langer Zeit aufgegeben worden, als eine Frühjahrsflut den Hafen in nicht mehr als eine schmale, weit vom Schiffsverkehr entfernte Bucht verwandelt hatte.

Es war fast Morgengrauen, der Vollmond hing tief und hell am Himmel, und Riley hatte Price die ganze Nacht hindurch beschattet. Sie hatte damit gerechnet, dass er schon lange zuvor zuschlagen würde, aber obwohl er in vielen verschiedenen Bars gewesen war, hatte er jede allein wieder verlassen. Und im Moment ging er auf einen der größeren Kais zu, der inzwischen nicht viel mehr als eine verfallene Ruine mit wenigen daneben vertäuten kleinen Booten war.

Riley war sich eines beklemmenden Prickelns bewusst, ließ sich davon aber nicht zum Zögern verleiten. Sie hatte ihre Waffe in der Hand, war für die Verfolgung in Jeans und Laufschuhe gekleidet und hatte, wichtiger noch, John Henry Price in Sichtweite.

Sie dachte nicht daran, sich wegen irgendeiner namenlosen Furcht zurückzuziehen.

Außer … warum war er, nach mehr als einer Woche flüchtigen Auftauchens, heute Nacht so sichtbar geblieben? Himmel, warum hatte er sich überhaupt blicken lassen?

Du fällst zurück, kleines Mädchen. Kommst du nicht mit?

Instinktiv beschleunigte Riley den Schritt, schob die Bedenken beiseite. Sie würde sich diese Gelegenheit nicht entgehen lassen.

Aber ... warum ging er jetzt den Kai entlang, an den Booten vorbei, auf das Ende zu, wo es nichts als schlammiges, langsam fließendes Wasser gab?

Weil es hier endet, kleines Mädchen.

Sie hatte nicht gemerkt, dass sie sich so nahe gekommen waren, weniger als zehn Meter zwischen ihnen, als er plötzlich zu ihr herumwirbelte, die Hand erhoben, den Arm ausgestreckt.

So schnell sie auch war, Riley hatte kaum zu reagieren begonnen, als der Revolver in seiner Hand hochruckte und sie spürte, wie die Kugel in sie eindrang.

Du gewinnst nicht, du Scheusal. Du gewinnst nicht!

Ich habe bereits gewonnen, kleines Mädchen.

Aber selbst im Fallen zielte Riley noch, getrieben von einer Entschlossenheit, die stärker war als alles, was sie je zuvor empfunden hatte, um Price hier und jetzt zu erledigen. Sie schoss zweimal im Fallen und noch dreimal, als sie am Boden lag.

Und traf Price direkt in die Brust.

Der Revolver fiel Price aus der Hand, und er stolperte einen oder zwei Schritte rückwärts, schwankte für ein paar unendlich lange Sekunden am Rand des Kais, bevor er hintenüber in das träge fließende Wasser fiel.

Sich vage des pochenden Schmerzes in ihrer linken Schulter bewusst, lag Riley am Boden und starrte auf den Rand des Kais, wo Price gestanden hatte. Instinktiv versuchte sie, ihren Geist zu öffnen, ihre Sinne, und selbst als die fernen Sirenen zu heulen begannen, hätte sie schwören können, ein letztes Flüstern in ihrem Kopf zu hören.

Freu dich … nicht zu früh … kleines Mädchen.

Gegenwart

»Du hast mir nicht erzählt, dass der Dreckskerl auf dich geschossen hat«, sagte Ash.

»Ich erzähl's dir doch jetzt.« Riley zuckte die Achseln. »Linke Schulter, und hat nichts Wichtiges getroffen.«

»Du hast keine Narbe.«

»Ich bekomme keine Narben. Sonst würde ich wie eine zerlöcherte Landkarte aussehen.«

Ash warf ihr einen Blick zu. »Gordon hat also keinen Witz gemacht, als er sagte, dass du Ärger anziehst wie ein Blitzableiter.«

»Nicht so direkt. Betrachte dich als erneut gewarnt.«

»Ich betrachte mich als gewarnt.« Es war fast vier, als Ash den Hummer auf einen Parkplatz in der Nähe des zerstörten, dem Anschein nach von einem Brandstifter abgefackelten Strandhauses lenkte.

»Was erwartest du hier zu finden?«, fragte er beim Aussteigen.

»Ich weiß es nicht. Vermutlich gar nichts.« Sie wartete, bis sie sich unter dem gelben Absperrband hindurchgeduckt hatte, ehe sie hinzufügte: »Irgendwas hat an mir genagt, seit ich mit Jake hier war. Ich krieg nur nicht raus, was.«

Ash nahm ihre Hand. »Es tut mir leid, dass ich dir nicht von Price erzählt hatte. Die Wahrheit darüber, warum ich Atlanta verlassen habe.«

»Du wusstest ja nicht, dass es eine Rolle spielen könnte.«

»Darum geht es nicht.«

»Na gut. Warum hast du es mir dann nicht erzählt?« Sie hielt den Blick auf die verkohlten Balken und Trümmerhaufen vor ihnen gerichtet.

»Es war nicht gerade eine meiner Sternstunden, Riley.«

»Hey, wenn du Geschichten über Frustration und Versagen austauschen willst, da hätte ich auch noch einige zu bieten. Die haben wir alle, Ash.«

»Ich bezweifle, dass auf deine das Abschlachten zwanzig unschuldiger Männer folgte.«

»Sei dir da nicht so sicher. Ich war in der Armee, erinnerst du dich? Als Offizierin. Durch einige meiner Entscheidungen wurden zwangsläufig Leben aufs Spiel gesetzt.« Sie schüttelte den Kopf. »Wir können nur unser Bestes geben. Und manche Dinge müssen so geschehen, wie sie geschehen.«

Er blickte sie neugierig an. »Du glaubst das wirklich.«

»Allerdings.«

»Und du glaubst immer noch, dass du hergelockt wurdest, weil jemand die Fäden gezogen und die Ereignisse beeinflusst hat?«

Riley nickte.«

»Warum? Warum würde sich jemand all diese Mühe machen?«

»Ich weiß es nicht. Rache. Heimzahlung. Selbstdarstellung.« Sobald sie das letzte Wort ausgesprochen hatte, wurde ihr dessen Widersinnigkeit bewusst.

»Selbstdarstellung? Wie bei einem Wettkampf? Ein Wettstreit der Fähigkeiten?«

Sie versuchte, sich auf dieses winzige Wissens- oder Informationsfragment zu konzentrieren, das sie … beinahe …

sehen konnte. Da war eine Frage, die sie jemandem hätte stellen sollen. Eine Spur, die sie hätte verfolgen sollen …

»Riley?«

Sie blinzelte und schaute zu Ash auf. »Mir ist etwas entgangen. Eine Verbindung.«

»Was für eine Verbindung?«

»Ich bin mir nicht sicher. Dinge? Orte? Menschen? Verdammt, warum bekomme ich das in meinem Kopf nicht klar?«

Er betrachtete sie mit gerunzelten Brauen. »Verschwimmt wieder alles? Entfernt es sich von dir, wie vorher?«

»Nein. Ja. Verdammt, ich krieg's nicht zu fassen. Die Ränder sind verschwommen. Ich komme immer wieder auf Price zurück. Muss an die Jagd nach ihm denken. Darum habe ich es dir erzählt, weil er mir in den letzten paar Tagen nicht aus dem Kopf geht. Ich muss mich immer wieder fragen …«

»Was fragen?«

»Ob mir etwas entgangen ist. All die Monate über, in denen ich ihn verfolgt habe. Und am Ende seine Gedanken in meinem Kopf hatte.« Sie wandte ihren Blick wieder dem verbrannten Haus zu. »Es wurde fast surreal. Und unglaublich gespenstisch. Er hatte etwas beinahe … Hämisches an sich. Als hätte er ein Geheimnis und wisse, dass es etwas …«

… Hämisches an sich. Als hätte er ein Geheimnis und wisse, dass es etwas …

Riley blinzelte den Laptopbildschirm an und hatte für einen Augenblick ein absolutes Schwindelgefühl. Alles um sie herum schien sich zu drehen, Zeit und Raum und Realität in einem einzigen Wirbel.

Sie legte die Hände vors Gesicht und rieb kräftig, bis das

Wirbeln aufhörte, der Schwindel nachließ, dann öffnete sie die Augen und blickte wieder auf den Bildschirm.

Ihr Bericht. Bericht?

Widerstrebender, als sie zugeben wollte, ließ sie den Blick an den unteren rechten Bildschirmrand gleiten.

Zwei Uhr morgens. Freitagmorgen.

»O Gott«, flüsterte sie.

Riley drückte sich vom Tisch in ihrem Strandhaus hoch, stellte überrascht fest, dass sie vollständig bekleidet war, fand es aber weniger überraschend, sich zittrig und desorientiert zu fühlen.

Es war Donnerstagnachmittag gewesen, und sie hatte mit Ash eine der Brandstätten besucht, dessen war sie sich sicher. Hatte Antworten finden wollen. Sie hatten sich unterhalten und …

Eine Schwindelwoge erfasste sie, sie schloss die Augen, hielt sich am Tischrand fest, grub ihre Finger in …

Verkohltes Holz.

Sie stolperte zurück und starrte auf die im grellen Schein der Sicherheitslampe gut sichtbaren Trümmer. Der beißende Geruch von verbranntem Holz stach ihr in die Nase, und sie hörte die Brandung hinter den Dünen hoch auf dem Strand, weil Flut war.

Sie hob die Hände und betrachtete ihre geschwärzten Fingerspitzen, dann das verkohlte Stück Holz, an dem sie sich anscheinend festhielt.

»Genug«, flüsterte sie. »Verdammt noch mal, genug.«

Sie wagte nicht, die Augen zu schließen, auch nur zu blinzeln, aus Angst, Raum und Zeit könnten sich erneut verschieben.

Nur war das natürlich nicht der Fall. Es geschah nicht in der Realität, sondern nur in ihrem Kopf.

Ganz langsam streckte sie die Hand aus und tastete die

raue Oberfläche des verbrannten Holzes ab, prüfte es auf sein tatsächliches Vorhandensein. Es fühlte sich wie solides Holz an, so verkohlt es auch war. Echtes Holz. Verbranntes Holz.

Sie ließ ihre Finger auf der harten, rauen Oberfläche und schaute sich vorsichtig um. Das Sicherheitslicht war schmerzhaft grell, was es schwierig machte, etwas in der Dunkelheit dahinter zu erkennen. Aber sie meinte, die klobige Form von Ashs Hummer ausmachen zu können, geparkt in der ehemaligen Auffahrt des Hauses.

Geparkt. Mit laufendem Motor.

Saß jemand hinter dem Steuer?

Riley wollte das Holz nicht loslassen. Wollte nicht aus dem grellen Licht der Lampe in die Dunkelheit treten. Sie lauschte der am Strand aufklatschenden Brandung und fragte sich mit etwas, das sie als Entsetzen erkannte, ob sie es ertragen könnte, wenn die Verbindung, die ihr entgangen war, sich die ganze Zeit direkt vor ihr befunden hatte.

Bei ihr. In ihrem Bett.

Sie glaubte nicht, dass sie das ertragen könnte.

»Nein«, flüsterte sie. »Er ist es nicht. Ich vertraue ihm.«

Wer ist es dann, kleines Mädchen?

Der plötzliche Kälteschock ging so tief, dass Riley meinte, ihre Knochen seien zu Eis erstarrt.

Du kannst der Wahrheit nicht ins Gesicht blicken. Das konntest du nie.

»Hör auf.« Sie zwang sich, das Holz loszulassen und mit festen Schritten auf das Auto zuzugehen. »Du bist tot.«

Hast du geglaubt, du hättest mich getötet? Dummes Mädchen. Manche Dinge sterben nie. Hast du das immer noch nicht kapiert?

»Alles stirbt. Du bist gestorben. Ich habe dich getötet.«

Bist du dir sicher, kleines Mädchen?

Der Hummer ragte in der Dunkelheit vor ihr auf, der Motor im Leerlauf. Sie wappnete sich, doch als sie die Fahrertür öffnete, war das Fahrzeug leer.

Ach, dachtest du, er sei hier? Nein, kleines Mädchen. Nur wir sind hier. Nur du und ich.

Riley zögerte, stieg dann auf den Fahrersitz.

Willst du zu ihm zurücklaufen und dich vor der Wahrheit verstecken? Oder willst du zu mir kommen und sie herausfinden?

Diesmal zögerte sie nicht. Sie legte den Gang ein und fuhr rückwärts aus der Einfahrt.

Dämlich. Natürlich war es dämlich. Sie war unbewaffnet. Und hörte auf Stimmen in ihrem Kopf. Welchen Sinn ergab das? Keinen Sinn, überhaupt keinen Sinn.

Denn ihr Denken war verschwommen, ihr war kalt, und sie war sich nur über eines im Klaren, nämlich, dass es eine schlechte Idee war und sie es bestimmt bereuen würde.

Aber du hast es dich immer gefragt, nicht wahr? Seit diesem Tag am Fluss. Du hast dich immer gefragt, ob du am Ende nicht doch danebengeschossen hast.

»Ich schieße nie daneben.«

Es gibt immer ein erstes Mal, nicht wahr? Und du konntest nicht klar denken. Er war in deinem Kopf …

Ah ja.

»Er. Also bist du doch jemand anders.«

Schweigen.

Riley hörte, wie ihr ein kleines Lachen entschlüpfte, und sie merkte, dass sie wusste, wohin sie fuhr, wo sie sein musste. »Erzähl mir bloß nicht, dass es jemanden gab, dem er wirklich wichtig war? Jemand, der diesen miesen Hurensohn tatsächlich vermisste, als er tot war?«

Das wird nicht funktionieren, kleines Mädchen.

»Du glaubst, ich kann dich nicht wütend machen? Ich wette, dass ich das kann. Früher oder später.«

Willst du dein Leben darauf verwetten?

Sie fuhr über die Brücke aufs Festland und nach Castle hinein, in Richtung des Parks. Der Schleier war wieder da, entfernte sie von ihren Sinnen, sogar von ihr selbst. Aber diesmal kämpfte sie nicht dagegen an.

Diesmal wusste sie eine bessere Möglichkeit. Im Plauderton, als säße jemand auf dem Beifahrersitz, sagte Riley: »Was warst du, ein Monster in der Lehre? Jemand, den er sich heranzüchtete, um dort weiterzumachen, wo er aufgehört hatte?«

Versuch nicht, dahinterzukommen, Riley. Du verschwendest nur kostbare Energie. Ist dir nicht klar, dass du alles brauchen wirst, was du aufbieten kannst, um gegen mich zu kämpfen?

»Hast wohl keine Lust mehr, mit mir herumzuspielen, was? Nach all diesen Wochen, in denen du mit mir Katz und Maus gespielt hast. Das hier – heute – war alles sehr plötzlich. Ruckartig. Fast, als fühltest du dich zur Eile gedrängt. Ich frag mich, warum.«

Schweigen.

»Du hast heute die Wahrheit erkannt, und sie hat dich verängstigt, nicht wahr? Du hattest nicht mit Ash gerechnet. Oh, es hat dir Spaß gemacht, mir die Erinnerung daran zu nehmen, wie ich mich in ihn verliebt habe, aber die Verbindung zwischen uns hast du nie wirklich begriffen. Du hattest keine Ahnung, dass sie nicht von Erinnerungen abhängig war, dass mein Wissen, ihm vertraut zu haben, mir den Anker gab, den ich brauchte. Und du hattest keine Ahnung, dass er die Energie auffüllen konnte, die du mir entzogst.«

Er ist nicht hier, kleines Mädchen. Nur du. Nur wir beide.

Riley verkniff es sich, darüber nachzudenken – außer der flüchtigen Einsicht, wie recht Gordon damit gehabt hatte, dass sie sich immer allein in alles stürzte, nicht so sehr überzeugt von ihrer eigenen Unbesiegbarkeit wie von der Verantwortung, die sie anderen schuldig war.

Diejenigen, die man liebte, setzte man nicht sorglos der Gefahr aus.

Ganz einfach. Eine Regel, nach der man lebte.

Oder nach der man vielleicht starb.

Sie parkte den Hummer in der Nähe des Lochs im Zaun, das nicht mehr bewacht wurde. Der Pfad war nur von dem durch die Bäume dringenden Mondlicht erleuchtet, aber der Vollmond war sehr hell, sodass Riley genug sehen konnte.

Wobei das kaum eine Rolle spielte. Sie wurde hierher gezogen, und diesmal kämpfte sie nicht dagegen an. Unter der wolkigen, wie ein Spiegel beschlagenen Oberfläche ihres Geistes wartete sie geduldig darauf, wieder aufzutauchen. Der Nebel schützte sie; nachdem sie ihn jetzt verstand, konnte sie ihn benutzen, konnte ihn wie so viele andere Außenhäute tragen.

Sie gestattete verwirrten, scheinbar zusammenhanglosen Gedankenfragmenten über diese neblige Barriere zu huschen, während darunter ihr Verstand mit der Klarheit und Schärfe eines Messers arbeitete.

Die Puzzlestücke zusammensetzte.

Riley trat auf die Lichtung, richtete den Blick auf den seltsam geformten, uralten Steinaltar. Diesmal hing nichts darüber. Aber der Kreis war wieder da. Sie wusste es, obwohl sie das Salz nicht sehen konnte, da Kerzen an bestimmten Punkten aufgestellt worden waren.

Schwarze Kerzen.

Brennende Kerzen.

Sie machte nur zwei Schritte und bemerkte, da sie in Gedanken mit anderem beschäftigt war, das warnende Prickeln im Nacken erst Sekunden bevor er sie von hinten packte.

21

Riley verfügte buchstäblich über ein ganzes Arsenal an Kampftechniken, von exotischen Kampfsportarten bis zum niederträchtigsten Straßenkampf, und es waren die Instinkte des Letzteren, die sie in diesem besonderen Fall lenkten.

Mit blitzartiger Geschwindigkeit griff sie nach hinten und packte ihn, drückte mit voller Kraft zu und grub ihm ihre kurzen Nägel in die Eier.

Er heulte vor Schmerz auf und ließ sie los, und als er fiel, wirbelte sie geschickt herum und stand ihm gegenüber – mit seiner Waffe in der Hand.

Zusammengekrümmt am Boden, die Hände um seine edelsten Teile gekrallt, würgend und stöhnend, war er so mit seinen eigenen Schmerzen beschäftigt, dass sich Riley ziemlich sicher sein konnte, er würde für die nächsten Minuten blind und taub für alles um ihn herum sein.

Sie wartete ab, seine eigene Waffe auf ihn gerichtet, und als er sich allmählich zu erholen begann, sagte sie ruhig: »Die Natur hat dir mehr Körpergröße gegeben, mehr Muskeln, mehr Aggressivität. Dein Vorteil. Sie hat dir auch Eier gegeben.« Riley spannte den Revolver, den sie ihm abgenommen hatte. »Mein Vorteil.«

Jake versuchte nicht mal aufzustehen und nieste ein paarmal, bevor er antwortete. »Himmel … du kämpfst aber gemein.«

»Ich kämpfe, um zu gewinnen«, teilte sie ihm mit. »Immer.«

Er nieste wieder, brachte schließlich keuchend heraus: »Ich dachte … du würdest … was von diesem … Kampfsportscheiß … anwenden.«

»Ja, hätte ich tun können. Aber so hat es mehr Spaß gemacht.« Selbst als sie diese flapsigen Worte von sich gab, wurde Riley etwas klar, und sie fügte ernsthafter hinzu: »Du solltest nicht hier sein. Verdammt noch mal, Jake, was tust du hier?«

Er machte einen halbherzigen Versuch aufzustehen, sank aber mit einem Stöhnen wieder zurück. »Was soll das, Riley? Du hast gesagt, du wolltest dich hier mit mir treffen. Sagtest, du hättest jetzt alles rausbekommen und …«

Sie senkte die Waffe, behielt sie aber immer noch in dem geübten, zweihändigen Griff. »Warum hast du mich dann gepackt?«

»Nur aus Blödsinn«, erwiderte er mit einem weiteren Stöhnen, diesmal eher theatralisch. »Ich dachte, du würdest einfach versuchen, mich über die Schulter zu werfen oder so, aber – großer Gott, Riley …«

Typischer Machoscheiß, dachte sie, ohne die Energie zu verschwenden, sauer oder abgestoßen zu sein. Er war neugierig auf ihre Selbstverteidigungskenntnisse gewesen und wollte sie betatschen.

Wie passend.

Ein Teil ihrer Energie war darauf gerichtet, die täuschende, neblige Oberfläche ihres Geistes aufrechtzuerhalten, doch sie ließ ein wenig durchsickern, um die Lichtung abzutasten.

Abwesend sagte sie zu Jake: »Bleib unten, hast du verstanden? Versuch nicht mal, aufzustehen. Ich hab dich nicht selbst angerufen, oder? Jemand hat dir etwas ausgerichtet?«

»Wovon sprichst du?«

»Wer hat dir gesagt, dass ich mich mit dir treffen wollte? Oder soll ich raten?« Sie hob die Stimme. »Du kannst jetzt rauskommen, Leah.«

Einen Augenblick herrschte Stille, dann trat die große Rothaarige von der anderen Seite her auf die Lichtung. Und in den Kreis. Statt ihrer Uniform trug sie eine lange schwarze Robe. Die Kapuze war zurückgeschlagen, und ihr volles rotes Haar glänzte im hellen Mondlicht.

»Seit wann wusstest du es?«, fragte sie ruhig.

»Hat eine Weile gedauert, muss ich leider zugeben«, antwortete Riley, ihre Stimme ebenso ruhig wie die der anderen Frau. »Heute – oder eher gestern –, direkt bevor du angefangen hast, wieder mit meinem Geist herumzuspielen. Ich hatte herausgefunden, dass mir eine Verbindung entgangen war. Gordon hat es gesagt. Dass er nicht an Zufälle glaubte. Ash und ich beide hier, beide mit einer früheren Verbindung zu John Henry Price, das war es, woran er dachte. Konnte kein Zufall sein. Und war es auch nicht. Du wolltest Ash dabeihaben. Darum musste es hier sein. In Castle. Weil du Ash hier gefunden hattest. Stimmt's?«

Leah lächelte schwach. »Ich könnte dich unterschätzt haben.«

Riley sprach weiter. »Ash war hier, und er würde nirgendwo anders hingehen. Er war der Einzige, der kurz davor gewesen war, Price hinter Gitter zu bringen, wohin er gehörte. Und für dich spielte es keine Rolle, dass er versagt hatte. Dir kam es darauf an, dass er es überhaupt gewagt hatte.«

»Das hätte er nicht tun sollen«, sagte Leah. »Es war … ärgerlich. Der Prozess. All die neugierigen Blicke. Wir mögen solche Blicke nicht.«

Riley ließ sich nicht auf diese Richtung ein. »Also musste es hier sein. Wo du deine Stellung beziehen und mit allem abrechnen würdest. Du hattest bereits Gordon kennengelernt. Vermutlich in Charleston, als er nach einem Alterssitz suchte. Das war die Frage, die ich vergessen hatte, ihm zu stellen, verstehst du, wer ihm Opal Island als netten Alterssitz vorgeschlagen hatte. Ich hatte die Reihenfolge falsch im Kopf, dank deiner rührenden kleinen Geschichte von der Nadel, die du in eine Landkarte gesteckt hast. Ich dachte, er wäre bereits hier gewesen. Aber es war andersherum, nicht wahr, Leah?«

»Die Sache mit Gordon wird mir leidtun, glaube ich«, erwiderte sie. »Er ist ein netter Kerl. Und erstaunlich leicht zu handhaben. Wie die meisten Männer, habe ich festgestellt.«

Es kostete Riley alles, was sie hatte, ihre Konzentration aufzuteilen, den Blick auf Leah gerichtet zu halten, mit gleichmäßiger und ruhiger Stimme zu sprechen, während ein anderer Teil ihres Bewusstseins sich in eine völlig andere Richtung ausstreckte.

Alles, was sie hatte, reichte – so hoffte sie – vielleicht gerade aus.

»Du hattest deine Satanistengruppe bereits ausgesucht«, fuhr sie fort. »Dank Price und seines Interesses kanntest du die richtigen Leute. Wusstest, wo du das finden konntest, wonach du suchtest. Eine zahme Gruppe, bereit umzuziehen, ein Mitglied mit einem Exmann und der Hoffnung auf eine Wiederversöhnung. Es war, wie du sagst, leicht genug, Wesley Tate zu manipulieren. Vielleicht bist du ein- oder zweimal mit ihm ausgegangen und hast dabei von Jenny erfahren.«

Leah zuckte die Schultern, lächelte immer noch.

»Du hattest fast all deine Spieler beisammen. Gordon war hier. Ash war hier. Tate war darauf aus, seine Exfrau und ihre Gruppe hierherzuholen. Ich war die Nächste. Um mich herzubringen, musstest du Gordons Besorgnis wecken. Was du getan hast, indem du all diese kleinen Zeichen okkulter Aktivitäten anbrachtest. Ich weiß nicht, vielleicht hast du noch ein bisschen mehr als Zeichen angebracht. Vielleicht hast du Gordon die Besorgnis eingepflanzt oder sie unterstützt. Damit er sich mit mir in Verbindung setzte.«

Riley trat einen halben Schritt zur Seite, um Leah besser ins Gesicht sehen zu können.

Jakes Waffe hob sie nicht.

»Und ich kam. Alles genau nach deinem Plan. Oder war es sein Plan? Beherrscht dein Vater dich noch aus dem Grab heraus, Leah?«

Das überraschte Leah, ihr Lächeln verblasste, und ihr war die Anspannung anzusehen, als sie sich versteifte.

Riley nickte. »Er konnte Frauen wirklich nicht leiden, aber er hatte versucht, das zu sein, was er für normal hielt. Keine eingetragene Ehe, keine Freundin, die wir je finden konnten, daher nehme ich an, dass deine Mutter ein Mädchen für eine Nacht war. Wer war sie, Leah, eine Nutte, die er bezahlte, damit er ihn hochkriegte?«

Leahs Kopf bewegte sich leicht auf eine merkwürdige, ruckartige Weise – und im Kreis flammten die Kerzen plötzlich heller auf.

Das zusätzliche Licht gestattete Riley, das zu sehen, was sie befürchtet hatte. Im Mittelpunkt des Kreises, schlaff auf dem flachen Steinaltar, lag Jenny.

Noch nicht tot: Auf dem langen, gebogenen Messer, das Leah hielt, befand sich kein Blut. Aber die dunkelhaarige Frau war eindeutig bewusstlos.

Riley bemühte sich immer noch, den Teil ihres Geistes und ihrer Sinne zu verbergen, der verzweifelt nach einer Verbindung tastete, daher ließ sie ihre Stimme ein wenig langsam und unsicher klingen.

»Ich schätze, die dunkelste Energie würde durch die Opferung einer Priesterin erzeugt werden, oder? Und heute Nacht brauchst du die dunkelste Energie. Vollmond, eine satanische Priesterin. Was noch, Leah? Hat Jenny Blut von dir im Bauch, genau wie Tate?«

»Das hast du also auch herausbekommen?«

»Dass es dein Blut war? Musste es ja wohl sein. Wer auch immer dieses Opfer geplant hatte, musste das Blut sammeln und verwahren. Und du konntest es dir nicht leisten, dass noch eine weitere Leiche auftauchte, bevor dein Plan in Gang gesetzt war. Daher musste es dein Blut sein.«

»Das Blut meines Vaters.«

Riley ließ sich nicht ablenken. »Ich wette, du warst ein Teenager, als er dich fand. Oder als du ihn gefunden hast. Das Böse, das nach dem Bösen ruft. Das geschieht, wie wir wissen. Jedenfalls hatte er seinen Lehrling. Seine Blutprinzessin. Und du warst gut, das muss ich dir lassen. Während der ganzen Zeit, in der ich ihn verfolgt habe, warst du in meiner Nähe, nicht wahr? Ich war auf ihn fokussiert, so besessen, dass ich blind für dich war. Während du mich beobachtet hast. Ihm berichtet hast.«

»Er hätte gewonnen«, sagte Leah plötzlich mit veränderter Stimme, tiefer und mit gutturalem Klang. »Das war der Plan. Sich scheinbar von dir erschießen zu lassen. In den Fluss zu fallen. Damit wir nicht mehr fliehen mussten. Uns irgendwo niederlassen konnten.«

»Und was ging schief?«

»Es war so dumm und sinnlos. Die kugelsichere Weste, die er trug, rettete ihn vor den Schüssen. Aber sie war schwer. Die Strömung war stärker, als wir vorausgesehen hatten. Und er war erschöpft von der Verfolgungsjagd. Er ertrank.«

»Was für ein Jammer«, sagte Riley ohne Reue. »Ich hatte gehofft, er würde richtig leiden.«

Wieder bewegte sich Leah auf diese steife, ruckhafte Art, und wieder flammten die Kerzen auf, diesmal, als würden die Flammen von Gasdüsen gespeist. Die Lichtung war beinahe taghell, der Wald rundherum dunkel und voller Schatten.

Aus den Augenwinkeln überzeugte sich Riley, dass Jake sich still verhielt. Was er tat. Stand vermutlich unter Schock, dachte sie. Emotionalem Schock. Oder war total verblüfft.

Sie sagte: »Es hat dir vermutlich viel Spaß gemacht, mit meinem Kopf rumzuspielen, was?«

»Du hast ja keine Ahnung«, erwiderte Leah. »Zuerst warst du eine Herausforderung. Es gelang mir nur, mich abzuschirmen, ohne bei dir viel anrichten zu können. Darum habe ich auf den Taser zurückgegriffen.«

»Ja, der Angriff plus all der dunklen Energie, die du kanalisiert hast, vor allem durch das Opfer, haben dann ausgereicht. Und ich wette, du hast es wirklich genossen, Wesley Tate abzuschlachten. Der Apfel fällt nicht weit vom Stamm, was?«

»Ich bin die Tochter meines Vaters.«

Riley hatte das Gefühl, nie etwas so Gruseliges gehört zu haben wie diese stolze Aussage. Sie holte Luft und kämpfte darum, mit gleichmäßiger Stimme weitersprechen zu können.

»Es ging also um Rache. Du hast dir Zeit gelassen, die Situation so zu gestalten, wie du wolltest. Hast die Satanisten als Tarnung benutzt, um uns abzulenken, während du all die schwarzen Rituale allein durchgeführt hast. Mit Feuer. Mit Blut. Mit Tod. Was auch immer nötig war, damit du die Macht bekamst, die du haben wolltest, die du brauchtest. Um mich zu zerstören. Nicht nur zu töten, sondern zu zerstören.«

»Du hast mir meinen Vater genommen. Dafür musst du büßen«, sagte Leah ernsthaft.

»Dein Vater war ein sadistisches Schwein und ein Ausbund des Bösen«, erwiderte Riley in demselben Ton. »Die Welt musste sich seiner entledigen. Zumindest die geistig gesunde Welt.«

Wieder versteifte sich Leah, lachte jedoch, ein Geräusch wie spröde, aneinanderreibende Zweige. »Du scheinst es nicht zu begreifen, kleines Mädchen. Ich habe dich bereits besiegt. Ich habe dir Zeit gestohlen. Ich habe deine Erinnerungen vernichtet. Ich habe es so hingedreht, dass du dich nicht daran erinnern kannst, dich verliebt zu haben. Kann etwas noch trauriger sein?«

»Tja, siehst du, und damit bist du einen Schritt zu weit gegangen. Dieser Schritt wird dich eine Menge kosten, Leah. Denn ich verstehe das Bedürfnis nach Rache. Verstehe es vollkommen, selbst um ein so sadistisches Schwein wie Price zu rächen. Das verstehe ich. Aber die Erinnerung, einen Seelengefährten gefunden zu haben? Die will ich zurück. Und du wirst sie mir geben.«

Diesmal war Leahs Lachen ein bisschen – nur ein bisschen – unsicher. »Du kapierst einfach nicht, dass du verloren hast. Dein Geist ist so schwach, dass du nicht mal gegen mich kämpfen kannst, ganz zu schweigen davon, dir das zurückzuholen, was ich dir gestohlen habe.«

»Du hast recht. Ich bin nicht stark genug, um dich zu schlagen. Nicht allein. Aber das ist es, was du nicht kapierst, Leah. Ich bin nicht allein.« Riley streckte eine Hand nach hinten aus und spürte, wie sich Ashs Finger um ihre schlossen.

Einen Moment lang war alles wie erstarrt, als Leah begriff. Sie hob das Messer und stürzte auf Jennys ausgestreckten Körper zu.

Sie brauchte das Opfer. Die Macht.

Riley schoss, traf Leah in die Hand, worauf das Messer aus ihren plötzlich nutzlosen Fingern fiel.

»Nein«, rief sie heiser. »Ich lasse dich nicht …«

Riley hatte nie zuvor versucht, etwas auch nur entfernt Ähnliches zu tun, wusste aber irgendwie genau, wie sie zu reagieren hatte. Als Leah all ihre Wut, all ihre Emotionen sammelte und schrie, einen sichtbaren, gezackten Speer dunkler Energie aus dem Kreis auf Riley richtete, fand er sein Ziel nicht als Waffe, sondern als Werkzeug.

Es war fast wie der Taserangriff, mit dem alles begonnen hatte, nur diesmal wurde Riley nicht getroffen, nicht reingelegt, und war alles andere als schutzlos. Und diesmal entlud sie ihre Kraft nicht in die Erde, sondern kanalisierte die pure Energie, die auf sie geschleudert wurde, entnahm ihr das, was sie haben wollte, und ließ den Rest zurück zu seinem Ausgangspunkt strömen.

Doch als der Energiestrahl zu Leah zurückkehrte, war er weiß glühend und lodernd, und ihr zweiter Schrei erschütterte die Nacht im gleichen Moment, als die Energie ihren Machtkreis zerbersten ließ. Es gab eine blendende Lichtexplosion, der Schrei wurde abgeschnitten wie mit einem Messer, und dann war alles vorbei.

Die Kerzen waren verschwunden, das Salz wie vom Wind verweht. Und klares Mondlicht schien auf die zwei Frauen beim Altar hinab, von denen die eine sich gerade zu bewegen begann und die andere als zusammengekrümmtes Bündel am Boden lag.

»Ist sie tot?«, fragte Ash.

»Nein«, antwortete Riley. »Aber jetzt machtlos. Jenny wurde betäubt und kommt wieder zu sich. Sie wird sich erholen.«

»Mit einem Magen voller Blut wird ihr bestimmt schlecht.«

»Na, dann wird sie sich eben danach wieder erholen. Ich weiß nicht, ob sie Satanistin bleibt, aber sie wird weiterleben.«

»Dank dir.«

Sie drehte sich um und lächelte ihn an. »Dank uns. Hallo, ich erinnere mich an dich.«

Ash lächelte ebenfalls. »Das ist gut.«

Jake bemühte sich, vom Boden hochzukommen, und sein »Was zum Teufel war denn das?« klang mehrere Oktaven höher, als er es sich vermutlich gewünscht hätte.

Riley schaute ihn an und sagte dann zu ihrem Seelengefährten: »Ich habe das Gefühl, dass die Erklärungen einige Zeit in Anspruch nehmen werden.«

»Das macht nichts.« Ash zog sie in die Arme. »Wir haben ja Zeit.«

Epilog

»Gordon hat zugegeben, dass er seit Wochen ein ungutes Gefühl wegen Leah hatte, bevor er mich anrief«, sagte Riley. »Es war nichts, worauf man den Finger legen konnte, nur das Gefühl, dass etwas nicht stimmte. Als all diese angeblichen Anzeichen okkulter Aktivitäten aufzutauchen begannen, dachte er, es läge vielleicht daran, dass jemand sie verhext hätte oder so.«

Ash hob die Augenbrauen. »Verhext?«

»Wir haben schon merkwürdigere Sachen erlebt, glaub mir. Und Gordons Louisiana-Wurzeln reichen tief. Die Sache ist die: Geschichten, die seine Großmutter ihm erzählt hat, prallen mit seinem Studium an der Duke zusammen, daher hat er die Tendenz, seinen eigenen Instinkten zu misstrauen, wenn es um Paranormales geht.«

»Duke, ja? Ich schätze, das erklärt auch, warum er im einen Moment tiefsten Südstaatendialekt spricht und im nächsten wie ein Uniprofessor.«

»Ja, das erklärt es.« Riley lehnte am Terrassengeländer und schaute hinunter auf den Strand, wo ein großes Feuer brannte – umgeben von einer ziemlich ernüchterten Gruppe Satanisten. Es war Freitagabend, und sie hatten ihr angekündigtes »Marshmallowfeuer« entzündet.

»Ich glaube nicht, dass sie viel Spaß haben«, meinte Ash.

»Nein. Zu viel zum Nachdenken, vermutlich. Obwohl sie nichts damit zu tun hatten, kamen sie der dunklen Seite für eine Weile zu nahe. Der sehr dunklen Seite. So was führt dazu, dass die Menschen nachdenklich werden.«

»Kann ich mir vorstellen.«

Riley lächelte leicht, ohne ihn anzuschauen. »Aber bei dir nicht, stimmt's?«

»Das Nachdenken habe ich am Anfang erledigt«, sagte er. »Als wir beide wegen der Möglichkeit, uns ineinander zu verlieben, nervös waren. Nachdem es einmal passiert war, ließ sich sowieso nichts mehr dagegen machen. Man konnte es nur noch genießen.«

»Ich bin froh, dass du das noch hinzugefügt hast.«

»Ist wahrscheinlich gut, dass ich das kann. Ich meine, ich verbinde mein Schicksal mit einer hellseherischen ehemaligen Soldatin und jetzigen FBI-Agentin, die auf Okkultes spezialisiert ist und die Macht hat, mich mitten in der Nacht aus dem tiefsten Schlaf zu reißen und über Meilen hinweg an ihre Seite zu ziehen, damit ich ihr helfe, die üble Brut eines Serienmörders zu besiegen.«

Riley kaute an der Unterlippe. »Tja, wenn du es so ausdrückst ...«

»Ich bin ein sehr mutiger Mann.«

»Ja. Das bist du.« Riley drehte sich um und lächelte ihn im hellen Mondlicht an. »Bishop wird dich rekrutieren, weißt du.« Es war keine richtige Frage.

»Das hatte ich mir schon gedacht.«

»Wir werden ein tolles Team abgeben.«

Ash zog sie in die Arme. »Das sind wir bereits, Liebste.«

Das war alle Antwort, die Riley brauchte.